大魚讀品
BIG FISH BOOKS

让日常阅读成为砍向我们内心冰封大海的斧头。

欢迎光临 休南洞书店

어서 오세요, 휴남동 서점입니다

BOOK
COFFEE

［韩］黄宝凛 _著　　朱萱_译

国文出版社

·北京·

一个镇子如果没有书店,就不算是真正的镇子。它可以自称为镇子,但它也知道这是糊弄不了人的。

——英国小说家　尼尔·盖曼

目录

- 001　书店应该是什么样子?
- 005　以后可以不用再哭了
- 012　今天的咖啡是什么味道?
- 020　关于离开之人的故事
- 024　可以给我推荐好书吗?
- 031　沉默的时间,对话的时间
- 039　书店老板亲自主持的作家访谈
- 048　咖啡与山羊
- 056　扣子是有,但没有扣眼儿
- 071　常客
- 079　洗碗巾活动顺利结束
- 094　偶尔是个好人
- 099　所有书都是平等的
- 107　协和音程与不协和音程
- 121　作家和作家的文字有多像呢?
- 127　拙劣的文字会淹没好声音
- 137　充实度过周日后的夜晚
- 143　你的脸色怎么了?
- 153　我们对于工作的态度
- 166　书店站稳脚跟意味着什么?
- 177　虽然想果断拒绝

183	被接纳的感觉
187	需要平息怒火的能力
194	写作讲座开班了
202	为您加油
217	妈妈们的读书俱乐部
222	开书店能维持生计吗？
232	今天是咖啡师在的星期一
235	我来帮您修改吧
244	坦率且真诚
253	冲调咖啡时只专注于咖啡
258	来找英珠的男人是谁？
265	放下过去
276	一切如故
283	只是希望我们能相互喜欢
293	周围很多好人的人生
303	心意测试
314	能让自己变好的空间
319	我们柏林见
328	是什么让书店得以生存？
334	作家的话

书店应该是什么样子？

记错营业时间的男人被挡在了书店门外。徘徊了一会儿后，他伸手挡在额前，做出遮光状，俯身朝店内张望。英珠一眼就认出了这个男人，他每个星期都会光顾书店两三次，平时都是下班后穿着西服就过来了。

"您好。"

突如其来的声音把男人吓了一跳，他扭头看了一眼，身体还保持着刚才的姿势。认出是英珠之后，他连忙把手放下来，直起身子讪讪地笑了笑。

"之前我都是傍晚过来，这个时间还是头一次。"

英珠只是笑笑没说话，男人又开口道：

"别的不说，就中午上班这一点，真让人羡慕啊。"

英珠淡淡一笑，回道：

"很多人都这么说。"

嘀，嘀，嘀，嘀，嘀，嘀。在英珠输密码时，男人特意将头转向别处，听到门打开后，才扭回了头。男人顺着刚打开的门缝朝里张望，表情随之舒展开来。英珠把门完全敞开，冲男人说道：

"一晚上没通风，书本的气味会比较重，您要是不介意，就请进吧。"

男人轻轻摆了摆手，往后挪了两步，说：

"啊，不了不了。还没到营业时间呢，就不妨碍您了，我还是下次再来吧。不过，今天天气可真热啊。"

听男人这么一说，英珠才察觉到手臂已经被晒得发烫了，她在心里感激着男人的理解，微笑着附和了一句：

"这才六月呢，就已经这么热了。"

目送男人离开后，英珠回到了店里，心情大好。她打心眼里喜欢她工作的这个地方，这里能使她全身的细胞都放松下来。她不再执着于"抱负"和"热情"这类字眼。因为她意识到，不断在脑海里琢磨这些词语，只会将自己逼入死角。真正需要关注的，应该是身体的感受。现在，对她而言，喜欢上一个空间意味着：我的身体会接纳这个空间，在这个空间里，我能够保持自我；在这个空间里，我不会忽略自己；在这个空间里，我可以珍爱自己。而这个地方——这家书店，对英珠而言正是这样的空间。

说起来，天气还真是挺热的。但在开空调以前，她还要做一件事，就是把旧空气排出去，让新空气流进来。究竟何时才能从过往中走出来呢？想要努力摆脱过去也是一种奢望吗？这些习惯性冒出来的想法，总是令英珠备感沉重，但她还是会习惯性地努力打消这些念头，然后把窗户一扇一扇地打开。

闷热的空气瞬间涌进店里。英珠用手在脸旁扇着风，打量起书店来。假如自己是初次光顾的客人，她会喜欢这个地方吗？假如这个书店给她推荐图书，她会认为值得一读吗？能让客人信赖的书店，应该是什么样的呢？

如果她是第一次光顾的客人……她应该最喜欢那个书架吧。那个书架占据了整面墙壁，而且全是小说。准确来说，只有像她一样热爱小说的人才会喜欢那个书架。英珠也是经营书店以后才知道，原来有很多读书爱好者是不看小说的。估计这类人压根儿就不会靠近那面书架吧。

这一整面墙的书架，可以说是圆了英珠儿时的梦想。上小学时，英珠沉迷于阅读，总是吵着要爸爸给她布置一个四面墙都是书的房间。爸爸却斥责道，就算是书本也不能太过贪心。年幼的英珠也知道，爸爸板着脸是为了改掉她无理取闹的毛病，可她还是经常被吓得哇哇大哭，哭着哭着就倒在爸爸的怀里睡着了。

英珠靠着展示架打量了一会儿书架，转身走向窗户。这会儿空气流通得差不多了。她像往常一样，从最右边起依次关上窗户，然后打开空调，在音乐网站上点开常听的歌曲——英国基音乐队[1]（Keane）的专辑《希望与恐惧》(*Hopes and Fears*)。这张专辑发行

---

[1] 基音乐队：来自英格兰南部的三人男子乐队，以摇滚乐为主。《希望与恐惧》是其代表作。——编者注

于2004年，但英珠去年才第一次听，打那之后便一发不可收，几乎天天都会听这张专辑。歌手那慵懒而梦幻的嗓音萦绕着整间书店。新的一天开始了。

以后可以不用再哭了

在收银台旁的桌前坐下后,英珠打开了邮箱,准备查看一下网络订单数量。确认完后,她看了看昨晚临走前写下的便笺。从高中起,英珠就养成了把当天的待办事项按照优先级罗列出来的习惯。以前这么做,是为了充分利用好一天的时间;而现在这么做,只是为了让自己的内心平静下来。依次列出要做的事情后,就觉得这一天会过得很充实。

在书店刚开张的那几个月里,英珠都把记便笺的习惯忘了。那时候,时间仿佛停滞了一般,每一天都是熬日子。在书店开业之前,她就像中了邪似的,整个人萎靡不振。不,应该说是失魂落魄更为贴切。她的脑海里只剩下一个念头,就是开书店。好在一旦有了需要专注的对象,她就能振作起来。目标使她变得忙碌。除了选地址、看店面、搞装修、订购图书之外,她还抽空考了咖啡师资格证。

位于休南洞小巷子里的"休南洞书店"就这样开业了。

但开业以后,英珠几乎什么也没做。书店如同一只生病的动物般苟延残喘着，一丝劲儿也提不起来。书店散发出来的柔和氛围倒也吸引了一些附近居民，但很快他们就都不再来了。原因出在英珠身上，她总是面色苍白地坐在那儿，仿佛全身血液都被抽干了般。任谁推开门看见这幅景象，都会感到自己侵犯了她的私人空间。虽然英珠面带笑容，可没有人会用微笑回应她。

即便如此，还是有人能看出她那笑容并非装的。民澈妈妈就是其中一个。

"老板那样坐着，客人能来吗？卖书也是开门做生意啊，你光是文文雅雅地坐在那里有什么用啊？以为赚钱这么容易呢？"

民澈妈妈不仅长得好看，穿着打扮也很华丽。她每周都会去文化活动中心上两次课——汉语和绘画，结束后路过书店时总会进来看看英珠。

"今天好点儿了吗？"

"我本来就挺好的啊。"

听出民澈妈妈声音里满是担心，英珠淡淡地笑着回应道。

"哎，本来听说附近新开了家书店，大家别提多高兴了。谁知来这里一看，坐着一个病恹恹的姑娘，就跟少了个零件似的有气无力，你说别人哪儿还敢再来呀？"

说着，民澈妈妈从亮闪闪的包里掏出了一个亮闪闪的钱包。

"我看起来像是缺了零件吗？好像也还不错哟！"

英珠为了显示自己在开玩笑，故意夸张地表现出一副很有活力的样子。民澈妈妈啧啧咂着嘴,噗地也笑出了声。

"给我来一杯冰美式。"

英珠一边结账,一边又故作认真地说道:

"我这人就是太完美了,才故意让自己看起来傻气一些,看来这个方法不太行得通啊。"

民澈妈妈听后,似乎觉得很有意思,抬高了音量说道:

"不会是有人告诉你,我就喜欢爱开玩笑的人吧?"

英珠瞪大了那双细长的、有双眼皮的眼睛,紧紧抿住嘴唇,那表情仿佛是在说"你猜呗"。民澈妈妈一边笑着,一边翻了个白眼。她把身子靠在吧台上,一边看着英珠冲调咖啡,一边自顾自地说着话:

"说起来,我以前有段日子也像你这样,身体沉甸甸的,提不起精神来。生完民澈之后,好一阵子都像病人似的。也对,那会儿全身都不舒服,不是病人是什么?可是吧,身体不舒服还能理解,心里不知怎的也不舒服。现在回想起来,我那时应该是得了抑郁症。"

"咖啡好了。"

英珠正要盖上盖子,民澈妈妈表示不需要,往杯里直接插了根吸管,然后在咖啡区找了个位置坐下。英珠坐到了她对面。

"明明是个病人,却不能表现出来,这才叫人更难受。就因为没法儿说,心里觉得特憋屈,那会儿没有一个晚上是不流眼泪的。

如果当时我也像你这样，任由自己无精打采地坐着打发时间，不知道又会怎样呢？应该会好得比较快吧。我那时真的哭了好长一段时间。其实，想哭的时候就应该哭出来，心里难受的时候就要释放出来。如果一直憋着，只会好得更慢。"英珠静静听着，民澈妈妈吸了一大口冰咖啡后接着说，"这么看来，我还挺羡慕你的，能拥有这样的时间。"

和民澈妈妈一样，头几个月英珠也总是掉眼泪，也会任由眼泪往下流。要是被客人撞见，她就擦掉眼泪，若无其事地继续工作。客人们也会默契地假装没看到，不会过问，仿佛理解她一定有自己的原因。确实如此，英珠心里也很清楚。而且，这个让她流泪的原因，也许还会伴随她很长一段时间，甚至可能是一辈子。

虽然让她流泪的问题依然存在，但有一天，英珠竟发现自己不再流泪了。一想到自己可以不用再哭泣，她感到如释重负。那些无精打采地坐在店里的日子渐渐成为过去。每天早上起来，她都似乎比前一天更精神了。但她还是不打算立即为书店做些什么，只是一心扑在了阅读上。

就像小时候那样，她把所有想读的书都摞在一旁，不分昼夜地埋头读书，有时看得咧嘴直笑，有时又是一副全神贯注的神情，连妈妈喊吃饭的声音也不理会，入迷到忘了自己还饿着肚子。如果能找回这份久违的乐趣，也许她还能重新开始生活。

初中毕业以前，英珠一有空就会读书。忙碌的父母也由着她躲在家里某个角落埋头看书。把家里所有小说都读完后，她开始转战图书馆。她觉得读书是件很有意思的事。尤其是读小说，不费吹灰之力就能去另外一个世界旅行，这让她感到特别兴奋。虽然从另一个世界回到现实时，就像从一场美梦中醒来，难免有些失落，但好在不必为此难过太久，因为只要翻开书本，就能随时再度踏上旅程。

英珠坐在没有客人的店里看着书。回想起十多岁的那些日子时，脸上不自觉地露出了笑容。她用手掌轻轻按揉了几下干涩的眼睛，心想现在连读书也开始感到费劲了。眨了几次眼睛后，她重新回到书本上，全神贯注地读了起来。就像和幼时的伙伴重归于好似的，从早上起床到晚上睡觉，两个老朋友都难舍难分、形影不离。疏远的关系变得亲近以后，她和书之间的感情也迅速恢复如初。书本不仅接纳了英珠，还给予了她热情的拥抱，仿佛无论英珠是怎样的人，它都能够理解。就像一日三餐都按时吃一样，英珠按时从书中汲取着营养，内心开始变得强壮。等她好起来后，她才看清了书店的客观情况。

"这段时间我确实对书店太不上心了。"英珠心想。

见书架上的书连一半都还不到，英珠开始努力把书架填满。她想办法从各处搜罗好书，还把自己的读书心得写在纸条上插入书中。即便是没有读过的书，她也会翻看各种评论集和网上的书评，提前了解其他读者的心得感想。如果客人问起她不知道的书，她过后还会检索一下。这么做倒不是为了吸引更多的客人,而是想让休南洞书店有个书店的样子。久而久之,人们异样的目光逐渐减少。一些细心的人也发现了书店的变化。书店氛围变得愈加温馨,人们经过门口时,开始想进来瞧一瞧了。最重要的是,英珠脸上的表情也不一样了。原来那个因为吧嗒吧嗒掉眼泪让客人手足无措的英珠已经不见了。

除了住在附近的居民以外,书店又多了些专门来探店的客人。见店里来了三四个客人在看书,民澈妈妈甚是欣慰,问:

"这些人都是怎么找过来的呀?"

"听说是看到 Instagram[1] 的帖子后找过来的。"

"你也玩儿那玩意儿吗?"

"我不是在书里夹了便笺嘛,我把上边的内容也传到了 Instagram 上。"

"他们就因为这个过来?"

"我也会上传其他内容,早上上班时在上面发个早安,有时候介绍一下我正在读的书,偶尔累了就发几句牢骚,下班了也会打声招呼。"

"我是真不理解现在的人。就因为这些帖子专程跑过来吗?不过,不管怎样,这真是太好了。我还以为你天天只是干坐着,什

---

1 Instagram:国外的一款社交应用软件,又称"照片墙"。——译者注

么也不做呢，看来也没完全闲着嘛。"

　　以前心思不在书店上面时，总觉得好像无事可做，可一旦上心后，事情就开始变得没完没了起来。从上班那一刻到临下班前，英珠的手脚一刻也不闲。特别是这边正忙着书店的工作，那边突然有客人要点咖啡的话，英珠一个人根本顾不过来。就这么手忙脚乱地度过几天后，英珠在书店附近贴上了咖啡师的招聘启事。才过了一天，旻俊就来了。尝过旻俊冲调的咖啡之后，英珠当天就撤掉了所有的招聘启事。旻俊从第二天开始上班。那时候，距离书店开业已经有一年了。

　　而现在距离那时又过了一年。再过五分钟，旻俊就会推门进来。在下午一点书店开门以前，英珠通常都会一边看书，一边喝旻俊冲的咖啡。

今天的咖啡是什么味道？

去书店的路上，旻俊羡慕地看向拿着小风扇吹风的男人。毒辣辣的太阳晒得头皮都发麻了。去年好像没这么热吧？难道是我记错了吗……旻俊回忆着去年的天气，然后想起了去年在这里无意中看见的咖啡师招聘启事：

【咖啡师招聘启事】
一天工作八小时，每周五天
薪资面谈
欢迎所有能调出可口咖啡的人前来应聘

那时的旻俊正急需一份工作，无论做什么都可以。所以，次日他便来到书店应聘。不管是冲咖啡、搬东西、扫厕所，还是做汉堡、送快递、扫条形码，对他来说都无所谓，只要能发工钱就行。

下午三点应该是人最少的时间，他推开门走进了书店。果然不出他所料，店里一位客人也没有，只有一个看上去像是老板的女人。她坐在一张方桌前，正在巴掌大的便笺上写字。听见旻俊进来的声音后，女人抬起头，用眼神朝他打了个招呼，脸上那自然的笑容仿佛在说："请随便看，我不会打扰你。"

看见这个像是老板的女人重新埋头写字，旻俊决定不急着表明来意，先逛一逛再说。这间开在小巷子里的书店，规模算是挺大的了。店内布置了不少椅子，客人可以随时坐下来看书。右边整面墙都是书架，旁边那面墙也被书架占据了三分之一。门的两侧是和窗户高度匹配的展示架兼壁柜。乍看上去，图书的摆放似乎并无规律可言。旻俊从眼前的架子上随手抽出一本书，一张巴掌大小的便笺像书签一样夹在里面。

"每个人大概都是一座岛屿吧，像岛屿一样一个人，像岛屿一样孤独无依。我认为独处和孤独并不只有坏处。因为独处可以带来自由，而孤独可以使人深沉。我喜欢把人物描写得像岛屿一样的小说，更喜欢像岛屿般的人们发现彼此的小说，就是那种'噢，原来你在那儿啊''是啊，我就在这儿'的感觉。说实话，一个人的时候确实有点儿孤独，但因为有你，就不那么孤独了。如果能有这种念头，那真是太值得高兴了。这本小说恰恰让我尝到了这种喜悦。"

旻俊把便笺放回原位，看了看书名——《刺猬的优雅》[1]。他

---

[1] 《刺猬的优雅》：法国女作家妙莉叶·芭贝里创作的长篇小说。——译者注

在脑海里想象着一只刺猬优雅地走在路上。刺猬？独处？孤独？深沉？还有那句"独处可以带来自由，而孤独可以使人深沉"。他一直觉得独处就只是独处，孤独也不过是孤独而已，所以他从未想过要努力避免独处，也从未想过要努力摆脱孤独。他的确因此感到了自由，可是这样就能变深沉吗？他心里也没答案。

刚才那张便笺，应该和那个看起来像是老板的女人现在手头正在做的事有关，旻俊猜想。那些便笺都是她亲手写的吗？还以为书店的工作就是把书摆上书架呢，看来不是啊。

"那个……"

参观完书店，旻俊最后确认了一下咖啡机，然后朝女人开了口。

"嗯？有什么需要的吗？"

英珠停下笔，站起身看向旻俊。

"我看到了书店挂出的兼职招聘启事，咖啡师那个。"

"啊！招聘启事！来，请这边坐。"

英珠像是终于迎来了等待已久的人，满面笑容地招呼着旻俊。让旻俊坐下后，她从收银台旁的书桌上拿来两张纸放到桌面上，接着在旻俊对面坐下。

"你住在这附近吗？"

"是的。"

"你会冲咖啡吗？"

"嗯，之前在咖啡馆打过几次工。"

"那你会用那个咖啡机吗?"

旻俊稍稍回过头看了看那个咖啡机。

"应该会吧。"

"那,可以请你冲杯咖啡吗?"

"现在吗?"

"是的,做两杯吧,我们边喝边聊。"

两人面对面坐着,中间摆了两杯咖啡。英珠尝了一口,旻俊在一旁看着。在冲咖啡以前,旻俊本来并不紧张,因为一直以来他调的咖啡味道都还不错。可是现在看英珠一语不发地品着自己调的咖啡,旻俊莫名地紧张起来。英珠慢慢地啜了两口,然后看向旻俊。

"你怎么不喝呢?喝喝看,味道很好。"

"好。"

两人聊了二十分钟左右。但基本上都是英珠一个人在说,旻俊只是默默地听。英珠夸旻俊调的咖啡好喝,希望他能尽早上班。正好旻俊也有此打算,于是简单地回了声"好"。英珠说他只需做好咖啡师的工作即可。换言之,咖啡上的事她想完全放手交给旻俊打理。她又向旻俊确认了一遍,问他能否一并负责挑选和购买咖啡豆。旻俊心想这有什么难的,于是这次也简单地应了声"好"。

"我有固定的咖啡豆供应商,那边的老板会关照你的。"

"好。"

"我们只要负责好自己的工作就行了,如果一个人忙不过来,另一个人就稍微搭把手。"

"好。"

"并不是只让你协助我,你那边忙的话,我也会帮忙的。"

"好。"

英珠把合同递给旻俊,说如果对合同内容没有异议就签个名,然后递了一支圆珠笔给他,开始逐条说明合同上的内容。

"每周工作五天,周日和周一休息,工作时间从中午十二点半到晚上八点半,可以吗?"

"好。"

"书店一周营业六天,我只休周日一天。"

"啊,好。"

"如果加班的话,会有加班费,不过基本上不会有这种情况。"

"好。"

"时薪是一万二[1]。"

"一万二?"

"一周上五天的话,应该就是这个数。"

旻俊不由得回头环顾了一圈书店。他忽然发现,自打自己进来,一个客人也没见到。他很好奇老板是否也意识到了这个问题。

---

[1] 约合人民币 66 元(1000 韩元约合人民币 5.5 元)。2022 年韩国最低时薪为 9160 韩元,约合人民币 50 元。书中的货币单位均为韩元。——译者注

大概这位老板是第一次招兼职，所以才搞不清楚状况。看着英珠泰然自若地坐在那里，仿佛在处理一件极其简单的事情，旻俊不免起了疑心，忍不住多管闲事起来：

"一般都不会给这么多。"

英珠抬头看了看旻俊，很快理解了他的意思。她重新低下头，看着合同说道：

"是啊，一般很难给到这个时薪，因为店铺租金贵……不过你不用担心，我们书店没问题。"

说完，英珠抬起头看向旻俊的眼睛。那双眼睛看似漫不经心，却透着几分温暖。这一点让她很满意。那是包含着多层意味的眼神，让人想要慢慢了解并与之对话的眼神。她对旻俊的态度也很满意，感觉一点儿也不做作，不会刻意讨好，但也不失礼貌。

"工作的前提是要充分休息，休息的时候也要有一定的收入，这样生活才能有保障。"

听了英珠的话，旻俊又看了一遍合同。也就是说，为了让兼职生能够充分休息和好好工作，这个老板将工作时间定为"每周五天，一天八小时"，然后为了保障兼职生的收入，又把时薪定在了"一万二千韩元"。这是新手老板的正义感吗？还是说这家书店的实际收入比表面看起来要好很多？旻俊按照英珠的指示在文件上签了字，接着英珠也签了字。旻俊拿着合同从座位上站起身来。

两人走到门口时，旻俊朝英珠点头道别，英珠开口道：

"不过,这家书店也许只能坚持两年,这样也没关系吗?"

谁做兼职会超过两年啊?旻俊至今为止干过最久的兼职也只有六个月。在他看来,哪怕英珠下个月就辞了他,他也不会觉得可惜。所以他只是简单地回了句"好"。

不知不觉,这已是一年前的事了,那时旻俊一边应着"好",一边对英珠这个人感到讶异。这段时间里,两人就像当初约定的那样各司其职。英珠不断策划着新业务,仿佛陷入了观察客人反馈的乐趣中。旻俊则默默地做好选购咖啡豆和冲调咖啡的工作。除了咖啡的味道以外,英珠对旻俊似乎别无所求。有时候看见旻俊闲着发呆,英珠还会忍不住发笑,说他的表情很搞笑。一般这种时候不是都会给眼色看吗……旻俊想了想,也跟着扑哧一笑。

旻俊擦拭着从头发上滑下来的汗水,推开门走进了书店,冷气瞬间舒服地包裹住全身。

"我来了。"

旻俊向正在看书的英珠打了声招呼。

"你来啦?今天很热吧?"

"是啊。"

旻俊抬起吧台桌板,走到自己的位置上。他和英珠的位置分别在收银台的两边。

"今天的咖啡是什么味道呀?"

英珠冲正在擦手的旻俊问道。

旻俊调皮地说:

"一会儿您猜猜看。"

过了一会儿,英珠的书本旁多了杯咖啡。回到自己的位置后,旻俊开始观察英珠喝咖啡的样子。她放下杯子,品了一会儿后才说:

"跟昨天的味道很像,但是水果味儿似乎更浓,真好喝!"

旻俊微微一笑,点了点头。两人像往常一样简单地聊了几句,又像往常一样回到了各自的工作上。在书店开门以前,英珠通常会坐着看会儿书,而旻俊则着手准备当天要用的咖啡豆,抽空搞搞书店卫生。虽然前一晚下班前英珠都会收拾一遍书店,但旻俊总能找到可以做的事情。

关于离开之人的故事

开门营业以前，英珠通常都会先看会儿小说。小说不仅能让她抽离自己的情绪，还能带她走进别人的情绪里，所以她很喜欢看小说。她会和小说里的人物一起伤心，一起痛苦，一起悲怆。在尽情地感受过别人的情绪之后，合上书本的那一刻，她感觉自己仿佛可以理解全世界。

对英珠而言，阅读经常是为了寻找某样东西。但并不是每次翻开第一页时，她都清楚自己在寻找什么，往往是看了几十页之后，她才反应过来：啊，原来这就是我要找的故事啊！也有时候在翻开书本以前，她就已经明确知道自己想要找什么了。过去一年里英珠读的小说，大致可以归类为关于离开之人的故事。他们有的只是短暂离开几天，有的一走就是一辈子。离开的形式或许因人而异，但所有的离开都终将改变他们的一生。

那时候，人们总对英珠说"我无法理解你""你为什么总想着自己"。

这些责备的声音隔三岔五地便像幻听般在耳畔响起。当以为快要忘记时，它们又会突然从记忆深处蹿出来。这种时候，英珠的内心多少有些崩溃。但她不想一直这样下去，于是开始沉迷阅读关于离开的小说，恨不得将世界上的这类小说全都搜罗起来。那些离开的人仿佛住进了英珠身体的某个地方，那里充塞着他们的各种信息，譬如他们离开的理由、离开时的心境、促使他们离开的勇气、离开后的生活、经过时间沉淀后的感情变化，以及他们的幸与不幸、喜与悲。只要英珠愿意，她可以随时来到这里，躺在他们的身侧，倾听他们的故事。他们用自己的人生慰藉着英珠。

之前，英珠的体内覆盖着"我无法理解你""你为什么总想着自己"这些责备声。是那些离开的人给予了她勇气，现在她终于可以对自己说：

"当时你也是别无选择。"

最近英珠正在读莫妮卡·马龙的《忧伤动物》[1]。小说的主人公正是一个离开得非常彻底的女人，她离开了丈夫和女儿，因为她爱上了别的男人。她认为人生中最重要的莫过于爱情。因为女人除了离开以外别无选择，所以她并不感到愧疚。当深爱之人离她而去时，为了永远保留他们的共同回忆，女人此后的人生再也留不下任何新的记忆；为了记住这个男人，她放弃了一切可能的生

---

[1]《忧伤动物》：德国作家莫妮卡·马龙的作品，讲述一位年近百岁的老人追忆自己曾经和一位情人刻骨铭心的爱情。——编者注

活形态，数十年来一个人过着日子。如今她已年过九旬，也可能年过百岁。

在英珠眼里，一部好的小说能带领她去预期之外的地方。正如这本小说讲述的"为爱离开的女人"，英珠最初的关注点在"离开的女人"上，现在她却在思考人们能够"为爱"做什么。因为想要戴男人留下来的眼镜，女人弄坏了自己的视力，在她看来，这么做是唯一能够感受到男人的机会。

英珠在脑海中思索，一个人怎么才能如此义无反顾地深爱着另一个人？她是如何靠着回忆五十年前或者四十年前的爱情，独自度过那漫长的岁月？怎么才能做到如此无怨无悔？又如何能确信那个男人就是自己的一生挚爱呢？英珠无从知晓这些问题的答案，但她很欣赏主人公。女人选择了一种非常深刻的生活形态，实现的方式也很炽烈。

英珠抬起头，细细回味书中女人说的话——"错失爱情是人生中最大的憾事。"果真如此吗？人生最遗憾的事，真的是错失爱情吗？爱情真有那么伟大吗？虽然英珠也认为爱情本身很美好，但这并不意味着爱情就可以胜过一切。有的人即使没有爱情也能照样生活，正如有的人必须依赖爱情才能活下去一样。就英珠而言，就算没有爱情，她也能过得很好。

当英珠沉浸在这些想法中时，旻俊正用干抹布擦拭着咖啡杯。一点的闹钟响起后，他把抹布放回原位，走到门口将牌子翻到"OPEN"（营业中）那一面。听到动静后，英珠才从思绪中走了出来。看着旻俊关上门走回来，英珠很想问问他对爱情的看法，但后来还是打消了这个念头，因为她已经料到了旻俊会怎么回答。他肯定会沉思片刻，然后说："嗯，这个嘛……"英珠很想知道他在迟疑时都想了些什么，但旻俊并不会轻易说出自己的想法。

把门上的牌子翻过来后，旻俊回到了吧台。他拿起抹布，又开始擦拭已经擦拭过一遍的杯子。英珠看着他，心想幸好没有问出口，反正答案只有一个。英珠脑海里的答案，就是当下的答案。她明白人生就是揣着答案不断摸索、碰撞和试验的过程，然后在某一刻，我们会发现自己那个答案其实是错的，于是又开始揣着另一个答案生活，这就是我们平凡的人生。所以，我们的人生从来没有一个固定答案。

英珠冲还在擦拭着杯子的旻俊说：

"旻俊，今天也辛苦你了。"

可以给我推荐好书吗？

在开书店以前，英珠从未想过自己是否适合当书店老板，只是单纯地认为只要喜欢书就能当书店老板。但开业后没多久，她就发现了自己不是合格的书店老板的致命原因。因为当客人问起"什么书好""什么书有趣"时，她时常一脸茫然，回答不上来。有一次，她还给一位看起来将近五十岁的中年男人推荐了一本毫不搭调的书。

"杰罗姆·大卫·塞林格的《麦田里的守望者》[1]，我觉得这本书非常有意思，您看过吗？"

"没有。"

男人摇了摇头。

"我看了不下五遍，其实这本书也不是说多有意思。啊……我是指字面上的'有意思'。有的书不是看了之后会情不自禁地咯咯笑吗，或是很想知道接下来的情节。但这本书不是那种类型的'有

---

1 《麦田里的守望者》：美国作家 J.D. 塞林格创作的长篇小说，描写了一个十六岁的中学生三天的生活，展现了这个时期青少年的愤怒、抑郁和焦虑。——编者注

意思'。但是，怎么说呢，它是超越字面意义的那种……'有意思'。这本书……它没有什么跌宕起伏的情节，只是描写了一个孩子的内心世界，而且时间跨度也仅有几天。但我觉得这本书……真的很有意思。"

"那个孩子在想什么呢？"

客人认真的表情让英珠一下子紧张起来。

"孩子眼里的世界，关于学校、老师、朋友、父母的想法……"

"那，这本书对我来说也会有意思吗？"

客人依旧一脸认真，他的提问令英珠哑口无言。是啊，这位客人会觉得这书有意思吗？我怎么不经思考就给人介绍这本书呢？见英珠露出不知所措的神情，客人向她的推荐道了谢，接着随便翻看了一下其他书籍，最后他买的是一本历史书——《欧亚见闻录》。原来这位客人喜欢历史书啊。英珠还记得那天客人最后对她说：

"抱歉，我不该问那个问题的，毕竟每个人的喜好都不一样。"

需要感到"抱歉"的哪里是找书店老板推荐书的客人，难道不该是没能满足客人需求的老板吗？身为书店的老板，她不能只是一味地将自己喜欢的书介绍给别人。从今往后，她要争取做一名合格的书店老板。所以应该怎么做呢？英珠利用工作的间隙整理了一下自己的想法。

——客观的眼光

用客观的眼光看待书本。如果要给客人推荐"他喜欢的书",而不是"我喜欢的书",那么就得保持客观的眼光。

——提问

在推荐之前先询问对方:"您最近喜欢看哪些书?""哪本书让您感触最深?""平时主要读什么类型的书?""最近常思考什么问题?""您喜欢的作家是谁?"

可即便预想好了问题,有时头脑仍会一片空白,比如遇到这种请求时,又不知该如何应对了:

"有没有能让人豁然开朗的书?"

民澈妈妈点了一杯冰美式,说今天没力气去文化活动中心。让人豁然开朗的书……就这个线索哪够啊?又不能机械地搬出之前准备的问题。但不管怎样,还是要提问。于是英珠开了口:

"您是觉得心烦吗?"

"好几天了,胸口一直堵堵的,像噎了一块年糕似的。"

"发生什么事了吗?"

英珠的问题让民澈妈妈的表情顿时僵硬,眼角微微地颤抖着。即便一口气灌了大半杯冰咖啡下肚,也没能让她的眼睛恢复神采。

"还不是因为民澈。"

是家庭问题。自从开了书店以后，英珠经常能听见客人们的心里话。以前她在书上看过，说这种情况常常发生在作家身上。人们认为作家可以理解连挚友也无法抵达的内心世界，所以都愿意向作家倾诉心事。相对来说，人们也比较愿意向书店老板敞开心扉。难道是认为当了书店老板以后，就会更加善解人意吗？

"民澈怎么了？"

英珠回想起之前见过的民澈的样子，一个瘦瘦高高的高中生，看上去是个温柔的大男孩，皮肤和妈妈一样白皙，笑容十分清澈、温顺。

"民澈他……觉得活着很无趣。"

"活着很无趣？"

"嗯。"

"为什么？"

"我也不知道啊，他像是随口说的，可我听了之后，心里就一直……难受得很。做什么都没心思。"

民澈妈妈说，民澈对什么都提不起兴趣，无论是学习、打游戏，还是和朋友出去玩，他都觉得没意思。不过他也没有因此拒绝做这几件事。临近考试时，他还是会学习，无聊时也会打打游戏、见见朋友，但他始终觉得生活很"没劲"。放学回到家后，他就躺到床上刷手机、睡觉。在十八岁这个年纪，民澈似乎丧失了原本该有的活力。

"这种情况该读什么书啊?"

民澈妈妈用吸管从冰块中间吸着咖啡问道。

英珠想到有几本书可以推荐给民澈,有许多主人公都像他一样丧失活力或是在自己的世界里彷徨。可是当孩子遇到这种情况时,孩子的妈妈应该读什么书呢?英珠挠破脑袋也想不出来。她连一本讲述母子关系的书名也想不起来,也没有读过任何关于子女教育的书。英珠顿时直冒冷汗。不是因为她没能向民澈妈妈推荐合适的书,而是因为她意识到自己的局限性让书店成了一个狭隘的空间。这只是一个迎合她的个人喜好、关心的议题和阅读习惯的空间。这样狭隘的空间能给人带来帮助吗?英珠向民澈妈妈坦白地说道:

"我想不到有什么书能让您立马豁然开朗。"

"是吗?也能理解。"

"……我刚才虽然想到一本书,但那是讲母女关系的,叫作《艾米与伊莎贝尔》[1]。母女一起生活,不都是彼此又爱又恨的吗?父母与子女之间,哪有百分之百的理解和包容啊。看完这本书后,我就觉得即使是父母和子女,无论如何最终也是要分开的。"

民澈妈妈听后觉得内容好像还不错,说要买一本回去。英珠担心她会不喜欢,就让她借回去看,但这个提议被民澈妈妈拒

---

[1] 《艾米与伊莎贝尔》:美国作家伊丽莎白·斯特劳特的长篇处女作,讲述了一个青春期女儿与其单身母亲既深爱彼此,又渴望逃离彼此的纠杂关系。——编者注

绝了。英珠看着她拿着书离开的背影，开始思考书的功能。这世界上真有能让人瞬间豁然开朗的书吗？一本书能有如此大的魔力吗？

那天之后大概又过了十天，民澈妈妈特地来到书店对英珠说：

"我现在还有事，得赶紧走了。过来就是想告诉你一声，那本书很好看。读的时候我都不知道流了多少眼泪，因为想到了我和我妈，我们以前也经常吵架，但不像艾米与伊莎贝尔那样令人窒息。"

说到这儿，她思考了片刻，然后眼眶泛红地继续说道：

"结尾写得特别好，就是妈妈一直呼唤女儿的名字那里，我看到那个地方时大哭了一场。心想，以后我也会这样想念民澈吧。他总不能一直被我抱在怀里，或许是时候该放开他了。英珠老板，真的很谢谢你。下次再给我推荐别的好书吧，我先走了。"

虽然推荐这本书时英珠并无信心，但民澈妈妈还是告诉她这本书很有意思。尽管没有豁然开朗，但她回忆起了自己的母亲，并重新思考了她与儿子之间的关系。这么看来，英珠的推荐是不是也没错呢？只要是一本好的书，即便不符合读者的期待，也能享有一场愉快的阅读体验，对吧？

即便是这样，它就能称为一本好书吗？

或许吧。哪怕英珠推荐的书不合客人的喜好，但只要对方觉得"那也还不错"就够了。当然了，如果对方是个喜欢看历史书的中年男人,而你却给他推荐小说,主人公还是文学史上最著名的叛逆高中生,那他可能连看都不会看一眼。但如果有一天他突然想看小说了,又或是想了解自己的子女了,兴许会想起插在书架上的这本书吧?他翻开来阅读时,说不定会喜欢上这本书呢?就像世间万物那样,读书也讲求时机。

那么,何为好书呢?对于个人而言,只要自己认为好看,那就能称之为好书。但英珠不能只从个人的角度出发考虑。

再想一想,好书的标准是什么呢?

——讲述生活的书。但这种讲述不能只流于表面,还应该深刻和真实。

英珠想起民澈妈妈泛红的眼眶,重新修改了一遍:

——作者必须理解生活,由这样的作家写出的关于母女、关于母子、关于自己、关于世界、关于人性的书。如果作者深刻的理解能触动人心,并且这种触动能帮助读者理解生活,那就能算作一本好书吧?

沉默的时间，对话的时间

招呼客人、冲调咖啡、整理购书目录……一顿忙碌过后，蓦然抬头，有时又会发现无事可做——没有客人，也不用冲调咖啡，店里就只剩下英珠和旻俊两个人。这种时候，英珠通常会想方设法把它打造为小憩时刻。就算书架一片凌乱，她也不急着去整理，而是来到洗手槽边切水果。当她把水果盘递给旻俊时，旻俊也会默契地给她递上一杯刚冲好的咖啡。

接着便迎来一阵寂静。英珠现在对这种寂静的状态感到很自在。想到同处一个空间也不必说话，她甚至还很开心。当然了，有时候刻意找话题也是一种体恤，但是人们经常为了照顾别人的感受而忽略了自己。如果硬是说些有的没的，内心很快就会空虚，想赶紧逃离这里。

通过和旻俊的相处，英珠明白了有时沉默对自己和他人也是一种体恤。无须看对方脸色和刻意找话题，她也学会了享受那份自在的平静。

无论寂静流淌十分钟、二十分钟，还是三十分钟以上，旻俊都在做着差不多的事情。即便是休息时间，他也从不玩手机。虽然简历上写了他的手机号，但英珠还从未和他打过电话。偶尔旻俊也会看书，但他似乎并不热衷于阅读。闲暇时，他就像实验室的研究员似的埋头研究咖啡豆。本以为他只是玩玩，打发时间而已，可没想到咖啡的味道越来越好了。看来他在这方面是真的下了功夫。

说到"旻俊话很少"，有个人能陪英珠聊上一整天。那人便是芝美，咖啡豆供应商。英珠的咖啡知识全部来自芝美。英珠爱说笑，而芝美喜欢爱说笑的人，两人一拍即合，虽然相差十几岁，但丝毫不影响她们之间的友谊。

刚开始芝美经常来店里玩，但没过多久，两人就把基地搬到了英珠家里。书店打烊后，英珠回到家时，蹲在门口的芝美就会拍拍屁股站起来，双手拎着满满当当的食物。两人无拘无束、无话不谈，就算其中一个人冷不丁地抛出一句很无厘头的话，另一个人也能应对自如。突然中断的对话过会儿也总能再续上。两人你一句我一句地聊天，就像打乒乓球那样有来有往，谁也不会掌控着主导权而滔滔不绝地说个不停。

在英珠家喝啤酒时，她们曾探讨过"旻俊有多不爱说话"这个话题。

"他确实很少开口，起初我还以为他是迎宾机器人呢，见人只知道打招呼。"芝美专心地嚼了会儿鱿鱼干，才继续说道，"但神奇的是，回答时又挺好的。"

"啊，还真是呢！"英珠恍然大悟似的用力点着头，嘴里还叼着鱿鱼干，"他确实每次都给出了回应。啊，原来如此，难怪和他聊天从来不会觉得聊不下去，原来是因为他每次都会给回应啊。"

"再仔细一想啊，也不光是旻俊寡言少语。"芝美继续嚼着鱿鱼干说道，"男人都那样，结婚后就不爱说话了。沉默背后的含义是，他已经厌倦了这段婚姻。"

英珠的脑海里浮现出试图用沉默掩盖倦怠的丈夫形象。

然后，英珠说因为旻俊话太少，她还反省过自己。

"刚开始我还以为他是对我有意见才不说话的呢，我还在想自己真这么差劲吗。"

"怎么还有受害者心理了呢，是从小被人讨厌惯了吗？"

"嗯，倒不如说是……一直没什么时间和人相处吧。那种感觉就像是，我一个人踩着高跟鞋嗒嗒嗒地疯狂往前走，等猛地停下来看向四周时，却发现周围的人都把我当成了透明人，嗖嗖地从我身旁走过，没有一个人会在耳边对我说：'你要不要尝尝这个？这个超好吃！'这样算是被讨厌了吗？"

"肯定被讨厌了。"

"啊，原来如此！"

英珠夸张地叹了口气。芝美像是突然想起了什么，急忙抽出嘴里的鱿鱼干，说道：

"哎呀，不会是这个原因吧？"

"什么原因？"

"难不成旻俊觉得我们是大妈，所以才不愿意跟我们说话？"

"怎么会……我和旻俊也没差很多啊！"

英珠委屈巴巴地朝芝美伸出两只手掌，然后收起了两个大拇指。

"八岁？"

芝美笑了，仿佛觉得英珠的样子很可爱。

"那旻俊也三十出头了？"

"刚来书店时是三十岁。"

"啊哈，也是，相差八岁的话，那就不能算是大妈。不过，旻俊好像和之前有些不同，你没发现吗？"

"哪里不同？"

"最近话多了些。"

"是吗？"

"现在还会主动问这问那了。"

"是吗？"

"也会和我的员工说笑了。"

"哦？是吗？"

"很可爱。"

"可爱？"

"是呀，安安静静埋头做事的样子多可爱呀。"

"埋头做事……"

"只要看到别人专注的样子，不管是在做什么，我就觉得特别可爱，总想对他们好。"

旻俊一开始不理解英珠为什么总是给他拿水果，但现在他会乖乖接过来吃掉。平时英珠会备些饼干和面包，馋了、饿了可以拿来吃。旻俊觉得水果大概也和饼干、面包一样，是英珠精心准备的员工福利中的一项。他原本并不怎么爱吃水果，可时间一长，现在一天不吃都觉得不习惯，休息日还会特地跑出去买些水果回来吃。习惯就这样养成了。

英珠给旻俊递水果就像一个信号，意味着休息时间到了。有时刚准备休息，那头就来客人了，结果连一块水果也顾不上吃，但今天已经休息二十分钟了。像这种时候，英珠通常都会慢悠悠地吃着水果，从一旁的书堆中挑一本来看。她把及肩的直发夹到耳后，全身心地投入书本当中。有时她会抬起头来，眼神涣散地陷入沉思。虽然乍一看像在发呆，可又不全是，因为过一阵儿她又会冷不丁地抛出一个问题来：

"旻俊，你觉得无聊的人生就该被舍弃吗？"

今天提问时她还是没有看向旻俊，只是用手掌托着下巴。

刚开始旻俊以为她在自言自语，故意没有回答，但现在他已经知道那不是自言自语了。

"不是有那种突然抛下当前的一切,选择过另一种生活的人吗?你说他们开启新人生之后真的会幸福吗?"

这回说话的时候,英珠转过头面向了旻俊。

今天的问题同样难以回答。为什么每次都是这种问题呢?如果太久不回应,又会显得没礼貌,旻俊只好支吾道:

"嗯,这个嘛……"

每次碰到类似问题,旻俊的回答基本上不是"嗯"就是"这个嘛……"。没办法,谁知道他们开启新的人生旅程之后幸不幸福呢?

"我看的这本小说里,主人公在桥上邂逅了一个女人,一个看上去与众不同的女人。就因为这一面之缘,男人搭乘火车前往葡萄牙,离开了原本生活的瑞士。不是旅行,是永远地离开了。我很好奇。这个男人的生活虽然无聊,但整体上还算不错。有些人的优秀不是不露锋芒吗?这种优秀虽然不是每个人都能发现,但知道的人都会知道。主人公就是那种优秀得很低调的人,日子过得也还不错。他却突然间决定离开瑞士,仿佛一生就是在等待这个瞬间。到达葡萄牙之后,他会寻找到什么?在那里他会幸福吗?"

平日里那样务实的英珠,一读起书来就像……对,就像不着边际的人,这种反差让旻俊觉得很有意思。英珠就像睁着一只眼在做梦——一只眼用来看现实的世界,另一只眼用来看梦里的世界。不久前,她还问了旻俊关于人生意义的问题:

"旻俊,你觉得人生有意义吗?"

"啊?"

"我觉得没有。"

"……"

"就是因为没有,所以才要各自去寻找意义,一个人的人生是什么样的,就取决于他寻找的意义是什么。"

"……嗯。"

"但是我找不到。"

"……找不到什么?"

"意义啊,要去哪里寻找人生的意义呢?我人生的意义是爱情吗?还是友情?抑或是书?书店?太难了。"

"……"

"就算想找,也无法马上找到,对吧?"

旻俊只是看着英珠,没有回答,但英珠毫不在意地继续说道:

"这可是寻找人生的意义啊,哪有这么容易就找到呢?不过我是真的很想找到啊……嗯……如果找不到的话……我的人生就变得毫无意义了,对吧?"

这是在说什么呢?

"嗯,这个嘛……"

反正英珠也不是真的想要旻俊告诉她答案,而是在借助这种提问的形式梳理脑海中纷乱的思绪。所以哪怕每次旻俊的回答都像敷衍她，她也从未责怪过一句。旻俊渐渐发现，偶尔这样天马行空地遐想，然后再勇敢地回归现实，能让英珠的人生变得更加丰富。

受英珠的影响，旻俊偶尔也会像她一样陷入沉思。思绪的尽头是茫然的憧憬，这种憧憬就是纯粹的遐想，并不会变成理想或目标，就有点类似于小说男主人公坐上开往葡萄牙的火车时，心中怀揣的那种憧憬。旻俊无法知道男人抵达目的地后是否幸福，但可以肯定的是，男人将从此过上与昨日截然不同的生活。对一些人而言，能拥有与今日截然不同的明日，也许就足够了吧？他们一天要憧憬好几遍这样的明天。对他们来说，这个男人的明天不就是实现梦想的典型吗？

书店老板亲自主持的作家访谈

如果说街角巷陌的书店越开越多已然成为一种潮流,那么把书店拓展为一种文化生活空间,如今也成了另一种潮流。但书店老板们并非出于喜欢才去引领和附庸这个潮流的。这算是一种吸引消费者的策略吧,目的是把顾客引流到店里来,毕竟单靠图书销量的话,书店老板们根本无法养活自己。

英珠最初也只想卖书,可她渐渐意识到,仅靠图书的销量根本不足以回本。虽然店里只有一名员工,但既然站在了雇佣者的立场,她就得对这名员工负责,因而不得不更多地考虑收支问题。于是首先,英珠决定周五晚上对外开放书店的使用权,任何人都可以申请在这里举办作家访谈、演出或是展览等活动。因为书店只是提供场地,所以英珠和旻俊只要照常工作即可。

不过英珠也会帮忙宣传,比如在店门口的立牌上贴上海报,或是把申请链接挂到社交平台上。起初她也担心这么做会给来看书的客人造成不便,但后来发现恰恰相反。许多原本想看书的客人到店后看见有作家在朗读或是有歌手在演唱,都纷纷表示想要参加。所以英珠决定，只要在店里购买一本书或点一杯饮品，就能以五千韩元的价格现场加入进来。

书店在每个月的第二个周三举办作家访谈，第四个周三举办读书会。前六个月的读书会都是英珠在主持，但她感到越来越力不从心，后来便提议将读书会的主导权让给其他常驻成员，大家也都欣然答应了。现在的读书会由两三个成员轮流选题和主持。

作家访谈则由英珠亲自担任主持。一来她是想趁着这样的机会向作家尽情发问，二来是想把"书店老板亲自主持的作家访谈"打造成休南洞书店的特色。访谈结束以后，英珠还会把录下来的内容编辑成文字，上传到博客和社交平台上。作家们都特别喜欢英珠精心编辑出来的文字内容。

目前书店只在周三和周五举办活动，以后要怎么样还在思考中。英珠很清楚，就算是再喜欢的工作，一旦超负荷就会演变成"被迫工作"。喜欢的事情尚且如此，如果不喜欢，而且工作量还非常大的话，就是活遭罪。能否一直保持对工作的兴趣，关键就在于工作量是否合适。英珠一直格外注意不让自己和旻俊的工作量超出负荷。在举办读书会和作家访谈的日子，旻俊也只要多工作半个小时就可以了。

每次准备作家访谈时，英珠都分外紧张，从活动前几天开始就懊悔不已：我为什么要找这种苦头吃呢，明明不爱出风头……口才也不好……可是真正到了活动当天，她又会乐在其中，把之前的懊恼通通抛诸脑后。特别是能把自己在阅读过程中产生的疑问，还有自己喜欢的内容面对面传达给作者，是英珠一直无法放弃举办作家访谈的最大原因。

小时候，英珠还以为作家都不上洗手间，对一日三餐也毫无兴趣。唯独在夜深人静之时，才会有一缕忧愁从他们的肩膀扑簌簌滑落，从脖颈到腰部，再到脚尖，浑身被藤蔓般的孤独紧紧缠绕着。被孤独缠身的人似乎都比较难以平易近人，所以面对孤僻的作家时，英珠总会更宽容一些。在她看来，作家是洞悉世间一切道理后，被命运牵引着走上写作之路的人。世上会有他们不懂的东西吗？应该没有吧？英珠至今仍对作家抱有这种幻想。

但举办了作家访谈活动之后，英珠就发现，现实中的作家比她幻想的形象要更为平凡、随和。他们都是普通人，每天也会怀疑自己有没有写作天赋。他们有的滴酒不沾；有的作息比上班族还规律；有的认为体力最重要，每天坚持跑步。有一个作家，其梦想是成为不为生计所困的全职作家，每天坚持写作七小时，在访谈结束后对英珠说：

"试一试而已，我也不知道自己有没有这方面的天赋，不写写看又怎么知道呢，所以就想尝试一把。"

有些作家比英珠更腼腆、更害羞，还有的甚至无法直视英珠的眼睛。其中有一位作家说自己口才不好，无法说出自己的想法，所以选择了写作这条路。他说自己之所以讲话慢是因为脑子反应

041

迟钝，希望大家见谅。他通过这种独特的自嘲，博得了大家的笑声。这些作家没有迫不及待地抒发自己的主张，而是慢条斯理地陈述着每一句话，英珠感到了一种别样的宽慰。就像他们说话这样，哪怕看起来不是那么机敏，但只要小心翼翼地一步一步往前走，好像也没有什么不可以的。

明天的作家访谈的主题是"亲近书本的52个故事"，邀请的是《每日阅读》的作者李雅凛。这本书刚读到一半时，英珠就很想见见这位李雅凛作家了。全书读完之后，她一下子就整理出了二十多个问题——她有太多太多想法想和这位作家分享了。

与作家的一问一答（博文上传时间为晚上10点30分，Instagram帖子摘要版上传时间为晚上10点41分）

英珠：我先来谈谈我喜欢这本书的地方吧。读完后，我的感受是"原来就算读书也未必会成功啊"，这一点让我很喜欢（笑），正好和我的想法不谋而合了。

雅凛：您的感受很准确。（笑）人们不是常说，读书能使我们的眼睛变得更加明澈吗？一双明澈的双眼，有助于我们看清世界。理解了世界之后，我们就会变得强大起来。所以才会有人认为，变强了之后就一定会成功。可他们忽略了一点，那就是在变强的同时，承受的痛苦也更多了。书里的大千世界承载了各式各样的痛苦，我们的个人经验却十分有限，有许多痛苦都是我们闻所未闻、见所未见的。阅读让我们看到了以前看不到的痛苦。当感受到别人莫大的痛苦时，就无法再轻易地去追求个人的成功或幸福了。所以我觉得，读书反而会让我们与通常所说的"成功"背道而驰。读书不会让我们抢在别人前面或是爬到别人头上，而是会让我们从旁伸出援手。

英珠：从旁伸出援手，说得真好啊。

雅凛：嗯，所以也可以说，最终我们是在其他方面取得了成功。

英珠：在哪方面呢？

雅凛：在变得更富有人情味方面？经常读书的话，就会比较容易和他人共情。生活在现在的社会，如果随波逐流的话，就会不停地朝着成功奔跑，而读书能让我们停下脚步，去看一看周围的人。所以我相信，只要读书的人多了，这个世界就会一点点变好。

英珠：现在很多人都说自己没时间看书。您应该看了很多书吧？

雅凛：我看的也不太多，大概两三天一本这样。

英珠：那已经算很多啦！（笑）

雅凛：是吗？（笑）大家都很忙，只能尽量抽空读一读。早上抽点儿时间，中午抽点儿时间，晚上抽点儿时间，睡前也抽点儿时间，这些碎片时间拼凑起来还是挺多的。

英珠：记得您曾说过自己会同时读好几本书。

雅凛：可能是我这人比较散漫吧。就算是再有意思的书，时间一长都会觉得乏味。我不喜欢乏味的感觉，所以这种时候，我会赶紧翻开另一本书。有人可能会说，这样看书容易记串内容，但我好像不会。

英珠：有些内容读过以后，好像总是记不住。

雅凛：嗯……我看书时不会太纠结记不记得住。当然了，内容情节是相互连贯的，对前面的内容还是要有个大体的印象。如果真的一点儿都记不起来了……其实我几乎没遇过这种情况，大概的内容总会记得。要是真想不起来的话，我会重新看一遍之前用铅笔标注的地方。

英珠：您在书中也提到过不会纠结记不记得住的问题，可是这样真的没关系吗？（笑）

雅凛：（笑）我认为没关系啊。读书嘛，怎么说呢，我常常觉得，读书的痕迹不是留在记忆里，而是留在身体里，也可能是留在记忆之外的记忆里。当我们面临选择时，那些被遗忘的语句和故事就会暗暗地帮助我们做出抉择。就拿我自己来说吧，我做选择的依据，几乎全部来源于我读过的书。尽管我无法一一记得书中都讲了些什么，但它们至今影响着我，所以应该没必要对记不记得住太过执着吧？

英珠：听了您这番话，我感觉释然多了。上个月我刚读了一本书，现在就已经不太记得了。

雅凛：我也是啊，大部分人应该都是这样。

英珠：很多人都说这是个不爱看书的时代，对此您怎么看呢？

雅凛：写这本书时，我才第一次接触Instagram，登上去一看，着实吃了一惊。谁说最近的人不爱看书呢？我感觉有相当一部分人在以惊人的速度阅读啊。看到这些人，我就知道读者一定不会消失。当然，我也知道他们是极特别、极少数的群体。不久前，我看到一篇报道，说韩国一半的成人全年读书量不足一本。但是，对于"很多人不读书是个问题"这种观点，我是持保留看法的。之所以会这样，都是因为太忙了，没有时间，也没有心情。现在这个社会，每个人都活得像陀螺一样。

英珠：那么在这个社会变好以前，我们都无法阅读了吗？

雅凛：嗯……我不希望只是一味地去等这个社会变好。只有读书的人多了，能共情的人多了，社会才能以更快的速度变好。

英珠：那我们应该怎么做呢？

雅凛：这不是我个人能解决的问题。（笑）嗯，不过大家还是有读书需求的，好像很多人都能意识到自己应该多读点儿书。可是有些人想读书却读不下去，那该怎么办呢？

英珠：……

雅凛：万事开头难嘛。从根本上说，这就是真理。（笑）那要怎样才能踏出第一步呢？这本书可以说就是为了他们而写的。（笑）

英珠：哎呀，怎么还卖起关子了呢？您在书上不是还提到了计时器吗？说看不下去的时候，可以借助计时器。

雅凛：不好意思，刚刚开了个玩笑。看不下去时，我建议先想想自己当下对什么感兴趣。面对感兴趣的事物，人会本能地激发出无限的兴致。最近不是有很多人想辞职吗？市面上有很多书是那些辞了职的人写的。如果想辞职的话，大可以去找这些书来读一读。如果想移民，就看看关于移民的书。觉得自尊感低？和好朋友断绝关系？抑郁？也都可以找相关领域的书来看看。阅读过程中容易走神，看着看着就跑去干别的事了。这种时候，我通常会打开手机的计时器，先定二十分钟。在提示音响起之前，无论发生什么事，我都只专注在读书上。约束使人产生紧张感，而适当的紧张有助于我们集中注意力。二十分钟过后呢？您可以自行选择，如果觉得今天读二十分钟够了，就合上书本，开开心心地去做别的事。要是还想继续，就再设定一次二十分钟的倒计时。只要坚持三次，就是一个小时。我们可以试试一天设定三次计时器，这样就能完成每天阅读一小时的目标了。

咖啡与山羊

旻俊刚来上班那阵,咖啡豆都是每周两次直接配送到店里。为了防止香气逸散,咖啡豆密封在一个个小包装袋里。但最近,他隔天会在上班前去一趟 GOAT BEAN,一来是为了取预订好的咖啡豆,二来是为了和芝美商量下次用什么豆子。

GOAT BEAN 是英珠在筹备开书店时打听到的咖啡豆供应商。为了找到质量好且经营有道的厂家,她不断托熟人打听。幸运的是,在休南洞就有一家。老板芝美为人热情,在英珠独自看店那段日子,她每周都会过来看看英珠的咖啡调得怎么样。芝美说,即便豆子再好,不同的咖啡师调出来,味道也会有天壤之别。偶尔她还会亲自给客人冲调咖啡。

得知英珠招到咖啡师后,芝美第一个跑了过来。她伪装成客人,尝了几次旻俊冲的咖啡。每次离开书店时,她都会向英珠汇报一下自己的试饮结果。

"英珠啊,他可比你强多了,这下我算是放心了。"

"姐,不至于吧?"

"至于啊，英珠。"

直到第四次品尝时，芝美才表明了自己的身份。

"旻俊，你不知道我是谁吧？"

旻俊听后一头雾水，愣愣地看向眼前这个从来没有聊过天的客人。

"现在你手里拿的咖啡豆就是我烘焙的。"

"您是 GOAT BEAN 的烘焙师？"

"没错。旻俊，你明天上午十一点有事吗？"

旻俊没有作声，在心里揣度着对方的意图，于是芝美又补充道：

"你来我们店里看看吧，咖啡师总要了解自己用的豆子从哪儿来、怎么来的吧。"

次日，旻俊来到了 GOAT BEAN。那天，从未迟到过的旻俊第一次没去上瑜伽课。推开门后，映入眼帘的空间有点儿类似于小型咖啡馆，穿过这个空间打开后门，就是烘焙咖啡豆的地方了。

看到烘焙机的那一刻，旻俊立马联想到了削笔刀。不同的是，那个握住把手旋转几下就能削好铅笔的小小工具，现在变成了一人高的正在翻炒着咖啡豆的机器。三名烘焙师在各自的烘焙机前忙个不停，昨天和他搭过话的芝美则坐在椅子上，正逐个挑选着桌上的东西。旻俊打了声招呼，芝美挥手示意他过来坐下。

"我在这些生豆里挑瑕疵豆呢。"未等旻俊坐稳，芝美就开始介绍起来，"一般我们把这道工序称作'手选'。"芝美继续着手上的动作,"你看这个,颜色明显比其他豆子黑一些吧?这是因为果实烂掉了。再看这个,褐色的,这是酸了的,你闻闻,是不是有点儿酸?在烘焙之前,这样的豆子都得挑出来。"

芝美始终保持着一个姿势耐心地挑着瑕疵豆。旻俊照着芝美挑出来的瑕疵豆,也跟着把那些黑色的、褐色的和干瘪的豆子逐一挑出来。芝美手里不停地忙活着,但眼睛仍不时看看旻俊挑瑕疵豆的样子。

"你知道'GOAT'是什么意思吗?"

"山羊?"

"那你知道这家店为什么叫'GOAT BEAN'吗?"

"嗯……这个嘛,是因为山羊和咖啡的起源有关吗?"

"哟,我就喜欢你这种反应快的人!"

随着"完工"的话音落下,芝美猛地从椅子上站起来,把旻俊领到最左边的烘焙机旁,一名烘焙师正在刚烘焙好的豆子中忙着手选。"烘焙之后还要再进行一次手选,咖啡的味道才会更加香醇。"芝美解释道,"这是你一会儿要带走的咖啡豆,再磨一下就可以了。"

芝美和烘焙师朝磨豆机走了过去,旻俊也跟在他们身后。

"根据研磨程度的不同,咖啡粉有粗和细之分。粗粉有粗粉的萃取方法,细粉也有细粉的萃取方法。"

"……"

"你调的咖啡很好喝。"芝美看着静静听自己说话的旻俊说道,"就是有点儿苦,应该是萃取过度了,所以我把豆子磨粗了些,这样苦味就没了。你发现味道变了吗?"

旻俊若有所思地答道:

"我还以为是因为我调整了萃取时间,味道才变的呢,原来不是啊。"

"哦!你也在做尝试啊!"

在等待咖啡豆研磨的时间里,芝美把自己的咖啡知识一股脑儿地灌输给旻俊:据说,人类之所以能发现咖啡是因为山羊。山羊吃了一种小小的、圆圆的红色果子后,就会不知疲倦地蹦蹦跳跳。牧羊人见此情形,才第一次意识到咖啡果实的存在以及它的功效。

"所以我才把店名起为'GOAT BEAN'。绞尽脑汁去想名字太麻烦了。"

芝美说应该没人比她更不耐咖啡因了,说着还无奈地摇了摇头。即便如此,她还是特别爱喝咖啡,每天都会喝上三四杯。喝那么多晚上会睡不着吧?旻俊正想着,芝美就像会读心术似的,随即说道:"所以一定要在下午5点之前喝。"接着又补充道,"如果还是睡不着的话,喝几杯啤酒就好了。"

芝美说,咖啡树是常青树,咖啡豆是咖啡果的种子。咖啡豆大体分为阿拉比卡豆和罗布斯塔豆,GOAT BEAN 的豆子大部分为阿拉比卡豆。"这种豆子的味道更好些。"她解释道。她问旻俊知不知道是什么决定了咖啡的香味，旻俊答不知道。芝美接着说，是海拔决定的，低海拔地区长出来的豆子带有隐隐的香气，比较普通，而高海拔地区长出来的豆子则酸度宜人，还散发着果香或花香，口感比较丰富。她说最初和英珠挑选咖啡豆时，因为英珠尤其钟爱果香，所以后来给她送的都是同类型的豆子。

打那以后，旻俊每周都会去一次GOAT BEAN。因为去得太频繁，他索性改掉了瑜伽课的时间。他慢慢学会了把握GOAT BEAN的气氛，如果开门进去时，迎面扑来凉飕飕的空气，那就说明芝美正在气头上。不必说，一定是因为她的丈夫。旻俊曾一度怀疑芝美的丈夫是虚构出来的存在，就像独角兽。因为店里的烘焙师们也从未见过她的丈夫，所以旻俊才怀疑那是她假想出来的挨骂对象。

后来是一张照片消除了旻俊的疑心。在偶然见到的那张照片上，芝美看起来很年轻，三十岁出头的样子，旁边的男人应该就是她的丈夫，两人脸上都洋溢着幸福的笑容。芝美说那张照片是结婚不到一年时照的，她曾无数次萌生过撕掉照片的念头，但却像傻瓜似的保留到现在，接着又开始数落她的丈夫。说到丈夫把家里变成垃圾场，或是把冰箱里的食物放坏时，她可以骂上十分钟；说到丈夫骗她去参加葬礼，实则跑去和朋友们通宵喝酒，又或者是丈夫趁她上班和年轻女人坐在咖啡馆里谈天说地时，她可以骂上二十分钟；说到丈夫只是把她当成一个赚钱机器时，她可以骂上三十分钟。有一次，芝美就抓着旻俊足足抱怨了半个小时，那天旻俊第一次险些迟到。

今天的时长是十分钟。

"真是自作自受啊，还是我先喜欢上那位的。"

芝美总是用"那位"来称呼她的丈夫。

"我觉得他那副云淡风轻的样子特别帅，就像一个搭着便车环游世界的旅人。我娘家那帮人，但凡遇到点儿什么事，就咋咋呼呼地乱成一锅粥，忙活半天还把事情搞砸，这种情况也不是一次两次了。这个男人是我见过的最淡定的人，无论是老板冲他发火，还是被客人指着鼻子破口大骂，他都是一副坦然自若的样子。"

芝美说，他们两人是在啤酒屋打工时相识的。

"就是看他那样子太帅了，我才主动发起了进攻。交往了几年后，又是我吵着要结婚的。我原本可是独身主义者啊，最近好像叫不婚主义者吧？女人们累死累活的样子，小时候看太多了，所以才不想结婚。我妈、我妈的姐妹们，还有她的朋友们，那日子过得真叫一个累啊，估计她们后悔得肠子都青了吧。但我还是被这个男人迷了心窍，一直缠着他，还说我来准备婚房，只要他跟我结婚就行。结果呢，就成了这样。昨天我回家一看，家里都不像人待的地方。碗筷堆在池子里，穿过的衣服扔得到处都是，洗手间水池里的头发也没清理。我当时都快饿晕了，打开冰箱一看，结果什么吃的都没有。家里仅剩的两桶方便面，也让他早上一桶、中午一桶全吃光了，还就着我周末买回来的腌菜！他不去干活，这点我不会说什么，可是好歹关心关心一起生活的人吧。我的肚子就不会饿吗？把方便面吃完了，倒是买回来补上啊，不想买的话，让我买回来也行啊！我一跟他说这些，他又不高兴，直接就回房了，直到今天早上，我俩都还没说过一句话。"

芝美滔滔不绝地发泄了一通，然后仰头干了一杯水，又对旻俊说：

"抱歉，每次都和你说这些。可要是不说出来，我心里真是憋得慌。旻俊，你应该不想听到这些吧？"

奇怪的是，旻俊对此并不反感，甚至还想下班后和芝美去啤酒屋之类的地方，听她骂上两三个小时。他也奇怪自己为何会有这种想法，可能是觉得听别人说了几个小时后，自己也能把心里话说出来吧。直到这时，他才头一次真正意识到，原来自己已经独来独往很久了。

"没有不爱听，多说点也没关系。"

"不了，你这么一说我就更不好意思了，以后我少说点儿。"

"……"

"看看，今天的咖啡豆就是之前说的哥伦比亚混合豆。哥伦比亚占40%、巴西30%、埃塞俄比亚20%、危地马拉10%。只要知道哥伦比亚咖啡豆会给人一种均衡感就行了，那么巴西呢？"

"……"

"说错了也没关系,有什么好纠结的。"

"……呃……甜味。"

"对了,那埃塞俄比亚的呢?"

"嗯,这个嘛……酸味?"

"最后一个,危地马拉的呢?"

"嗯……苦味……"

"没错!"

从 GOAT BEAN 出来之后,旻俊突然察觉到天气变了,不知从什么时候起,夏天那种闷热的感觉已经消失了。温度依然很高,却是清清爽爽的。秋天快到了。去年因为天气太热,整个夏天他都是搭乘公交车从 GOAT BEAN 去书店的。等天气再凉快些,应该就可以走着去了。

运动、工作、看电影、休息。这"四点一线"的简单生活,旻俊觉得自己适应得还不错。这样应该就够了。这么生活下去,好像也可以。

扣子是有，但没有扣眼儿

考上心仪的大学时，旻俊感到松了口气。父母常跟他念叨"第一颗扣子一定要扣好，你再加把劲"。虽然不爱听这种话，但当大学录取通知书拿到手时，旻俊还是在心里想着"第一颗扣子总算是扣好了"。大人们总说只要考上好大学，就会有个好未来，他们认为顶着名牌大学的招牌，一切问题就都可以迎刃而解。旻俊和朋友们体会到的却是，现在大学的招牌也不能保障自己安稳的未来。即便进入了大学校园，也仍和以前一样，不得不继续向前拼命奔跑。

旻俊独自从老家来到了首尔，在开学典礼举行之前，他就制订好了大学四年的计划——挣学分、实习、考资格证、做志愿者和学英语。朋友们的计划也都相差无几。虽然父母拥有足够的财力，能让孩子在更优越的环境中顺利且舒适地积累他们的履历，但有些事情还是只能凭孩子自己的本事完成。就像小学暑假制定时间表那样，旻俊给每个学期都制定了时间表，而且他也有执行的热情和毅力。在旻俊上大学的四年间，全家人就像一个团队一样，齐心协力地为他筹备学费、房租和生活费，把球顺利打进一个个球门。

旻俊的大学生活就是永无止境的兼职、学习、兼职、学习、兼职、学习……虽然兼顾好两者并不容易，但他觉得这些都是人生的必修课，熬过这些日子就可以了。他始终深信努力生活就是最好的。虽然总是因缺觉而感到疲惫，但偶尔能睡个懒觉就感觉十分幸福了。之所以能有这么乐观的态度，是因为至今为止他的努力都获得了回报，而且他相信未来也会一直如此。他在大学四年的绩点接近4.0[1]，履历也不差，他自信未来可以做好任何事情。然而，求职之路并不平坦。

"唉，连我们都找不到工作，这像话吗？你我哪里比别人差啊？"

在学校门口的酒馆里，成哲干了一杯烧酒后抱怨道。

成哲和旻俊不仅同级，还同系，自从在新生说明会上认识后，两人就熟络了起来，大学期间总在一起玩。

"不是因为我们比别人差才找不到工作。"

旻俊已经喝得脸有些泛红了，也跟着干了一杯。

"那你说是为什么？"

这个问题成哲已经问过旻俊千百遍了。旻俊也同样在心里问过自己无数遍。

---

[1] 韩国大部分大学的绩点满分是4.5分，少数学校为4.3分或者4.0分。——译者注

"因为眼儿太小了。不对,是压根儿就没有眼儿。"

旻俊给成哲续上烧酒后说道。

"眼儿?你说就业缺口吗?"

成哲也给旻俊的酒杯满上了。

"不是,扣眼儿。"

两人一口气干掉了杯中的烧酒。

"这是上高中那会儿,我妈说的。她说只要第一颗扣子扣好的话,后面的扣子自然就会扣好,考上一所好大学就意味着第一颗扣子扣好了。所以刚考上大学那会儿,我松了口气,以为接下来的第二颗、第三颗扣子都能扣好。这像是痴心妄想吧?但那时候的我并不这么觉得。你也知道我挺聪明的吧,你承认我比你聪明吧?我这么聪明,还这么努力,居然还被这个社会抛弃,凭什么啊?"

可能是酒劲儿上来了,旻俊把头埋得很深,过了一会儿,他又抬起头来接着说道:

"我啊,上了大学以后真是拼尽了全力在制作扣子,你也是吧。扣子的间距也掌握得很好,我应该比你做得更好。仔细一想,成哲啊,你在制作扣子上也帮了我不少呢。谢谢你啊。"

旻俊拍了拍成哲的肩膀,成哲一脸满足地咧开嘴笑了。

"我的扣子色泽比你的漂亮,我也想跟你说声谢谢啊。"

听了成哲的话,旻俊笑了笑,然后用充血的眼睛看着他:

"但是吧，成哲——"

"嗯？"

"最近吧，我在想，一直以来我都在拼死拼活地制作扣子，可是只有一点是我没有想到的。"

"什么？"

成哲的眼神开始有些涣散，他努力调整了下状态后问道。

"没有扣眼儿啊。你想啊，一件衣服，只有一边钉了一排高档扣子，另一边却连一个扣眼儿都没有。为什么呢？因为没人去捅扣眼儿。所以你看我的衣服，就系上了第一颗扣子，看着多碍眼。"

听着旻俊的话，成哲也不自觉地低头看了看自己的衬衫。衬衫上的扣子排列得整整齐齐，但从第一颗开始就没上。成哲像是被什么东西吓了一跳，猛地蜷缩了一下身体，赶忙开始系第一颗扣子，第二颗……因为喝醉了，手指不太利索，但他还是努力让自己的眼神聚焦，直到系好最后一颗扣子为止，整个过程都非常用心。他心想，难不成是因为自己每天都敞着衣服，所以才找不到工作吗？旻俊没有理会成哲的动作，他意味深长地看着手中的烧酒瓶，仿佛是第一次见到这种东西一样，接着说道：

"多搞笑啊，要是一颗扣子都没有，没准儿人家还会觉得这是故意设计的呢。但你看看现在，只有第一颗扣子系着，下面一排扣子都派不上用场。现在既不是全扣，也不是全不扣，总是差了那么点儿。衣服是这样，穿这衣服的我也是这样。你说这是该哭还是该笑？谁能想到过去那些时间就换来了现在这副模样？这日子可真是让人哭笑不得啊。"

"这还不算糟呢。"

把第一颗扣子系上之后，成哲就觉得脖子难受，他频频扯着领子说道。

"怎么就不算糟了？"

"虽然哭笑不得，但好歹并不只是哭嘛。"

旻俊愣愣地看了一会儿成哲，然后用手指使劲儿点了点他的额头。

"是吗？这样就算好吗？这样也糟透了！"

"你小子怎么了！"

"这就是乐观主义吗？这种人生有什么可乐观的？真乐观得起来吗？"

旻俊抬高音量不知在大喊什么，成哲捂住了他的嘴。旻俊把他的手甩开，又喊了起来：

"这日子到底算什么啊！"

旻俊和成哲一边感叹这令人哭笑不得的生活，一边咯咯笑着。旻俊握着空酒杯，成哲拿着烧酒瓶，又说他们的人生并非只有哭，至少现在还能笑出来，真是太庆幸了，然后又笑了起来。这期间，旻俊又点了一瓶烧酒。成哲也喝得正起兴，加了份鸡蛋卷和部队锅。看着桌上的三个烧酒瓶，两人陷入了同样的深思。他们都希望在不久的将来，有一个人能突然出现，在自己的衣服上打几个扣眼儿。要是能把第二个、第三个扣眼儿打出来就好了，这样就能证明自己并不比别人差了。来都来了，那就顺便也在旁边这位朋友的衣服上打上扣眼儿吧，给所有朋友的衣服上都打上扣眼儿。不，既然如此，干脆就让这个世界满是扣眼儿吧，那种无论多大的扣子都能嗖嗖穿过去的巨大扣眼儿。

那天喝完酒后，又过了几个月，他们就都不再联系对方了。具体记不清是从什么时候起断了联系，但可以确定的是，到现在为止，他们已经有近两年的时间没有联系了。可能是成哲已经找到工作了吧。如果他觉得只有自己找到了工作，所以才不好意思联系旻俊的话，倒也能理解；相反，如果是因为他没有找到工作才不联系的话，那就更好理解了，因为旻俊自己现在就是这种状况。他和大部分大学同学都断了联系，别人给他打电话他不接，发短信他也不回，偶然在就业准备学习小组上见到了，也只是不冷不热打几声招呼而已。那时候，旻俊参加了两个面试学习小组，可即便通过了材料审查、职业素养测试和人格测试，最后还是经常在面试环节上败北。他每天都会照好几遍镜子，是因为长相吗？虽然自己的脸长得不算好看，但也不难看啊，就是一张大众脸，也是上班族中最常见的长相。这张脸和旻俊的面试官几乎没什么差别。难道是因为长得太大众化，所以才找不到工作的吗？

旻俊把小组学习当作真正的面试，面对其他成员的提问，他表现得自信满满又不失谦逊。为了给别人留下不会太激进但是比别人更富创意的印象，他不断练习举止仪态，让自己看起来不会攻击性过强，也不会畏首畏尾，而是一副不卑不亢的样子，仿佛毕业后这两年多的空白期都是因为公司没有识人的慧眼，而不是因为他有什么不足之处。

然而，结果是再一次的失败。

进入最终面试的那家公司发来了面试未通过的短信。旻俊又看了一遍短信内容，然后马上删除了。他一动不动地站着，揣度着自己现在的情绪。是失望吗？生气？羞愧？还是想死？都不是。他如释重负。他预感这会是自己投简历的最后一家公司。倒不是因为下定了某种决心，而是不知从何时起，他已经不再为找工作付出任何努力了。以前投简历的那些公司，让他去做职业素养测试他就去做，让他面试他就面试，然后习惯性地在面试官面前表现出真诚和紧张的样子，仅此而已。不过这一次，他觉得一切都结束了。到此为止吧。旻俊终于松了一口气。

"妈，我没事，你不用担心。做家教完全能赚出生活费，我歇一段时间再开始找工作。"

旻俊倚坐在出租屋里跟妈妈通电话。"真没事啊？"妈妈的声音显然是在故作轻松，旻俊唯有用更加轻松的语气抚慰着妈妈。他骗了妈妈。短期内他并不会去做家教，也不打算找其他工作。

他想摆脱待业人员的身份，不想再为了什么而做准备。他不想继续走在一条没有尽头的路上，不想再茫然地用双臂去推一堵岿然不动的墙，这种心情他已经体会够了。

他想休息了。回想起来，从初一开始，他就从未轻松过。取得了一次好成绩之后，为了将这个成绩保持下去，就要不停地努力。他不讨厌努力，但如果早知道努力的结果依然是这样，他就不会努力了。但他也不想为过去后悔。可是，如果以后也像现在一样生活的话，没准儿哪一天，他真的会后悔。旻俊查了一下银行卡余额，还能撑几个月。那一刻，他做了一个决定：在余额变为零之前，他要一直混下去，体验一下什么事都不做的生活。对，就这么决定。然后，然后呢？然后……

"哪有什么然后，没有然后了。"旻俊真的很轻松。

冬季临近尾声的时候，旻俊开始了他的无业游民生活。为了正式的无业游民生活不被打扰，他只在睡觉前看一次手机，那也是在他想起来时才会开机看看。趁着还没忘记，他打电话给通信运营商，把话费更改成最便宜的套餐。反正他也没有想打电话的人。

把一些该办的事情都办妥之后，接下来要做什么呢？虽然不知道接下来的日子会过得多随意，但如果每天都能顺其自然就好了，真希望能完全摆脱早晨的闹钟、大众的目光、父母的叹息、无止境的竞争、攀比、对未来的恐惧……

早上睡个懒觉，在床上躺到肚子饿了才起来吃饭，吃完又回到床上舒舒服服地躺下。除了窗外行人的脚步声、聊天声和汽车声以外，一整天再也没有其他的声音了。待外面的声音渐渐安静下来，旻俊的脑海里便开始自动闪过各种念头。有时他会突然变得忧郁无比，有时又会感到特别乐观。他变得喜欢自言自语起来。

"到目前为止做的这些事……"他对着空气说道，然后又在心里想，"原来都是为了找工作啊。"

旻俊想起在幼儿园自己听写得了一百分的场景。老师在本子上用红笔写了一个大大的"100"，一边说着"旻俊小朋友，真棒"，一边用力拍了拍他的屁股。老师的表扬让他有些害羞，但他还是心潮澎湃。跑回家翻开本子给父母看，他们一下子把他举了起来，问他想吃什么。

"是从那个时候开始的吗？"旻俊从冰箱里取出两枚鸡蛋，又自言自语道。

旻俊忽然意识到，一旦决定放弃就业，在小学、初中、高中和大学学到的所有东西，以及在小学、初中、高中和大学做的所有事情，这一切的成果通通都会变得一无是处。

"不，也不能光这么看。这不……我的英语学得挺好的嘛。去国外旅游时也方便。啊，我真傻，能去几次国外啊。但……如果在路上遇到外国人问路，我不是能告诉他们吗？唉，管他呢。想想自己英语学得挺好就行了。其余的呢？应试的诀窍？制作PPT

的能力？越来越坐得住的屁股？亲身测试人在疲惫时能撑多久的经验？这些都毫无用武之地了吗？"

旻俊开始思考此前所做一切的最大成果，那就是他自己。虽然处处碰壁，像个小丑，但他并不讨厌自己。事实上，他也并不觉得自己不行。他曾听过这样一句话：不能光是努力，还要做得好才行。可是，这个"好"是以谁为标准呢？旻俊想起了自己制作的扣子，那些样式精美、色泽漂亮、质量上乘的扣子，都是他不眠不休、倾注全副心血做出来的。他一直相信自己制作的扣子都是"好"的。

然而，它们只是为了就业制作出来的。旻俊觉得很伤心。即便如此，他还是不愿把制作扣子的时间当成虚度光阴。那些美好的瞬间应该在我的身体、我的心里都留下痕迹了吧？不是吗？难道我过去的那些日子全都是错的吗？

不知不觉间，旻俊的无业游民生活已经变得十分规律了。他发现自己原来不属于贪睡的类型，觉睡多了反而浑身难受。即便不设闹钟，他还是会在早晨八点钟准时醒来。起床后把房间打扫干净，再好好做一顿早餐。因为已经决定在花光账户余额之前不去考虑钱的问题，所以他的一日三餐吃得还算丰盛。早餐是面包配煎蛋或软滑西式炒蛋；午餐的主食是米饭，再配一些蔬菜；晚餐就尽情吃当天想吃的食物。

到了上午九点半，旻俊就出门了。从家到练瑜伽的地方需要二十分钟，步行过去就当散心了。练瑜伽原本是想舒展一下身体，但没想到他还挺适合这项运动的。刚开始每次练完，浑身上下又酸又痛，他都不知道原来身体这么多地方都有肌肉。但现在每次练完之后，他都觉得特别神清气爽。旻俊最喜欢的就是在做完瑜伽后，把身体舒展开来躺下休息。这样躺一会儿就能缓解身心的紧张感，这让他感到很惊讶。有时他也会浅睡一会儿，这时候的睡眠质量真是棒极了。当听见瑜伽老师用低沉的声音说"大家坐起来吧"时，他的身体会不由自主地跟着抖两下，意识也有些模糊。在步行回去的二十分钟里，身上的各个关节也慢慢活动开来，到家时，他的心里会涌上一阵短暂的幸福感，感觉做了一件对自己很有益的事情。

短暂的幸福停留过后，不幸也会随之而来。当旻俊坐在出租屋里，把一个巨大的菜包塞到嘴里的一刹那，他的脑海里突然闪过这样的念头：

"我，这么活着也行吗？"

菜包是真的很美味，但这种想法也是真的很倒胃口。想到倒胃口的东西无法战胜美味，旻俊又往嘴里塞了一个巨大的菜包。细细咀嚼片刻后，方才出现的不幸感很快便消失了，一切又回到了无所谓幸或不幸的状态。

吃过午餐后，旻俊一般都会看看电影。除了电影，有时他也会把别人推荐的那些"一生必看电视剧"攒起来，一口气连看好几部。《白色巨塔》[1]是最近才看的。大结局张俊赫死的时候，旻俊泣不成声。看《秘密森林》[2]时，他频频感叹："原来我国的电视剧已经拍得这么优秀了。"他一般会参考专门介绍电影的网站精心挑选电影，一个月还会去两三次艺术电影院。如果成哲见到他现在这个样子，应该会感到挺欣慰的吧。

成哲非常喜欢看电影。作为一名狂热的电影爱好者，就连考试期间，他也照样会去看夜场电影。看见他那因熬夜而深陷的眼眶，旻俊会忍不住说他总爱看那些打来打去的电影。

"不要因为别人说这部电影好看你就去看，要看就看自己喜欢的。"听到成哲嘚瑟地说出这话时，旻俊恨不得用物理手段让他的嘴闭上，但他是不会闭嘴的。当旻俊从电影院看完某部电影回来，说这部电影破了千万票房时，成哲还会对他进行人身攻击，说："你这家伙也就这样了。好看的电影自然会有千万观众去看，但达到千万票房的电影未必是好电影。看来你不知道啊，那些电影之所以能达到千万票房，是因为它原来已经有了三百万的票房。"即使旻俊没接话，成哲也不理会，自顾自地说下去，"意思就是说有几百万的观众都成了宣传电影的奴隶。当观众超过三百万时，制作方就开始宣传'这部电影票房已破三百万'，人们就会想：'哇，

---

1 《白色巨塔》：一部高收视率的经典日剧，讲述了浪速大学医学部附属医院的医疗事件以及斗争。——编者注
2 《秘密森林》：韩国犯罪悬疑剧集，讲述了一起连环杀人案件及其背后的故事。——编者注

这部电影票房过三百万了，要不去看看？'于是票房很快就过了四百万，然后制作方又宣传'这部电影票房已破四百万'，人们又会想：'哇，这部电影的票房都过四百万了，要不去看看？'同理，然后票房就突破了五百万、六百万、七百万——"

"你烦不烦啊？"旻俊打断了成哲的话，"你不知道那就是诡辩吗？"

"你又在装作自己很懂啊！"

"你不就是这意思吗？如果电影票房到了三百万，就相当于坐上了通往一千万票房的直通车。这么说，拍电影的那些人的目标不都是三百万票房吗？因为只要达到三百万票房，就等于会达到一千万票房。"

"哎呀，算了。你脑子不够用，怎么只听得懂别人的字面意思啊？我要说的重点是，即使票房过了一千万，也不意味着它就是一部能让千万观众都满意的好电影。所以不要因为它是一部卖座的电影就去看，我们所有人，所有喜爱电影的人，都应该去看自己喜欢的电影，是这个意思，明白了吗？"

"都还没看呢，怎么知道自己喜不喜欢？"

旻俊也没看成哲，自顾自地在本子上记着笔记。

"导演！海报！剧情简介！你想想啊，我们国家几千万人口，你以为他们都喜欢看检察官和黑帮斗来斗去的电影吗？你以为他们都爱看新派剧[1]吗？你以为他们都是漫威的狂热粉丝吗？难道不是因为跟风吗？"

旻俊不明白为什么一提到电影的话题，成哲就如此兴奋，但现在能把他这股兴奋劲儿压下去的人也只有自己了。旻俊停下笔，抬头看着成哲。

"成哲啊，我总算知道你是什么意思了。"

"是吗？"

"你说的我全明白了，是我想错了。谢谢你告诉我这些，真是太谢谢你了。"

旻俊站起身，用一个夸张的姿势抱住了成哲。每一次他都能完美地把成哲的那股劲儿压下去。成哲也将他抱得更紧了。

"朋友啊，也谢谢你理解我。"

按照成哲的话来说，旻俊并不是真的喜欢那些斗来斗去的电影，而是因为不知道自己喜欢什么，才会跟风去看那些别人都说好看的电影。但旻俊也没有因此后悔看过那些电影，有什么好后悔的，看的时候觉得有意思就行了。

现在有时间了，旻俊终于可以探索一下自己喜欢什么类型的电影了。他很想告诉成哲，如果想要知道自己喜欢什么，首先要有充分的时间去了解自己的内心，然后精神上也要有一定的闲情

---

[1] 新派剧：受西方戏剧影响之后编排而成的戏剧。——译者注

逸致，如果不能做到专注的话，就会很难理解那些有层次、有深度的电影。如果再见到成哲，旻俊还要问问他，天天把"忙死了"挂在嘴边的人，是怎么看那么多电影的？无论多忙都能坚持一种爱好，这当中有什么诀窍吗？

看完一部电影后，旻俊会花很长时间去思考，有时一回味，一整天就这样过去了。不带任何目的地把时间倾注在某件事上，这是他以前从未试过的，一想到这里，他就感到自己现在做的事真是太奢侈了——大把大把挥霍时间的奢侈。在这个过程中，旻俊也逐渐了解了自己的兴趣和爱好。他似乎隐约明白了一个道理：当你投入精力去了解某件事物时，其实就是在了解自己。

常　客

旻俊右手擦着桌子，目光却盯着一位中年男顾客。刚刚推门进来的那位客人，从几周前开始把这里当成了图书馆，每个工作日下午一点三十分都会准时出现在店里。听英珠说，头几天来时，他把书店各个角落都察看了一遍，挑选了几本喜欢的书。从那之后，他便一天不落地来店里开启了"午后阅读"模式。英珠还说，两个月前附近新开了一家房产中介，从那里到书店只要五分钟，他就是那儿的老板。

那位客人似乎以为这里是图书馆，他正在看的书是一部大部头，叫《道德部落》[1]。好像已经读了大半，每天他都会津津有味地看二三十分钟。他每次把书放回展示架往外走时，都是一副陷入沉思的表情，甚至有些肃穆，有点儿像汲取知识后陷入了自我感动。要怎么告诉他这里是书店而不是图书馆呢？几天前，英珠和旻俊就如何制止他这种行为商讨了一番。

---

1 《道德部落》：作者是哈佛大学心理学副教授乔舒亚·格林，这本书从心理学角度切入人类道德和伦理研究。——编者注

"等他看完那本书再说吧。"

英珠坐在旻俊对面,正在一张巴掌大的便笺上写字。旻俊也跟着照抄英珠写的内容。

"不过,那位客人,"旻俊停下笔,看着英珠说道,"看的还是《道德部落》呢,却分辨不出自己的行为道不道德,这有点儿搞笑啊。"

英珠埋头继续答道:

"审视自己可不是件容易事,就算看了书也一样。"

旻俊继续动起笔来。

"那就没什么必要看书了啊。"

英珠"嗯"地沉吟了一声,看了会儿窗外,然后转过头来对旻俊说道:

"虽然有些难度,但也不是办不到。那些善于审视自己的人,或许仅凭一本书就能或多或少地做出些改变。但就算是不擅长审视自我的人,只要坚持下去,我相信在不断熏陶之下,最终同样能够坦率地审视自己。"

"会吗?"

"我就属于第二类人,所以才拼命地看书。我相信,只要坚持看下去,我也能变成一个很好的人。"

旻俊好像听懂了,微微点了点头。

"不过,你知道那位客人为什么把房地产中介开在这里吗?"

英珠的语气像是在考旻俊。

"附近的房地产市场变好了吗？"

"没，目前还没。不过他很看好这里未来几年的发展。距离这里二三十分钟路程的小区不是饱受'士绅化[1]'之苦吗，你说那儿的人被赶出来后会流向哪儿？他应该是嗅到了休南洞的商机，说过不了几年，这里就全是那些买房和卖房的人，还有房东和租客。"

看着那位正在悠闲地享受午后阅读时光的客人，旻俊心想，如果真有一天他被命运之神眷顾，那自己就得离开这儿了。现在的月租还能勉强负担得起，可到了那时，租金还不得至少翻一倍？当一个人实现梦想的时候，另一个人的生活却可能会变得落魄不堪，人生就是这么不公平。旻俊心想，那位客人与自己一定不可能成为命运共同体。

在这里工作了一年多后，旻俊和大部分常客都能说上几句话。虽然几乎都是客人先开口，但偶尔他也会主动跟他们打招呼。最熟悉的还是三天两头就跑来店里的民澈妈妈，以及附近一些居民。每周光顾一次以上的客人，现在旻俊也能一眼就认出来了。其中，参加读书会的会员们最为平易近人，也最为积极。有的客人还会主动评价咖啡的味道，这样的客人旻俊一般都不会忘记。

旻俊和一位顾客交谈过几次。他是一位上班族，一周会来两

---

[1] 士绅化（gentrification），指一个原本聚集低收入人士的旧社区，经重建后，地价及租金上涨，吸引了较高收入的人士迁入，进而取代原有低收入者。——译者注

三次，每次都读到打烊为止。有时旻俊都做打烊前的收尾工作了，他才气喘吁吁地跑过来，然后上气不接下气地找位置坐下，抓紧时间争取多看几页书。自从上次中午白跑了一趟之后，他就和英珠熟络了起来，相互还会开开玩笑。两人在做自我介绍时，旻俊也在场，那位客人叫崔宇植。听到这个名字时，英珠甚至还鼓起了掌，连连夸赞他的名字好听。起初旻俊还挺疑惑，平时总是不轻易激动的英珠这是怎么了？后来才知道，原来英珠喜欢的演员也叫这个名字，所以才忍不住这么激动。

宇植来书店有一套自己的模式——如果买书的话，那天他就不会另点咖啡，只是坐着看书；但如果那天没买书的话，他就会点一杯咖啡，不过也只是喝几口而已。偶尔宇植也会超过一周不来书店，英珠和旻俊似乎注意到了，又似乎没注意到。隔了段时间再见面时，他会露出格外灿烂的表情，向英珠解释自己为何这么久没来。

"我们旅行社最近推出了新产品，所以要到处跑代理商，给人介绍，忙得不可开交。我想着无论如何也要来这里读读书，奈何挤不出时间啊。从大门紧闭的书店门前经过时，那种心情怎么说呢，就好像小时候怕被妈妈教训，只能眼巴巴地看着游戏厅大门离我越来越远，心里可真不是滋味啊。"

旻俊觉得宇植是个比较感性的人。平时他看的主要是小说，难道是因为小说看多了才这样吗？还是因为他比较感性，所以才喜欢看小说呢？不，没准儿这个前提就是错的。只凭着感性就能和小说搭上关系吗？某一天，旻俊正擦着桌子，宇植过来主动跟他做起了自我介绍：

"不好意思，现在才跟您正式介绍自己，我叫崔宇植。"

"啊，您好，我叫金旻俊。"

"每次都挺抱歉的。"

宇植突然满怀歉意地看着宇植。

"抱歉什么？"

旻俊有点惊讶。

"咖啡，每次都把咖啡剩下了，觉得不太好意思。喝完咖啡后，我的心脏会跳得很快，所以喝不了太多，但我还是想喝几口。"

"您没有必要因为这个感到抱歉。"

"啊，是吗？看来我又白担心了。"宇植亲切地笑了起来，"不过，即便我在品咖啡这方面是个门外汉，也能尝出这里的咖啡很好喝。"

旻俊又想起了英珠因为喜欢那位同名演员而觉得宇植很亲切的事。两个人名字一样的话，给人的感觉也会差不多吗？旻俊打量着宇植，像是突然找到被遗忘在角落里的宝贝一样。

"谢谢您能这么说。"

虽然书店的每一位常客都会引发英珠和旻俊的关注，但最近这一两个月，有一位客人最为吸引他们的注意，就是坐在那里的客人。天气刚开始变热那会儿，她只是偶尔过来坐坐；等到了酷暑时节，她出现的频率就越来越高了，几乎每个工作日都会过来，而且经常一待就是五六个小时。她在那些不是看书就是看笔记本电脑的客人当中显得格外突兀，因为她既不看书，也不摆弄电脑，什么也不做，就只是干坐在那儿。

最开始，这个女人每星期来一次，呆呆地坐上一两个小时，英珠和旻俊都没太在意。有一次，她问了英珠几个问题，直到那时，英珠都只是觉得她是位比较特别的客人而已。

"在这儿点一杯咖啡可以待几个小时啊？"

"我们店里没有时间限制。"

"啊！那我也过意不去。点一杯咖啡在店里待一整天的话，你们就亏了。"

"虽然是这个道理……但目前我们还没遇见过这种客人。"

"那正好可以趁这个机会想想，没准儿我就是那种客人呢。"

从那以后，她在书店待的时间果真慢慢变长了，有时还能待上六个小时再走。因为书店没有规定使用时间，她就给自己定了一个规矩：每三个小时点一杯饮品。这也是她说出来之后旻俊才意识到的。一天，她照常来到书店，待了三个小时之后，重新点了一杯咖啡，并对旻俊说：

"已经过了三个小时，所以我又点了一杯。这样总不会让书店亏本了吧？"

有很长一段时间，女人的桌面上都只摆放着一部手机和一个便笺。偶尔她会在便笺上写几笔，但大部分时间都只是静静地闭着眼睛，一动不动地坐在位置上，有时候她的脑袋还会一顿一顿的，看上去就像是在打瞌睡。英珠和旻俊也是后来才知道，她一动不动地坐在那儿原来是在冥想，而看起来像在打瞌睡，则是在冥想的时候真的睡着了。

一件宽松的T恤外加一条肥大的短裤是她最常见的搭配，天气逐渐转凉后，就换成了一件大衬衫，再配上一条中性风的长裤。随意中又隐约透着帅气，从打扮可以看出她最注重的应该是舒适度。也是从这时开始，她从原来常坐的位置换到了一个角落，还织起了洗碗巾。她似乎特别讨厌给周围的人造成不便，刚开始织洗碗巾时还问过英珠：

"我可以在这里织点儿东西吗？不会吵到别人的，就是静静地织我自己的，应该不会给您带来什么影响吧？"

虽然书店的第一守则就是不能总盯着客人看，让客人感到不自在，但唯独对这个女人，英珠无法遵守这条守则。这都怪那些洗碗巾。英珠总会呆呆地望着女人坐在那儿织洗碗巾的样子。一块巴掌大的洗碗巾，女人一天就能织出来，有时只要两三个小时就能利索地织出一块。大概在那个时候，英珠知道了她的名字叫静瑞。

静瑞会在织洗碗巾的空当闭上眼睛静坐一会儿，这种时候她也是在冥想，当然这都是她后来告诉英珠的。洗碗巾的样式各异，英珠最喜欢的是吐司模样的洗碗巾，吐司表皮是棕色的，内里是香草色，这种颜色搭配得恰到好处。从远处看，桌上就像摆着一块刚从烤箱里端出来的吐司。静瑞只是一言不发地不停编织着洗碗巾，就算这样，她也没忘记每隔三个小时点一杯饮品。

从第一次见到洗碗巾，又过去了一个月，英珠开始好奇静瑞到底织了多少洗碗巾。她仿佛看见静瑞家里的洗碗巾堆成了小山，甚至还脑补出吐司洗碗巾在小山堆里露出了诱人表皮的画面。但英珠什么都没问，静瑞也一如既往地织着洗碗巾。直到几天前，静瑞抱着一个鼓鼓囊囊的纸袋子走进店里，对英珠说：

"我想把这些洗碗巾都捐赠给书店，该怎么做呢？"

洗碗巾活动顺利结束

静瑞把捐赠的洗碗巾都放在桌上后，三人开了个简短的会议。考虑到静瑞这份不计回报的心意非常珍贵，他们决定不拿这些洗碗巾去卖钱。如此一来就没什么好纠结了，三人一致赞成在书店里举办一个洗碗巾赠送活动。

星期二下午 6 点 30 分发布的 Instagram 帖子内容：
本周五休南洞书店将会有赠送活动。所有光临本店的顾客都将获赠一块洗碗巾！纯手工制作哟，有爱心、花朵、鱼、吐司等各种可爱的款式。数量有限，先到先得。为避免大家白跑一趟，我们会随时在帖子里更新剩余数量。星期五，休南洞书店，还有洗碗巾:)，与您不见不散！
#休南洞书店 #附近书屋 #附近书店 #附近书店活动 #没有不用洗碗巾的人 #活动居然赠送洗碗巾 #谁织了洗碗巾啊 #期待星期五

星期五下午1点04分发布的Instagram帖子内容：
今日进店即可获赠一块洗碗巾。每位顾客均可领取。限量70块哟：）！
#休南洞书店 #附近书屋 #附近书店 #附近书店活动 #洗碗巾限量70速来领取吧 #不买书也能领

星期五下午5点02分发布的Instagram帖子内容：
没想到大家都很喜欢洗碗巾呢。还剩33块哟：）。
#休南洞书店 #附近书屋 #附近书店 #附近书店活动 #星期五领洗碗巾

  洗碗巾活动的反响超出了预期。正如英珠入神地盯着静瑞织洗碗巾的样子一样，客人们的目光也被这些可爱的洗碗巾深深吸引了。这天英珠听到关于洗碗巾的问题比关于书的问题还要多。大多数人都只会买洗碗巾来用，从未想过自己动手织一个。当别人问起怎么织洗碗巾时，英珠就会按照静瑞提前教的那样回答。
  有趣和独特的点子让人心痒，可以引起客人的强烈反响，英珠今天算是学到了。把这个小巧玲珑的物件拿在手里，可能给他们带去了好心情，大家都爽快地敞开了自己的钱包。比起买完书后领洗碗巾的客人，领完洗碗巾后买书的客人反而更多。不过，如果经常举办这种活动的话……大家的热情就会慢慢退下来吧。

还是应该保持书店本来的特质，然后在这个基础上偶尔增添一点儿趣味。

活动临近尾声时，已经快到傍晚了，四五位客人在店里安静地看着书。终于有了点儿空闲时间。英珠走向窗旁的桌子，看到了坐在那里的民澈。他右手托着下巴，正看着窗外的景色。英珠突然感觉他就像一只困在鸟笼里的雏鸟，是谁把这孩子关进笼子里的？这孩子知道从笼子里面就能把门打开吗？英珠意识到，接下来她要做的，将是世界上最要求耐心的事情。那就是帮助这个孩子，让他主动打开鸟笼的门，让他不再停留在原地。

桌面上放着上星期英珠给他的《麦田里的守望者》。见英珠走近后，民澈立马调整了一下坐姿，看样子这次的推荐也失败了。她暗下决心，再也不会把这本满是叛逆中学生独白的书推荐给其他人了。

"你还没看吧？内容没意思吗？"

英珠在民澈对面坐了下来。

"啊，不是的。我也知道这本书写得很好。"

民澈微低着头，乖巧地回答道。

"难吗？"

英珠心不在焉地翻弄起书来。

"书店姨母，您知道这本书里的第一段对话是什么时候出现的吗？"

从上周开始,民澈就称呼英珠为书店姨母。

"什么时候啊?"

英珠顿了一下,然后翻开了书。

"在小说正文的第七页才出现。"

从民澈的声音里听不出任何情绪,平静得就像在下雨天时说"下雨了"一样,但英珠还是觉得那声音里带着些许埋怨的意味。民澈好像察觉出了英珠的心思,犹豫了一下说道:

"对不起,我从来没看过这类书。平时看教材,也要使劲看才能看进去。"

民澈是从上周开始来店里找英珠的。在此之前,英珠已经知道他和妈妈达成了协议。如果民澈每星期来一次书店,读一读英珠推荐的书,他就可以不用去补习班,即便窝在家里几个小时什么都不干,妈妈也不会唠叨他。第一次听到这个消息时,英珠表示强烈拒绝,因为担子太重了。她没有孩子,也没有侄子,凭什么干预别人家孩子的教育?英珠说很抱歉,自己办不到,民澈妈妈却一把抓住了英珠的手,说:

"英珠老板,我理解你的顾虑。"民澈妈妈松开手,吸了一大口冰美式咖啡,"你就当作给来店里的客人推荐书不行吗?我觉得这样就足够了。我夹在中间不太合适,你把民澈当成每周来一次书店的高中生就行。就试一个月,只要四次,每次给孩子推荐一本书就够了。这孩子太不听我们的话了。最近当家长的,在孩子面前都束手无策啊，拿自家孩子没办法。"

仅过了一天，英珠就改变了主意，决定按民澈妈妈说的办。每周来一次书店的高中生……如果真有这种高中生，她还有什么可顾虑的，喜欢都来不及呢。

英珠捧着《麦田里的守望者》，漫不经心地翻动着书页，脑子里琢磨着有什么适合高中生看的书。这时，民澈指着书问道：

"书店姨母，我一定要看完这本书吗？"

"嗯？"

"那我就再用一周的时间试试看吧。也可能是内容比较生疏才会觉得难。"

看着表述清晰的民澈，英珠突然又觉得，这孩子也许并不仅仅像只困在鸟笼里的雏鸟。

"也可能，但你能做到吗？"

"什么？"

民澈的一双大眼睛这下瞪得更大了。

"试着努力去读书啊。"

"既然决定要做，就应该能做到吧。"

"嗯……不过努力过头也不是件好事。"

"可不努力的话，就得不到想要的结果啊。"

"你既然知道这个道理，怎么还整天没精打采的呢？"

英珠像是已经洞悉了一切，稍稍试探了一句。

"因为知道和行动是两码事啊。"民澈淡淡回答道。

从第一次见民澈起，英珠就倍感亲切。他和小时候的自己有很多相似之处。两个人都会感到焦虑和烦躁，可是又找不出症结所在。不同的是，为了缓解这种情绪，英珠选择了一门心思地疯狂学习，而民澈选择了停下脚步。也许民澈比英珠更聪明，他没准儿已经在检查控制自己人生的方向舵了，可是英珠直到现在才来做这件事情。

英珠会在工作的间隙抽空与民澈聊聊天。民澈有时会一言不发地望着窗外，看见英珠走过来，就抬起头看向她。对于英珠提出的问题，他也不逃避，慢条斯理地回答。他表现得聪明伶俐，甚至还有点儿乐在其中，小心翼翼的外表下藏着调皮的一面。和民澈交流过后，英珠决定换一个方案。她向前倾了倾上半身，拉近了和民澈之间的距离，说道：

"我们订个计划吧。"

"什么计划？"

见英珠靠了过来，民澈有些慌张，微微往后缩了下身子。

"我们不看书了。你每周来一次，只要跟我聊聊天就行。你妈妈之前让我拿书给你，还往我这儿押了点儿钱。一个月以后，我再把钱还给她。但这个月你先替我保密，知道了吗？"

"那可以不看书了吗？"

民澈脸上露出了这一天最开心的表情。

星期五晚上8点30分发布的Instagram帖子内容：
领过洗碗巾的客人们！今天晚上用它洗碗了吗？还剩下4块洗碗巾，就决定把它们放在书店老板和咖啡师的厨房用了。感谢各位今天的光临！:)
#休南洞书店 #附近书屋 #附近书店 #附近书店活动 #洗碗巾赠送活动结束 #大家今天辛苦了 #祝您度过美好的夜晚 #晚安

旻俊今天的表现很反常，一直在那儿磨磨蹭蹭的。下班时间已经到了，他手里还攥着抹布，有事没事总往英珠那儿看，杯子和咖啡机擦了一遍又一遍。英珠今天像是要加班。旻俊心想，工作多的时候，大家一起把活儿干完，然后早点回家是不是更好呢？尽管书店的工作他差不多都会做了，可他又不能自己提出加班，因为老板对时薪的态度相当认真，如果提出要多做些什么的话，就相当于向老板多要钱。最后犹豫了半天，旻俊还是背上了包。站在原地思考片刻后，他把吧台桌板掀开，冲英珠问道：

"老板，您今天要加班吗？"

"啊……我可能还要再待上一会儿。"英珠把目光从笔记本电脑上收了回来，看向旻俊，"有什么事吗？"

"您要是忙不过来的话，我可以帮忙的。这不算加班，就是我现在还不想回家。"

"噢！跟我一样，我也是因为不想回家才在这儿待着的。"

"真的吗?"

"骗你的。"英珠俏皮地笑着说道,"工作不多,不用担心。芝美姐一会儿要去我家,在那之前我得回去。所以最多也就是加一个小时班。"

既然老板都这样说了,旻俊也不好再提议一起加班了,他看了看英珠,冲她微微点了个头,说:

"那我就先走了。"

"好的,旻俊,明天见。"

星期五晚上 9 点 47 分发布的 Instagram 帖子内容:
人们常说秋天是男人的季节,春天是女人的季节,据说这是因为激素的影响。最近秋意越来越浓了,各位男士最近还好吗?秋天也是食欲大增的季节,怪不得最近每天下班的时候都饿得不行呢。可是再怎么饿也不能暴饮暴食,所以我的选择是看一本美食满满的小说,就像看烹饪节目一样。我最近看的这本小说是劳拉·埃斯基韦尔的《恰似水之于巧克力》[1]。读小说之前,强烈推荐各位先看一看同名电影!
#休南洞书店 #附近书屋 #附近书店 #肚子饿了看美食小说
　#劳拉埃斯基韦尔 #恰似水之于巧克力 #看一会儿书我也要下

---

1 《恰似水之于巧克力》:墨西哥小说,讲述了一个没落家族的故事,主人公将情感融入食物的制作中,借用美食表达自己的喜怒哀乐。——编者注

班了 #各位明天见

回家的路上，英珠正想着旻俊最近好像有些变化，然后就看见芝美蹲在门口，右手提着六罐啤酒，左手攥着一个纸袋子，一看就知道里面装满了各式奶酪。英珠喊了声"姐"，芝美一听，双手就像拎着哑铃一样，哼哧哼哧着站起身来。英珠顺手接过来一个袋子。

"怎么买这么多东西啊。"

"多什么啊，反正我都会吃光的。"

"不过你今天在我家过夜真行吗？"

"当然了，反正'那位'也要凌晨才回家。我不管了。"

盛在盘子里的下酒菜看上去十分诱人，英珠和芝美把它们随便摆在地上，然后在盘子两侧分别躺了下来。每次喝啤酒的时候她们就坐起来，喝完之后又以一个舒服的姿势躺下去。当初英珠在布置这个房子的时候，花了很多心思在照明上，两人就这样随意躺在灯光下的样子也十分好看。

"你家只有灯光不错。"

对于芝美的吐槽，英珠回了一句：

"我家书也不少啊。"

"也就你喜欢书而已。"芝美继续吐槽。

英珠也接着回应道：

"这屋子的主人也相当不错啊。"

"也就你喜欢你自己而已。"

芝美像盖棺论定似的调侃了一句。

英珠一下子坐起身,喝了一大口啤酒说道:

"姐,好像还真是呢。"

"好像是什么?"

芝美躺在地上吃着芝士,只用眼睛瞟了瞟英珠,那表情就像是在说"又来了,又开始认真了,不要总这么较真儿好不好"。

"就是我最近总有这种想法。我这人吧,只有我自己觉着还不错,但在别人眼里根本不是这么回事。有时候连我也会觉得自己不怎么样,但对我来说,还是能将就一下的。"

"你呀,真是个问题。"芝美用胳膊撑着身子坐了起来,"这个世界上谁不是这样呢?你以为我在别人眼里就是不错的人吗?我就是靠着这样的想法挺到现在的,我受不了那个人,那个人不也照样受不了我吗?大家彼此彼此罢了。"

"这个世界上总会有那种既懂得爱自己又不会伤害他人的人吧。"

英珠一边说一边剥着大拇指指甲那么大的方形芝士包装纸。

"你喜欢的书里有那样的人吗?你看他身上是不是长着翅膀?"芝美顶了一句后,又躺下望着天花板,"你上次不是说过嘛,小说里的主人公都有一点儿不完美的地方,所以他们才能代表普通人。我们都不完美,在和其他人接触的过程中,免不了会给对方带去伤害。这不正意味着你也是一个普通人嘛。"芝美自顾自地继续说了下去,"我们都是那样,都免不了伤害别人,但有时候也会做点儿有利于他人的好事。"

"是啊。"英珠也望着天花板躺了下来,"不过,姐——"

"嗯?"

"你还记得那位客人吗?总是来'午后阅读'的那位。"

"哦,当然记得了,那个人怎么了?"

"之前有段时间都没见到他,从前几天开始又来店里看书了。"

"这人也真是的。"

"所以昨天等他看完书往外走的时候,我就跟他说了。"

"说什么?"

"我说又不是只看几章,花那么长时间把整本书看完,是会对书造成磨损的,这样的话就麻烦把书放下吧。"

"然后他说什么了?"

"他的脸唰的一下就红了,然后立马就走了出去,什么话都没说。"

"又是一个不怎么样的人啊。"

"然后今天那位客人又来了。"

"没对你怎么样吧?"

"没有,他随便挑了十几本书买下来,其中有他之前看过的,也有一些别的书，从头到尾他都没有看我的眼睛。"

"估计是回家之后想通了吧，觉得自己这行为不怎么样。"

听了芝美的话，英珠小声地笑了起来。

"啊，对了，姐，我那儿有一块洗碗巾。"

"什么洗碗巾？"

"纯手工织的洗碗巾，吐司的样子，特别可爱，给你吧。"

"谁给你的啊？"

"书店的一位常客。今天店里举办了洗碗巾活动，我和你，还有旻俊，就把剩下的几个分了吧。"

"旻俊在家做饭吃吗？"

"不清楚。"

"他那么聪明的样子，应该也会在家做吧。"

"聪明和做饭有什么关系吗？"

"他看着就像是在家做饭吃的样子，不像乱花钱的人。"

吃完饭、洗干净碗筷之后，旻俊挑了一部电影。看电影的时候，他开机看了看手机短信，都是些没什么实质内容的信息。正准备关机时，一通电话打了进来。是妈妈打来的，之前他一直都在刻意回避她的电话。旻俊暂停了电影，调整了下表情后，接通了电话。

"喂，妈。"

"怎么一直联系不上你啊？你关机干吗啊？"

面对妈妈劈头盖脸的责备，旻俊轻轻叹了口气。

"我不是说了嘛，兼职的时候没法儿接电话。回家之后我也总忘了开机。"

"饭呢？"

"吃过了。"

"身体呢？"

"挺好的。"

"工作呢？"

"工作，就那样。"

"你爸问你要一直兼职到什么时候。"

旻俊从椅子上站起来，背靠着墙壁坐下。突然一股无名火拱了上来，他没好气地回答道：

"这是我能决定的吗？"

"不然谁决定？"

旻俊又加大了音量回答道：

"国家？社会？企业？"

"你要继续说这些不着边际的话吗？我不是跟你说了吗，要是只能做兼职的话，就回家吧！让你回来歇一段时间，你怎么就不听呢？不调整好自己的状态，怎么继续找下去啊！"

旻俊将头倚在墙壁上，什么话都没说。

"怎么不说话？"

"妈。"

"怎么？"

旻俊像是自言自语似的小声嘀咕着：

"一定要找吗？"

"什么？"

"我现在就过得挺好的。"

"哪里好了！哎呀，你妈我啊，太上火了，这都多长时间了，晚上总是失眠……一想到你在那儿……唉！上大学的时候，你就应该一心一意学习的，你知道我有多后悔吗？那时候你也跟我说挺好的，我还真以为你没事呢！"

听着妈妈略带哭腔的声音，旻俊不觉心生歉意。他握着手机欲言又止，本想说自己并不后悔没有把心思都放在学习上，他悔的是自己太过愚蠢，太过盲目自信这样做就会成功，以致都没去考虑一下自己的方法是否可行，他后悔自己一门心思只在一条路上奔跑，忽略了还有其他的选择。

"不用担心，我过得挺好的。"

"哎哟，我可不管了。妈还是相信你的，就是太惦记你了。"

"我知道。"

"钱够不够用？"

"够。"

"没钱了就给妈打电话,别总给自己太大压力。"

"不会的。"

"好了,我挂电话了。手机要开机,知道了吗?"

"嗯。"

挂了电话之后,旻俊仍保持着那个姿势坐了好久。

偶尔是个好人

自从上次和芝美聊完那个话题之后,英珠就一点儿精神也提不起来,即便是强伸懒腰试图振作起来,也还是觉得浑身乏力。以为有些好转时,那种感觉又立马卷土重来,就像现在一样。她用双手拍拍脸,或者在书店外面转转,又或者哼哼歌,但就算如此费劲地从回忆里逃出来,也维持不了多久。

一想起妈妈对自己那些劈头盖脸的指责,英珠就不由得紧闭起双眼。妈妈自始至终都站在他那边,而不是英珠这边,每天一大早过来准备早饭也不是为了英珠,而是为了他。他默默地吃着自己丈母娘做的早饭,看着丈母娘责骂妻子。趁丈母娘不在时,他问英珠还好吗。英珠也不去追问这是不是对方该问的问题,只是默默地点点头。

"你知道你这样做对不起多少人吗?"妈妈摇晃着英珠的肩膀呵斥着。

当英珠告诉妈妈已经办完离婚手续时,妈妈差点儿动手打了她。从那以后,她就再没见过妈妈了。

"我有什么对不起妈妈的？"

每当想起妈妈的那句指责，英珠都会在心里这么一字一字地反驳。但无论怎么反驳，扎进心里的刺再也拔不出来了，被伤透的心已是千疮百孔。每次想起妈妈，她的大脑里都只剩下一个想法：这个世界上没有人和自己站在一边。当这种念头冒出来时，她只能干坐着努力想些其他的事，尽力让自己好起来。就算再难，她也必须这么做。

幸好今天有静瑞在。确认没什么急事后，英珠在静瑞对面坐了下来，看着她织东西。洗碗巾活动结束后，静瑞几乎每天都来店里找个位置坐着。干坐了一段日子后，从前几天开始她又织起了东西。英珠问起她是不是在织围巾，她说是，还说"太长的围巾不好看"，"打算织一条短的，刚好能围两圈，再系个结"。

英珠摸了摸那条不太浅也不太暗的灰色围巾，说：

"这个款式……"

"这是基础款，先从基础款开始，等以后上手了，再织一些花样就容易了。"

英珠抚摸着围巾点了点头。

"颜色真漂亮，这种灰色很百搭。"

静瑞手中的针线有节奏地上下翻飞着，她没有抬头看英珠，继续说道：

"颜色也是从最基础的开始，灰色不是跟什么衣服都能配上嘛。"

英珠又跟着点了点头。她放下围巾，随意地用手托起下巴，盯着静瑞手上的动作。穿针、引线，再抽针……这一连串行云流水的动作很有规律，就像心跳一样。英珠打算在有人过来叫她之前，都一直坐在这儿看静瑞织围巾。可能的话，她连围巾织好的那一瞬间也不想错过。如果能和静瑞一起目睹那个瞬间，好像就能摆脱全世界只剩下自己的可怕念头了。

星期四晚上 10 点 23 分，博客内容：
有时候，我会觉得自己是个没用的人，这种想法常常令我感到绝望。尤其是当对我好、关心我和爱我的人因我而不幸时，我时常会生出这种想法。世上还有比这更不应该存在的人吗？我终究是会给别人带来伤害的人吗？一想到这儿，我就心如刀绞。

痛到最后，我又会想，我不过就是一介凡人。任我怎么努力想要变得更好，最后也只是一个普通人罢了。既是普通人，我就不免会让别人悲伤和痛苦。我们在给对方带去欢笑的同时，也不可避免地给对方造成痛苦。

所以，当我读到《光之护卫》[1]这类小说时，总能获得宽慰。我的小小善意，会不会也曾让别人觉得"我是站在你这边的"

---

[1]《光之护卫》：韩国作家赵海珍的短篇小说集，用九篇小说讲述微小的善和无意识的恶。——编者注

呢？虽然我们有很多不足之处，脆弱且平凡，但我们依然能做出一些善意的举动，从这一点来看，我们是不是也会有一瞬间变得伟大了呢？

小说里有个叫权恩的孩子，她唯一的朋友是一颗水晶球，上好发条后，水晶球里的雪花可以飘一分半钟。她没有妈妈，也没有爸爸，独自过着食不果腹的生活，因为害怕做梦而无法入眠。所以她总会在睡前看着那个雪花纷飞的水晶球，在心里祈祷着不要做梦，等一分半钟的音乐一停，便飞快地钻进被子里。这个被恐惧包围的小学生这样祈祷着：

"现在请让发条停下来吧，让我的呼吸也停止吧。"

小说的叙述者"我"是权恩的班长。那时的"我"年龄尚小，面对权恩这种异质的孤单和困难，"我"感到害怕，但是任她孤身一人又让"我"感到愧疚。有一天，"我"偷了家里一台胶卷相机送给她，让她把相机卖了，买点儿吃的。对于那时一心求死的权恩而言，这台相机成了她的一束光。

"班长，你知道一个人能做出的最伟大的事是什么吗？看着信的内容，我摇了摇头。有人曾说过，救人是件真正伟大的事，不是谁都能做出来的，所以……所以，不管我发生了什么事，班长，你一定要记得，你给我的相机已经救过我一次了。"

小说中的"我"很普通，就像对着镜子问"所以，你现在幸福吗"却回答不上来的我们一样。后来"我"忘掉了权恩。

时光匆匆流逝，再次见到权恩时，"我"没能认出她来。"我"忘了班里曾有个贫穷的孩子，忘了曾找过她几次，忘了曾送过她一台相机。但"我"小时候做的事，并未从权恩的生命中抹去。"我"让她重拾对生活的勇气。对她而言，"我"就是她的救命恩人，是一个伟大的人。

合上书本后，我决定不再只盯着自己这样那样的不足了。我是不是依然还有机会？即便是有缺陷的我，是不是还能做些善意的事，说些暖心的话？哪怕是让人失望透顶的我，是不是偶尔也能成为一个好人？这么一想，就感觉振奋一点儿了，对未来也生出了一丝向往。

所有书都是平等的

虽然只是和几年未见的妈妈在心里争吵，但这就已经让英珠难以招架了，她用尽全身力气平复内心的波动。就像个病号，英珠拖着笨重的身体在书店里缓慢移动，并未留意到旻俊无精打采的样子。无论一个人再怎么体贴细致，当他囿于自身的问题时，难免无暇顾及他人。

最终让英珠振作起来的还是书店。因为再三地拖延，原本不着急的工作都成了今天之内必须完成的紧急任务。上午十点，英珠来到书店，查看订购的图书，整理积压的账目，挑出需要邮寄的书，并给新引进的书写介绍文。其间，她焦急地望了几眼这周读书会上要讨论但还没来得及看的书。

英珠就这样在忙碌中度过了一天，那个手脚缓慢的自己早已无影无踪了。她的能力在这一天得到了最大限度的发挥，三下五除二地就把待办事项都处理完了。要是被以前的同事看见她这个样子，说不定还会打趣道："这才是你嘛，人哪能说变就变呢。"不过了解英珠这一面的人，如今都和她断了联系。

书店里，在英珠忙个不停的时候，静瑞坐在一旁织着一条蓝色的围巾。来找英珠的民澈则一边坐着等她，一边看着静瑞织围巾。静瑞见这个穿着校服的大男孩闷声不响地坐在对面看自己织围巾，觉得怪可爱的。没事做的话就刷刷 YouTube[1] 视频呗，织围巾有什么好看的啊？

"你喜欢这些吗？"静瑞冲看得入神的民澈问道。

"什么？"

民澈把放在桌上的两条胳膊收了回去，同时看向静瑞。

"这么一问，我也不知道自己在说什么了，就是问你在这儿干吗呢。"

"我每周都要过来和书店姨母聊聊天，这样我妈才不会唠叨我。"

民澈乖巧地说明了自己的情况。

"你说的书店姨母，应该就是英珠姐吧。至于你妈为什么要唠叨你，我也不太想过问。好吧，总之你要是想看就继续看吧，如果想动手试试的话就吭声。"

"您说织围巾吗？"

"是啊，要不要试一试？"静瑞停下手里的活儿问道。

民澈犹豫了一下，摇了摇头：

"不了，我看看就好。"

---

1 YouTube：国外视频网站，又称"油管"。——编者注

"好吧，那随你。"

民澈重新伸出双臂叠放在桌子上，继续看那蓝色的围巾随静瑞的手势有规律地摆动着。伴随着这种摆动，围巾好像一点一点地朝民澈爬了过来。静瑞手中的针线匀速地翻飞着，民澈的眼球也随之匀速地转动着，他惊讶地发现，原来什么都不做，只是看着别人编织，内心就能变得如此平和。有一次，他光是在 YouTube 上看一个做饭的视频，就看了足足二十分钟，那时也是这么投入。视频中的人直接从大自然中获取食材，然后放置一个月，再经过一系列复杂的步骤，最后做出了让人垂涎欲滴的美食。整个过程让民澈觉得既新鲜又有趣，他不厌其烦地重复看了好几遍。现在的心情就和当时一模一样。虽然不是什么大不了的东西，但总可以吸引他的目光。

看着静瑞手上一连串富有规律的动作，民澈就像被催眠师用怀表进行了催眠，精神恍惚起来。他仿佛听见催眠师在对他说：

"没关系，一切都很好。"

民澈微微有了几分倦意。但不一会儿，他又瞬间清醒了过来，顿悟了什么似的说道：

"这还是第一次。"

"什么？"

"第一次看别人织东西。"

"最近是很难看见了。"

民澈默默地看了一会儿，又对静瑞说道：

"姨母[1]——"

"我也是姨母吗？"

"那我该怎么称呼您？"

静瑞停下手中的活儿，想了想说：

"你和我一点儿血缘关系也没有，叫'姨母'总有些不合适，但我又不想让你叫我'姐'，叫'大婶'我就更不愿意了。在我们国家，就是有这样的语言问题。明明有那么多的第二人称代词，却找不到一个能让你叫我的。"

"……"

"不过……你管英珠姐也叫'姨母'，仔细想想，血不血缘的好像就没那么重要了。好吧，在我们国家，血缘也真是个问题。只要对自己的家人好，才不管什么是好什么是坏，跟没有判断力的疯子一样！而且也不知道害臊，管谁都叫姨母！哼……你就叫姨母吧。"

"好……"

"话说回来，你刚才叫我干吗？"

"下次我还能看您织东西吗？"

见民澈一脸郑重其事的可爱模样，静瑞瞟了他一眼，故意装

---

[1] 原文为"이모"，意思是姨母、姨妈，在韩文中一般用来称呼妈妈的姐妹。韩文中没有像中文"阿姨"一样的对与母亲年龄相近且没有血缘关系的女性长辈的称呼。——编者注

出一副勉强答应的样子，点点头道：

"可以是可以，但你得抢到位置才行啊。"

"什么意思呀？"

"那里原本可是你书店姨母的位置。"

英珠驾轻就熟地处理着积压的工作，一心扑在了书店的事情上。旻俊却似乎有着一丝不易让人察觉的彷徨。没人点咖啡的时候，他就会主动过来给英珠搭把手。把该帮的都帮完以后，他就像大扫除似的开始用抹布擦拭书店的各个角落，浓缩咖啡机和杯子也是擦了一遍又一遍。不仅如此，他还调整了咖啡桌的摆放位置，把架子上的书都排得整整齐齐，跟强迫症患者整理的一样。英珠虽然也注意到了这些，但是并没有太放在心上。

把燃眉之火扑灭之后，就只剩下一些琐碎的小事了。英珠切了一些水果拿给旻俊、静瑞和民澈后，自己也坐了下来。她一边吃着苹果，一边在脑海里盘算着要订购几本贾瓦哈拉尔·尼赫鲁的《尼赫鲁世界史》[1]。但凡买回来的书，英珠都尽可能不去退订，所以在下单前，她必须好好考虑清楚。可是这一次由于没有可供参考的数据，她只能盲目地判断。也不知道这本书的热度能持续多久。

今天下午书店刚开门的时候，一个电话打了进来，询问有没

---

[1]《尼赫鲁世界史》：作者尼赫鲁是印度共和国的第一任总理，被称为"博学的尼赫鲁"，这部世界史凝结了他对历史的思考。——编者注

有贾瓦哈拉尔·尼赫鲁的《尼赫鲁世界史》。得知有这本书后，客人留下了自己的姓名和电话，说下班后来取。英珠挂断电话之后，第一时间从书架上找出这本书，并把它放到了专门的预约书架上。两年了，这本书已经在店里待了足足两年，今天终于卖出去了！

可是当书卖出去后，又会面临一个新的问题，那就是要不要重新订购这本书。就这本书而言，英珠毫无疑问是还想再订购的。只要等客人来取走这本书，她就打算立即下单。可是就在方才，又一个电话打过来问这本书。"两年都没卖出去的书，竟然在一天之内卖出去两本……"英珠小声嘀咕了一句，突然又好像想起什么似的，坐下来打开网页，开始搜索"尼赫鲁世界史"。果不其然，有人在综艺节目上提到了这本书。

这种情况偶有发生。比如某部连续剧里的某个主人公读了某本书，或是某个名人在某个综艺节目上提到了某本书，再或者是某个明星在社交平台上发了一张自己拿着某本书的照片……这样一来，书的热度上去了，来找书的客人也就多了，甚至有的书还因此一跃成为备受瞩目的畅销书。有人说书的"曝光程度"也很重要。没错，且不论观众从电视上看到了什么书、那本书怎么样，只要观众们愿意找来读，在英珠看来，这就是一件好事。

只不过英珠作为一个书店老板，面对这类书有时也会犯难。她不能仅凭某部连续剧的主人公读过这本书，或是某位名人喜欢这本书，就随便把书订回来摆在店里。在选购书目时，英珠主要遵循以下三个标准：第一，这本书好吗？第二，我想卖这本书吗？第三，这本书和休南洞书店的气质搭吗？这些标准都非常主观，在别人看来也许会觉得"这个老板比较随性"。对英珠来说，这却是非常重要的判断标准。因为只有这样，她才能感受到工作带来的愉悦。

平时在这种问题上英珠都不怎么需要费神，因为"这个老板比较随性"，想订什么书就订什么书。但是像今天这样碰到突然火起来的书或是畅销书的话，就不得不苦恼一下了。这种时候，她不确定应不应该多加一个标准：第四，这本书好不好卖？英珠想卖的书并不总是好卖的书。但因为第四点的诱惑力实在太大，在书店开业之初，她曾一度被卷入这股洪流中迷失了方向，也有茫茫然把热销书订购回来的时候。

"请问有《×××》这本书吗？"

"不好意思，我们没有。"

当"我们没有"这句话快答得不耐烦时，英珠才勉为其难地订购了那本书，而事实也证明那本书的确畅销。只是问题出在了英珠身上。每次看见那本书，她就觉得心里堵得慌，甚至开始感到厌恶，就像被迫吃下不想吃的食物后产生的那种厌恶感。所以她暗下决心，哪怕要回答数十次、数百次"我们没有"，也要坚持到底。但她会在选书方面下更多的功夫，以便客人在休南洞书店里"发掘"更多意想不到的好书。

现在就算是再畅销的图书，只要英珠不满意，她就不会再订购。即便订了，也不会将它们摆在显眼的位置上展示。她始终相信，无论什么书，都会有一个适合它的位置，而英珠的任务就是帮助它找到这个位置。选购书籍的时候也许没办法做到百分之百的公平，但既然买回来了，她就希望尽可能地平等对待它们。实际上，一些滞销书在调整了位置之后，也会以惊人的速度销售出去。对于一家社区书店而言，"展销"就是一切。

那么问题来了，《尼赫鲁世界史》到底应该订几本呢？先订两本吧，暂时还摆在原来的位置上。以后和其他历史书放在一起，做促销活动好像也还不错。《尼赫鲁世界史》是本很有意义的书，它跳出了以欧洲为中心的传统世界观，向人们展现了第三世界的视角。如果能和其他不同视角的历史书放在一起做促销的话，说不定还能收获不错的反响。英珠都已经想好位置了，就摆在第二排的第三个展示架上。自开业以来，那些需要花费较长时间去阅读的大部头著作，英珠一般都会放在那个展示架上做促销。

协和音程与不协和音程

　　自从接到妈妈的电话，旻俊就陷入了消沉，总是无精打采地在家里躺着，就算去练瑜伽，也是一副心不在焉的样子。只有冲咖啡时才能勉强提起精神来。一种愧疚感压抑着他对生活的热情。他备感煎熬，总觉得自己让父母失望了。那天妈妈的声音就像在责备他偏离了人生轨道。不，不会的，妈妈不是那种人。

　　他就这么不堪一击吗？那他是怎么平安无事地走到今天的呢？旻俊自己也感到很讶异。这段日子勉强还过得去，赚的钱刚好够花。虽然偶尔也会孤独，但去书店上班以后，便有了可以随时说话的人，这个困扰也就随之消失了。英珠曾说过，她儿时的梦想是拥有一个被书包围的空间，旻俊现在开始理解她了。因为每次走进书店，他的内心都会感到十分平和。英珠不仅是一位好老板，有时还很像一个邻家大姐姐，这让旻俊时常忘记自己是来上班的。

　　来到工作的地方，自然是要干活儿的。对于自己分内的工作，旻俊一向做得很好，而且富有创造力。如芝美所说，咖啡豆有无数种混合方式。即便是同一地方、同种方式栽培出来的豆子，味道也会不同，甚至是同种豆子冲调出来的咖啡，味道也会有所差异。其中不仅有自然因素的影响，还有人为因素的影响。读书和冲调咖啡有许多相似之处。比如，这两件事谁都可以轻易开始，都让人越陷越深，陷进去以后都会难以自拔，都对细致的要求程度越来越高，都凭借细微的差异决定质量的优劣。读书的人仿佛享受的是阅读这件事，冲调咖啡的人仿佛享受的是冲调咖啡这个过程。旻俊很享受现在的工作，但是……

旻俊已经十天没去 GOAT BEAN 了。他找了各种各样的借口推托，所以豆子只能像以前一样快递到店里。专程过来送豆子的烘焙师和旻俊闲聊了一会儿，然后站起来轻松地开了个玩笑：

"最近你没来，这不，老板只能对我们吐槽她老公了。大概她老公又闯了什么祸吧。"

旻俊只是笑笑，没有回答。

"老板已经按照你喜欢的香味把豆子混好了，什么时候过来尝尝吧。"

旻俊犹豫了片刻后，应了声"好"。

当他觉得所有努力都化作泡影的时候，反而能轻松地放弃一切，这时反而更好过一些。如果努力也有临界点的话，那时的他已经超过了该限度。他曾想过，如果自己再努力一点儿，如果再挑战一次的话，是不是也能成功呢？自己那时会不会是在 99 度的位置上呢？不过随即他又转念一想，要从99度上升到100度，这中间需要的不仅仅是努力，还有运气。如果没有运气，恐怕永远都只能在99度的位置上徘徊。

看电影的时候，旻俊发现了一个很简单的现象：电影里的人物站在岔路口时，都会经过一番苦恼后做出一个选择。正是这些选择推动了电影情节的发展。这么说来，我们的人生不也是这样吗？推动我们人生的，不正是我们一路走来做出的选择吗？想到这儿，旻俊顿时觉得自己那时并不是放弃，而是做出了他的选择——离开原本那条轨道的选择。

不久前，旻俊看了一部名叫《西默简介》的纪录片，当时他就产生过这种想法。主人公西默·贝恩斯坦并不是放弃了他作为钢琴演奏家的人生，而是选择了它以外的另一种人生。作为一名卓荦不凡、名声在外的钢琴家，西默选择了成为一名教人弹琴的音乐老师。对于这样的选择，周围没有一个人能理解他。不过这也没关系。年过八旬的西默曾说，他从未因为自己的选择而后悔过。

看这部影片的时候，旻俊相信自己也会像西默·贝恩斯坦一样，不会为自己做出的选择而感到后悔。但现在看来，光凭相信还不够，还需要勇气，需要一份不在乎别人失望与否、坚持自己选择的勇气。

自从上次和英珠说过不想回家之后，旻俊就真的变得不愿意回家了。一个人的时候，那些乱糟糟的情绪被放得更大了。这天，旻俊也是拖到了下班时间还留在店里。英珠眉头紧锁地盯着笔记本电脑，似乎还未注意到旻俊没走。旻俊扭动了几下肩膀，又往左、右两侧抻了抻腰，便在书店里闲逛起来，时不时还会瞟两眼英珠。他敲了几下咖啡桌，又无端打开门来看看。一阵凉飕飕的秋风顷刻间涌入店里，旻俊急忙关上了门。听见声响后，英珠这才注意到了旻俊。她看了一眼时间，问道：

"旻俊，你怎么还没下班啊？"

旻俊缓缓走向英珠，说：

"我已经下班啦。我这是下班后在家附近的书店里闲逛呢。"

英珠被旻俊的话逗笑了。近来旻俊比较少说"嗯，这个嘛……"了，英珠一边想着，一边从笔记本电脑上收回了手。

"据我所知，你逛的这家社区书店已经打烊了，这样乱闯恐怕不行吧？"

旻俊用手指敲了敲一旁的椅背，然后像下了很大决心似的来到英珠跟前。

"是不是我妨碍到您了？"

旻俊站在那里问道。

"今天又不想回家吗？"

说着，英珠拍了拍旁边的座位。

"最近经常这样。"旻俊坐到英珠旁边，偷偷瞟了一眼她的笔记本电脑,"工作很多吗?"

"我在准备下周书籍访谈活动的问题,但是卡住了,一直没有进展。"

"因为什么卡住了呢?"

旻俊这回直接光明正大地看向了电脑画面。

"我在想,以后邀请作家的时候,是不是应该减少点私心,多放些心思在书的内容上。"

"怎么说?"

旻俊从电脑画面收回视线问道。

"我连书都还没读过,就向出版社发出了作家访谈的邀请。虽然征得了作家同意,但翻开书之后才发现,我对于书中的内容一无所知。如果不理解它在说什么,又怎么提得出问题来呢?我现在想破脑袋才想出了十二个问题。"

旻俊看了一眼英珠指着的数字"12",又看了眼电脑旁边扣在桌面上的书。封皮上,方正的字体写着"如何写好句子"。

"既然连书都没读过,为什么还要邀请那位作家呢?"

旻俊边打量着书边问道。

"嗯……因为这个作家很有魅力?"

"怎样的魅力?帅吗?"

旻俊放下书本,从裤兜里掏出手机,按下了开机键。

"就是……他的文字很尖锐,不会给人假仁假义的感觉,这一点让我很欣赏。"

　　旻俊在检索栏里输入了"玄胜宇"。

　　"您喜欢他文字里的坦诚，对吧？"

　　旻俊看着手机里男人的照片问道。

　　英珠轻轻地点了点头，在电脑上输入了"13"。

　　一段简短的对话过后，两人都默默地陷入各自的思绪当中。英珠一边看着屏幕上的"13"，一边在心里埋怨自己。旻俊则一边环顾着书店，一边在脑海里思考着他现在这份愧疚感是否合理。过了一会儿，英珠重新敲起了键盘。写一点儿，又删一点儿，就这么写写删删重复了几次之后，才终于完成了一个问题：

　　"13. 您这辈子试过最坦诚到什么地步？"

　　这算什么问题啊！英珠长按删除键，清空了整个句子，然后又试着另写了一条：

　　"13. 您在我的文章中也发现过病句吗？"

　　他怎么可能看过我写的文章嘛！英珠再次按住删除键，清空了问题，一股火气顿时冲上头顶。她从冰箱里拿出两瓶气泡水，递了一瓶给旻俊。旻俊随手接过后，呆呆地望着窗外。看见旻俊那个样子，英珠问道：

　　"有什么事吗？"

　　旻俊拧开气泡水的瓶盖，过了几秒才开口道：

　　"我是想和您聊聊天才坐下来的，可是发现很难开口。"

"你原本并不是一个话少的人，对吧？"

英珠喝了口水问道。

"除了您和芝美老板以外，没有人说过我话少。"

"啊，还真是啊，看来真是那个原因啊！"

英珠突然抬高了音量，把旻俊吓了一跳，他吃惊地看向英珠。

"我和芝美姐之前聊过这个话题。她说因为我们是大妈，所以你才不愿意跟我们多说话的。那时候我还很笃定地说不可能！现在看来她说对了啊。"

英珠对旻俊做了个顽皮的表情，又喝了一口水。

"您在说什么啊？"旻俊摸不着头脑地问道，"而且，您怎么会是大妈呢，我们之间也没相差几岁啊。"

"你没骗我吧？"

"当然没有……"

"好，我信你了，就当是为了我自己也要信。"

英珠的玩笑让旻俊的表情也舒展了许多，脸上漾出了一丝轻松的笑容，他慢慢地喝了一口水，然后看着英珠。

"对了，我可以问您一个问题吗？私人的问题。"

"什么问题？"

"您的父母在哪儿呢？"

"我的父母？就在首尔啊。"

"哦？"

旻俊微微睁大了眼睛。

"有点儿奇怪吧？你是不是在想，怎么女儿开书店，父母一次也没来过，电话也不见打，休息的时候也不像是会见面的样子，原本还以为是住在国外或者外地呢，没想到竟然就在首尔，很奇怪，对吧？"

旻俊意识到自己先前的反应有些失礼，微微点了点头。

"我的父母不想见到我，尤其是我妈。"

旻俊疑惑地看着英珠，仿佛在问为什么。

"从小到大，我都没让我妈操心过，后来却一下子让她伤透了心。早知如此，我之前就应该早点摆脱乖乖女的形象。现在我就觉得吧，这都是我的错，怪就怪我没能早点儿让我妈练就出一颗强大的心脏来。"

每次想起妈妈，英珠的表情都会瞬间僵住，她尽量控制着自己的表情，问旻俊：

"怎么突然问起父母了？"

旻俊迟疑了片刻，答道：

"几天前我接到了我妈的电话，因为我一直关机，所以我有很长时间没和她通过电话了。"

"为什么要关机？"

"可能是和别人联系会让我有压力吧。"

"啊，这样啊，那你们聊了什么？"

"也没聊什么。她说担心我,我就让她不用担心;她叫我尽快找份像样的工作,我就说我自己会看着办的。"

"啊,这样啊。"

旻俊看了一眼英珠,赶忙又补充了一句:

"虽然我妈那么说,但我并不认为现在的工作就不像样。"

"我知道你的意思。"

"我妈连我现在做什么都不知道。"

"不用解释的。"

看着英珠脸上温和的笑容,旻俊又接着说道:

"过去这几天,我对自己有了新的认识。"

"怎么说?"

"一直以来我都在学着大人的样子生活,但其实我还没真正成为一个大人。因为妈妈的一句话,现在的我变得十分颓丧,就像被一个隐形的障碍物绊倒了。问题是,绊倒以后也能站起来,我却不确定自己是否应该这么做。我总是担心如果父母对我失望了怎么办,如果以后我都不能让他们开心又怎么办。如果我被绊倒后拍拍屁股站起来,仿佛一切未曾发生般继续生活,好像就会对不起他们似的。"

"你觉得自己现在的生活不符合父母对你的期待,是吗?"

英珠似乎听明白了旻俊的意思。

"嗯……最近我发现自己太脆弱了,离成为一个独立的个体还有很长一段距离，所以对自己很失望。"

"你想成为一个独立的个体？"

"小时候茫然地有过这样的梦想。不知道为什么，我从来没有梦想过从事某种特定的职业，比如医生、律师之类的，也从来没有盼望过成功或者成名。就是，嗯，希望能安安稳稳地过日子，在这方面得到别人的认可，所以就笼统地想成为一个独立的个体。"

"太棒了，这样的梦想。"

"才不呢，我好像连怎么去梦想都不太会。"

英珠用手指敲了敲气泡水的瓶子，微微靠在椅背上。

"我的梦想是开书店。"

"那您的梦想已经实现了啊。"

"是啊，梦想已经实现了，可是不知道为什么没有那种梦想成真的感觉。"

"为什么呢？"

英珠轻轻叹了口气，看向窗外说道：

"虽然是很满足，但是……总觉得梦想并不是人生的全部。并不是说梦想不重要，也不是说还有比梦想更重要的东西，只是觉得实现梦想好像并不代表获得了幸福，毕竟人生要比这复杂得多，大概就是这种感觉吧。"

旻俊看着鞋尖，微微点了点头。"只是觉得实现梦想好像并不代表获得了幸福，毕竟人生要比这复杂得多。"他在心里回味着英珠刚才说的这番话。是啊,人生本来就很复杂。他忽然觉得,可能正是因为自己想把复杂的人生简单化,最近才会生出如此多的烦恼。

两人就这样有一搭没一搭地聊着天,不知不觉间,英珠把第十五个问题拟好了,旻俊依然坐在英珠身旁和她说着话。

"老板,您看过一部叫《西默简介》的纪录片吗?这部片子不怎么有名,您可能没听说过。"

英珠原本正盯着电脑屏幕上的"16",一听这话,眼珠子向上一转。

"《西默简介》……啊,是西摩·贝恩斯坦吗?"

"西默、西摩,是同一个人吗?"

英珠点点头。

"有一本书,叫《对话西摩·贝恩斯坦》。啊!那本书里讲了拍完纪录片后的故事,你说的应该就是那部纪录片了。我没有看过,但一直很想看看来着,怎么想起问这个呀?"

"那个老人——"

"西摩·贝恩斯坦?"

"嗯,他在影片里说了这么一句话。"旻俊微微垂下头停顿了一会儿,然后抬起头来看向英珠,"如果想让音乐听上去和谐悦耳,就要有不协和音程[1]在前边做铺垫和衬托,所以在音乐里,协

---

[1] 不协和音程:听起来不那么悦耳、舒服的音程,彼此融合度较低。——编者注

和音程与不协和音程是共存的。他说我们的人生也是这样,正因为有那些不和谐的因素,才能凸显出人生的美好。"

"说得真好啊。"

旻俊的头又垂了下去。

"但是今天我发现了问题。"

"什么?"

"现在的生活是和谐的还是不和谐的,真有办法能辨别出来吗?我们要怎么知道当下的日子是协和音程,还是不协和音程呢?"

"嗯……还真是的。活在当下是很难判别的,有时候得回头看才分辨得出来。"

"对吧?我完全理解老爷爷想要表达的了,所以才有了这样的疑问:我现在处于哪种状态呢?"

"那你觉得自己处在哪种状态呢?"

一直低着头的旻俊表情变得复杂起来。

"我自己觉得像协和音程,但是别人看来应该是不协和音程吧。"

始终凝视着旻俊的英珠露出了浅浅的笑容,说道:

"那我现在看到的就是你像协和音程一般的人生咯?"

旻俊苦涩地笑了笑:

"如果我的感觉没错的话。"

"不会错。一定是这样的,我可以打包票。"

听英珠这么说，旻俊轻轻笑出了声。

两人一齐看向了窗外。书店的灯光柔和地罩着巷子，三三两两的行人走在路上，有的行色匆匆路过，向书店的方向瞟了一眼。这时，英珠打破了沉默：

"和父母的关系……如果能换个方式想的话会好受很多。我们应该过自己想过的人生，而不是为了别人的期待而活。难受肯定会有的，因为这会让我们爱的人失望。但我们总不能一辈子都按照父母的意愿过日子啊。有段时间，我也常常后悔，总是想着早知道就不这样了，早知道就听他们的话了。但之所以会后悔，也是因为知道已经无法挽回了。假如时间可以倒流，我们还是会做出一样的选择。"英珠依旧看着街道，继续说道，"既然我只能这样生活了，那就接受它，不要自责，也不要难过，堂堂正正地去面对。这几年来，我都是这样一遍一遍对自己说的，精神胜利法嘛。"

英珠的话让旻俊扬起了嘴角，他含笑道：

"精神胜利法，看来我也要试试。"

英珠用力地点了点头，说：

"嗯，试试吧！站在一个对自己有利的角度思考问题，也是人生的一项必备技能。"

旻俊表示今天就先打扰到这儿，说着拉开椅子站起身来，走向门口的时候，他犹豫地叮嘱了英珠一句："不要太晚下班。"英珠感激地伸出手臂比画了一个大大的圆圈，表示"好的"。从书店出来后，旻俊一边往家里走，一边在脑海里回味着英珠刚才说的话——站在对自己有利的角度思考问题的技能……刚走没几步，他回头看向书店，书店就像被笼罩在一个光环里。忘了什么时候英珠曾说过，在巷子里开书店有五个理由。现在旻俊好像找到了第六个理由——从外面望向书店时，那感觉真好。

作家和作家的文字有多像呢？

英珠这天比平时早到了三十分钟。访谈活动上要提的问题，到现在才完成了不到一半。无论是写一句话，还是写一篇长文，都是一件吃力的事。从前的英珠只写过策划书，可自从开了书店，每天都要写好几篇短文放到网上，隔两三天还要写一篇长文，介绍一下书的内容或者发表一下读后感。每一次动笔都很困难。

写着写着，头脑就突然变得一片空白，眼前也一片模糊。有时因为心急提起了笔，可是动笔以后才发现自己对要写的东西一无所知。还有很多时候脑子里明明有想法，却怎么也无法把它们转化为文字。

看着屏幕上的数字"18"，英珠在心里琢磨着自己现在属于哪种情况：是因为我不了解这个作家和他写的书，还是因为我不懂得用文字整理自己的想法？英珠把手放到键盘上开始敲打起来。她在好不容易写下的那句话末尾打了一个问号，然后重读了一遍自己写的内容。作家看到这个问题会怎么作答呢？这么问妥当吗？

"18. 在阅读或写作的过程中，您最在意什么呢？是句子吗？"

英珠是因为一个出版社代表朋友才知道玄胜宇作家的。这个朋友一个人运营着一家微型出版社，他给英珠发过几篇文章，说这些文章的内容是最近出版界比较热门的事件。除了第一篇以外，其余的文章都带了点儿反驳的意味。事件起因于一位博主，他的博客主题相对比较枯燥，却吸引了一万人的关注。博客里没有一篇分享日常的文章，全是关于句子的。第一篇文章已经是四年前写的了，题目是"韩语的音韵体系①"。博客内容只有四大类：韩语语法从入门到精通、病句示例、佳句示例、句子修改。而这个事件就起源于"病句示例"的部分。

刚开始，博主都是从报纸或书上找来一些句子作为示例，分析这些句子哪里写得不对。写了数百篇以后，博主大概是读到了某本译著，他从那本译著中找出了十多个病句，每个句子底下都一一做了客观点评，不带任何感情色彩。问题是，这些文章恰好被这本译著的出版社代表看见了。出版社代表在出版社博客上写了一篇文章来反驳博主。可好巧不巧，博主也看见了这篇反驳的文章，这才有了后面一系列的事情。出版社代表直言博主的指摘是"出于无知的无礼行为"，这里所说的"无知"不是对韩语语法的"无知"，而是对出版界的"无知"，这番说明反而刺激了博主，给了他争论的理由。

针对出版社代表的反驳文章，博主又写了另一篇文章进行反驳。他说："虽然我对出版界的艰难处境深感遗憾，但这并不是读者们从书上读到这么差劲的句子的理由。"出版社代表又反问道："哪本书能够完美到连一个病句都没有？有的话烦请知会一声。"情况愈演愈烈了。而博主也像在恭候着他的反击似的，在"病句示例"栏里又新添了一篇文章。

在那篇文章里，博主引用了二十多个句子，有的属于"人们普遍会犯的小错误"，有的犯了"主谓搭配不当的严重错误"，还有的"虽然语法上没什么毛病，但是让人看得一头雾水"。他说自己只是随手翻开书连着修改了五页，就发现了这么多问题。他还找出另外一本已经绝版的书，以同样的方式进行了修订，却一共只找出六个需要修改的句子，并且全都属于"人们普遍会犯的小错误"。针对这个情况，博主还补充道：

"虽然我是个喜欢研究句子的博主，但很多时候我也不知道什么样的句子才算完美。即便如此，面对一本错误连篇的书，我还是很难做到视若无睹。您不是问我哪本书能够完美到一个病句也没有吗？很遗憾，我不愿意回答这个问题。在我看来，这个问题从一开始就是错误的。就算世界上没有一本百分之百完美的书，出版方也不能因此放弃追求完美。这更不是您能如此理直气壮的理由。"

两个人的文字激战，在推特、Instagram 上成了读书爱好者和出版界人士的热议话题。舆论的风向整体更倾向于博主那一边。出版社代表的文章底下总会有几十条冷嘲热讽的评论，而且越到后来，这样的评论越多。出版社代表仿佛急红了眼，威胁博主删除文章，动辄搬出"损害名誉""起诉"这类词语。

　　对此，博主却沉着冷静地回应，如果自己有错的话，他甘愿受罚。眼看事态就要朝着越来越坏的方向发展时，出版社代表却突然举起了白旗，表示"不该未经反省就这么冲动地应对问题，以后定将致力于出版更优质的图书"。见事情骤然以这种方式收尾，观战的网友们不无失望，但也都用各自的方式给出版社代表送出了安慰，同时也向博主表达了祝贺。这一战，博主胜得干脆利落。

　　如果事情到这里就结束了，那最多称为一场令人印象深刻的闹剧，可是这位出版社代表看起来并不简单。大概是想着既然已经在公众面前认输了，不如认得更彻底些。总而言之，他应该是个非常有商业头脑的人。出版社代表在他们曾经的战场也就是博客上，郑重其事地发布了一篇邀请文，内容为："诚邀您为我们的图书做审校工作。"于是四个月后，这本译著以全新的面貌再次与读者们见面了，一经出版就销售一空，仅仅一个月就重印了三次。

　　出版界人士都评价这次事件是非常出色的营销案例。分享链接给英珠的那位朋友说："虽然我的大脑认同博主说的话，但内心却在为出版社代表加油。"然后还拍了那本译著的封面给英珠看。

　　那天之后，英珠偶尔也会在网页上搜索"玄胜宇"这个名字。关于他的资料更新得很慢，其中也没有什么具体信息。不过出乎大家预料的是，他竟然是一个"普通的上班族"，人们似乎都对他

"理工科出身"的背景很感兴趣。而且他在博客上积累的那些知识全是他自学的成果，这一点也打动了人们的心。从半年前起，胜宇每个月都会在报纸专栏上发表两篇连载文章，题目叫作《关于句子的那些不为人知的事》。英珠每隔两个星期都会找来读一读。

胜宇的文字不失儒雅，又保留了犀利的一面。对，犀利。英珠特别欣赏作家们的犀利。这也是她如此喜欢外国散文的原因。韩国作家即便一开始表现得很犀利，到最后还是会小心翼翼地回归中立，而外国作家则满不在乎，始终保持着一贯的犀利作风。不管怎么看，都是外国作家比韩国作家更敢于指着那些愚昧的人骂："啧啧，你们这些愚昧的家伙！"

这种差异来源于一个人成长的文化环境是否在意别人的眼光。英珠就不可避免地成长为一个在意别人眼光的人，所以她才会觉得那些用与自己截然不同的笔调、情感与风采写就的文字充满了魅力吧。想来也是，面对在文字世界中认识的这些人，英珠向来都是一个包容的读者。如果对方只是活在书里的话，英珠可以接受他的一切，哪怕是矛盾、缺点、歹毒、疯狂、暴力倾向。

英珠也很喜欢胜宇的写作风格。他的文字不会让人觉得浮夸或者装腔作势，虽然他故意用了一种比较刻板的风格，但还是能感觉出他本身应该是个感情丰富的人。在这样一个"自我即公关"的年代，他没有透露任何关于自己的信息，这反倒给他增添了几分神秘感。胜宇完全是凭借着内容本身，也就是他的文字在决胜负。不，他本人好像根本就不在乎什么胜负。当然了，胜宇的这些形象都只是英珠自己想象出来的罢了。

就像之前所说，英珠举办作家访谈活动，完全是出于一个读者的私心——想和作家交谈，想近距离听作家讲话。所以当她得知胜宇出书时，又怎么坐得住呢？英珠早已经知道胜宇会出书的消息，所以只等书一出版，她就向出版社发出了作家访谈的邀请。仅仅过了几个小时，出版社就给出了回复，不仅答应了英珠的邀请，还告诉她这是玄胜宇作家的首次访谈。

英珠看见旻俊推门进来后，在电脑上输入了数字"19"。她在键盘上方悬起手腕，仿佛在半空中弹钢琴一样噼里啪啦地敲着字，很快就完成了一个问题。这是英珠最想问胜宇的一个问题：

"19. 请问您和您的文字有多像？"

拙劣的文字会淹没好声音

旻俊觉得刚刚推门进来的男人很眼熟。是谁来着？男人留着一头微卷的头发，神色疲惫。他先是在门口迅速扫了一眼书店，然后把书包放在咖啡台旁的椅子上。直到挨着书包坐下后，他才开始细细打量起书店来。

在旻俊冲咖啡期间，男人不知什么时候站到他面前，在柜台前研究起了菜单。近距离看到男人后，旻俊终于想起来了，这人正是老板喜爱的那位作家，也是今天访谈活动的主人公。胜宇抬起头对旻俊说：

"请给我一杯热美式。"说罢，递过来一张银行卡。

旻俊用手轻轻挡了一下，说：

"您就是玄胜宇作家吧？"

"嗯？啊，我是。"

胜宇没想到自己会被认出来，有些慌乱。

"这杯咖啡算书店请的，您稍等一下，马上就好。"

"啊，好，那谢谢了。"

胜宇略显尴尬，微微低下了头。

站在面前等待咖啡的胜宇本人和照片很像。一般来参加访谈时，作家们脸上或多或少都会带着兴奋或紧张的神色，胜宇却和照片上一样面无表情。之前看照片时还以为他在无故耍酷呢，今天见到真人才知道，这就是他本来的样子。而且他的脸上还挂着罕见的倦色。旻俊能根据经验猜到这种面容的人过着怎样的生活。以前他睡不好觉，天天忙着学习和兼职时，脸上也是挂着那样一副倦容，也可以说是睡眠不足的样子。

"您的咖啡好了。"

胜宇接过咖啡，看了一眼旻俊。这时旻俊的视线已经从胜宇身上转移到胜宇身后的某个地方了。胜宇不自觉地也朝身后的方向望了过去，只见英珠正提着两把椅子向书店中央走过去。

胜宇看着英珠，冲旻俊问道：

"她是书店老板吗？"

"是的，她是我们老板。"

看见英珠又转身往回走，旻俊朝胜宇问道：

"您还有其他需要的吗？"

得到否定的答复之后，旻俊走到英珠的身边，把她手中的椅子接了过去。胜宇看见旻俊对英珠说了些什么，然后英珠倏地转过身来径直走向自己，脸上洋溢着灿烂的笑容，两人的目光也在这时撞在了一起。当她走到跟前时，胜宇点了点头，自我介绍道：

"您好，我是玄……"

"玄胜宇作家，对吧？"

英珠眼睛一闪一闪的，眼神里透着温柔。从她声音里流露出来的热情，让胜宇一下子无所适从，他不知道该回答什么，只好点了点头。英珠又说：

"您好，我叫李英珠，是休南洞书店的老板，非常高兴能见到您，很感谢您能参加我们的作家访谈。"

胜宇感受着手中咖啡的热气，对英珠说道：

"很高兴认识您，应该是我感谢您邀请我才对。"

英珠像是听见了什么感人肺腑的话，整个人变得神采奕奕的。

"玄作家，谢谢您能这么说。"

胜宇还是没能适应她的那股热情劲儿，这一次他连头也没有点。英珠觉得胜宇的表现有些不自然，寻思着他可能是因为访谈感到有些紧张，便又说道：

"活动从晚上七点半开始，不过我们一般会先等十分钟才正式开始。访谈大概会进行一个小时，然后留二三十分钟给观众提问，活动开始以前您可以先坐会儿。"

胜宇回了句"好的"，便一直看着英珠。虽然他也觉得这么一直盯着别人可能不太合适，可对方也正在若无其事地盯着自己看，所以也不好挪开视线。英珠无法知道胜宇心里在想什么，还是用刚才的眼神看着胜宇，看了一会儿后，她说："我还有点儿事要忙，那就一会儿见吧。"说罢便离开了。等英珠走后，胜宇才把目光投向窗外，只见跟他共事的编辑正朝着书店走来。胜宇又看了一眼英珠离开的方向，才走向门口迎接编辑。

"活动正式开始，首先有请玄胜宇作家跟大家打个招呼吧！"

"大家好！我是《如何写好句子》的作者玄胜宇，很高兴能在这里与大家见面。"

到场的五十多名观众一齐用掌声表示了欢迎。书店所有的椅子都被搬了出来，就连英珠的椅子和展示架中间的那张双人沙发也不例外。胜宇和英珠面向观众坐着，两人之间隔了一米左右的距离，椅子微微侧向中间，这样交谈时扭头也不会太费劲。

刚才胜宇看起来还有点儿紧张，但这会儿他已经平静了下来。不管听到什么问题，他都会先停一下再作答，说的时候，还会一边说一边斟酌字句，好像在思考自己现在说得对不对。他的语速虽然不算快，但也不会让人觉得枯燥。英珠津津有味地看着胜宇回答问题的样子。他给人的感觉就跟读他文字的感觉差不多，瞬间他的文字和他的形象对上了号。胜宇始终保持着庄重的态度，脸上的表情没有太大变化，笑的时候也只是嘴角微微上扬，让人感觉他会替别人着想，但是也不会勉强自己迁就别人。或许正是因为这样，英珠觉得整个问答环节都很放松。无论她的问题有多难回答，胜宇都可以冷静地整理思绪，而不会慌张。经过一番沉着的思考后，才像现在这样慢条斯理地作答。

今天到场的观众有一半以上都是玄作家博客的粉丝。其中有一位还请玄作家给他加工过句子（胜宇和他的粉丝把"文字校订"称为"文字加工"）。这位观众提到博客上那个事件时直呼"大开眼界"，风趣的话语惹得全场哄堂大笑。英珠也说自己虽然关注得比较晚，但也目睹了"事件全过程"，这番话又引得全场一阵爆笑。见胜宇并不避讳提及这件事，英珠便问：

"可以问一下您当时的心情是怎样的吗？大家应该都很好奇。"

胜宇点了点头，开始答道：

"别看我的文字好像挺淡定，其实我的内心挺慌的，我也犹豫过要不要继续写博客。每次写东西的时候，想到别人可能会因为我正在做的事情受伤，心里就挺不好受的。"

"说起来，从那次事件之后，您好像就很少上传文章到'病句示例'上了。"

"嗯，从那之后就比较少了。"

"是因为心里不好受吗？"

"也不全是这个原因，最近还忙着写书，所以也没时间上传。"

"当时那位出版社代表委托您做审校工作时，您是马上答应了吗？"

"不是。"胜宇微微侧着头，像是在回想当时的情景，"毕竟我不是审校这方面的专家。"

"您还不算是专家吗？"英珠笑着问道。

胜宇重新解释道：

"啊，我的意思是，那毕竟不是我的本业，我也从来没想过要去审校一整本书，所以苦恼了很久。后来抱着这是第一次也是最后一次的心态才答应了下来。加上本来也有些亏欠代表的地方。"

"是因为您不留情面地批判了那本书，所以觉得有所亏欠吗？"

"不是，那本书出版得实在太没诚意了，我并没有因为这个感到抱歉。"

胜宇说话时反而少了几分犀利感，可能是因为他的语气就像在陈述一件理所当然的事情吧，又或许是他自身气质的原因。

"是因为我觉得自己的应对太咄咄逼人了，所以才感到抱歉，这是我的缺点。"胜宇看向英珠的眼睛，"我有一个毛病改不了。无论什么时候，我都喜欢追求合理性。在对方表现得比较感性的时候，我反而会更加理性。我的作风特别刻板。我也比较清楚自己有这方面的问题，所以平时都会比较注意，可那时没有控制好。"

看见胜宇主动坦白，英珠觉得很有意思。这样一本正经却不会让人觉得乏味的原因，应该就在于他的这份坦率吧。英珠看了眼时间，继续问下一个事先准备好的问题：

"在阅读或写作的过程中，您最在意什么呢？是句子吗？"

"不是。虽然大家可能都会这么认为，但我最在意的不是句子。"

"那是什么呢？"

"声音，作家的声音。如果读到'声音好'的文章，哪怕句子不怎么完美，也会让人为之振奋。我认为一个好句子的重要性就体现在这里，它总能清晰地传达出作家的声音。"

"怎么说呢？"

"因为不好的句子往往无法将作家的声音很好地传达出来，所以就算是不好的声音，读者也可能会听不出来。我们通常认为累赘的句子是不好的句子，就是因为那些烦冗的部分盖住了不好的声音。换句话说，就是不好的声音被美化了。"

"那反过来也是一样的吧？"

"没错，很多时候好的声音也会被淹没在拙劣的句子里。只要好好打磨一下，作家的声音就能很好地展现出来了。"

"啊，我好像理解了。"

英珠点了点头，看向胜宇。微微低着头回答问题的胜宇也看向了英珠。英珠看着胜宇的眼睛又问道：

"其实，我最想问的是下面这个问题：在您看来，您和您的文字像吗？"

说这话时，英珠的眼睛像方才初次见面时那样闪闪发亮。胜宇不仅注意到了这一点，还发现自己很好奇这个眼神是什么意思，他试图把注意力拉回到问题上。

"这是今天所有问题中最难的一个。"

"是吗？"

"其实我对这个问题本身存在疑问。文字和作者像不像，谁能知道呢？连作者本人都难以知道吧。"

英珠突然意识到，自己读书时形成的这个习惯（将文字和作者联系起来），对别人来说也许是件陌生的事。也就是说，这个做法可能只是英珠个人的娱乐罢了。她忽然觉得问这个问题可能很失礼，说不定会让作家感到不舒服。对方也许会误以为她的意思是"你的文字和你一点儿也不像，你知道吗"，可英珠绝对不是为了让对方难堪才提出这个问题的。

"嗯……我觉得是能知道的。"

胜宇好奇地看着英珠，问：

"怎么说？"

"我在读尼科斯·卡赞扎基斯[1]的文字时，就能想象出他的形象来，类似坐在火车窗边座位上一脸严肃地看着窗外的样子。"

"为什么呢？"

"因为尼科斯·卡赞扎基斯热爱旅游，还是个会认真思考人生的作家。"

胜宇不置可否地看着英珠。

"我相信他不是那种会在背后议论和打趣别人的人。"英珠接着说道。

"凭什么相信呢？"

---

[1] 尼科斯·卡赞扎基斯：希腊哲学家、作家、诗人，20世纪希腊最重要的作家，其最具代表性的作品《希腊人左巴》曾被改编为同名电影，并获得三项奥斯卡金像奖。——译者注

"凭他的文字。"

凭他的文字……胜宇静静地看了会儿英珠，眨了几下眼睛之后才说：

"嗯……听了您的话之后，我想我可以这样回答您的问题：因为不想说谎，所以不会说很多——我希望我的文字能够尽可能地贴近真实。"

"您能具体展开说说吗？"

"在写文章的过程中，有时候不经意间就会撒谎。举个例子，假如我有一年没看电影了，那么可能有一天我会不以为然地想：'我都一年没看电影了，看来我是个不怎么爱看电影的人啊。'慢慢地，我就忘了自己'一年没看电影'的事实，只记住了'我不爱看电影'的结论。当我又像往常一样写作时，可能无意间就写出了'我不爱看电影'这种句子。这句话看上去好像没什么问题，甚至连我自己都相信了。可事实是，我还挺爱看电影的，只是因为工作太忙了，所以在过去一年里都没有时间看。只要仔细思考，就会越来越接近事实，相反，哪怕不是有意为之，也会沦为谎言。"

"那这个句子的正确表达是……"英珠道。

"过去一年里我都没有看过电影，或者说没有时间看。"胜宇答。

访谈进行得很顺利。观众的反响很不错，英珠和胜宇之间的配合也很默契。在提问环节，观众个个都成了主人公。有人问作家的头发是不是自来卷，也有人问作家是否满意自己写的文章，还指出第 56 页第 25 行有一句话好像写错了。胜宇特别喜欢这个问题，和那位观众探讨了很久有关句子的话题，最后得出的结论是大家追求的风格不同。

　　观众都散场后，胜宇和出版社的编辑道别后也回去了。旻俊今天下班后也没有回家，跟英珠一起收拾。等差不多都弄好的时候，英珠从冰箱里拿出了两瓶啤酒。在空无一人的书店里，两人并排坐着喝起了啤酒。旻俊灌了一口冰凉的啤酒下去，问道：

　　"见到喜欢的作家心情怎么样呢？"

　　"开心呗，这还用说吗？"

　　"那我也要有一个喜欢的作家才行。"

　　"那当然好啦！"

　　英珠一边喝着啤酒，一边仔细回想自己在访谈上有没有说错话。她有预感，整理今天的访谈录音应该会是件很愉快的事。在接下来的一周里，她不仅要把访谈内容整理好上传到博客和社交平台上，还要着手准备下一次访谈的内容，但对今天的她来说，这些都不算是负担。

　　"话说回来，那个玄胜宇作家看上去好像异常疲惫。"

　　旻俊的话让英珠笑出了声，不一会儿，她的脑海里就浮现出了胜宇的样子。那个看起来既像疲倦又像颓丧的样子，认真且坦率的样子，努力理解发问意图并诚恳作答的样子，和他的文字风格很像的样子。

充实度过周日后的夜晚

自书店开业以来,英珠就一直坚持周日休息。不少人建议她把休息日改成周一,其他书店的老板也告诉她,书店主要做的就是周末生意。想到收入时,英珠的内心也曾动摇过。但她还是时常幻想着,等以后"站稳脚跟",她这个书店老板还要实现周末双休,这个念头让她兴奋不已。

可怎样才算是"站稳脚跟"呢?赚的钱足够给员工发工资、养活自己,就算站稳脚跟了吗?还是像其他生意那样,只有当银行账户里的数字涨到自己也觉得"赚了点儿钱"时,才叫站稳脚跟?不管是哪种解释,英珠最近突然有了这样的想法:休南洞书店也许永远……永远都无法实现稳定。那该怎么办呢?按照原计划关门大吉,还是寻求其他的解决方法?

即使这样那样的烦恼,也破坏不了英珠周日的甜蜜心情。从早上起床到晚上睡觉,都是属于她的完整的自由时间。虽然英珠兼具了内向和外向的性格,但待人接物对她而言仍然是件吃力的事。就连工作的时候,她也会偶尔产生想要独处一会儿的强烈想法。有时还会因为白天没有照顾到内向的自己，夜晚难以入眠。哪怕只有一个小时，她也需要坐下来静静地享受独处时光。所以，周日对她来说十分重要。尽管只有一天，她还是希望能暂时从和别人打交道的紧张感中脱离出来。

上午九点，英珠睁开了双眼。洗漱过后，她给自己冲了一杯咖啡，一边品着咖啡，一边思考今天做些什么好。不过她也知道，思不思考结果都一样，因为最后她还是会选择什么也不干。饿了，就从冰箱里随便拿些吃的填填肚子。吃完早餐后，下载几集综艺节目，几个小时笑着笑着就过去了。吃早餐和看综艺都可以坐在桌前完成，所以上床睡觉以前，她都不打算离开客厅。

英珠家的陈设很简单。一个房间里放着床和衣柜，另一个房间里四面墙都摆着书架，厨房里放置了一个单人小冰箱，客厅里除了一张大书桌以外，就只有椅子、小茶几和一个窄窄的矮书柜。芝美建议她至少该添张双人沙发，虽然她在考虑，但又觉得现在这样也不错。

有空间就一定要填满吗？在英珠看来，这种极简感也很值得追求。不过英珠家里倒是有一样东西满得快溢出来了，那就是灯光。客厅里摆了三盏灯，一盏在阳台窗户旁，一盏在书桌旁，还有一盏摆在了卧室门口。在灯光的照射下，任何东西都会隐隐散发出一种魅力，这一点让英珠很是喜欢。

书桌上放着一台和店里一样的笔记本电脑。待在家里时，几乎所有事情都能在这张书桌上解决。今天也和往常一样，吃完早餐后，英珠没有挪窝儿，开始在网上找好看的综艺节目。她不看那些一播就是好几年的长寿综艺，她喜欢"速战速决"型的节目，只要津津有味看两三个月就能结束的那种。一档爱看的节目结束之后，她感觉心情也焕然一新。

如果像今天一样找不到合适的节目，她就会重温一遍以前看过的内容。罗英锡[1]导演的所有节目她都很喜欢，因为嘉宾好，风景好，谈话内容也很好。看着那些温暖真挚的画面，人也不知不觉地放松了下来。在罗导演的所有节目中，英珠最喜欢的是《花样青春》，其中又数"非洲篇"和"澳大利亚篇"最为喜欢。虽然她不怎么认识那些嘉宾，但他们蓬勃向上的朝气和灿烂无比的笑容都十分具有感染力，让人赏心悦目。

看着他们，英珠也怀念起过去的日子，那些明明被唤作青春却带有遗憾的时光。于她而言，青春就像是乌托邦。乌托邦不曾存在于现实世界，那么青春是否也不曾被谁真正拥有过呢？澳大利亚那宛如奇迹的晴朗天空，年轻靓丽的偶像团体脸上那短暂的笑容，对他们而言那唯一的假期，这些是否就是谁都不曾真正体验过的青春时光呢？一个连青春都没好好享受过的人，却在这里

---

[1] 罗英锡：韩国著名综艺节目导演。代表作品有综艺《两天一夜（第一季）》《花样爷爷》《三时三餐》《新西游记》《新婚日记》《尹食堂》《懂也没用的神秘杂学词典》《花样青春》等。——译者注

怀念起了青春，英珠觉得这种想法很好玩儿。

这是英珠第二次重温《花样青春·非洲篇》，但她还是会被里面的绝美风景惊艳到。看见嘉宾们在广阔秀美的景色中说说笑笑、相依相伴的青葱模样，还是会让她感到赏心悦目。如果英珠也有机会去那个地方，她希望能像他们一样爬上沙丘，到丘顶上坐一坐。坐在那里观赏日出日落，不知道是一种怎样的心情呢？是心荡神迷，还是孑然无依？说不定还会流下泪水。

看了四集"非洲篇"后，英珠望向窗外，这时暮色已经悄然降临。她总是频繁地想念这种时刻，就连怀念青春的次数都无法与之相提并论。这暮色将近的黄昏，不管是漫步其中，还是在一旁欣赏，都让人备感幸福。虽然和青春一样不知道什么时候就会消失得无影无踪，但好在它每天都会如期而至，所以也无须为此太过伤怀。为了更好地感受这即将消逝的暮色，英珠来到窗边坐下。她屈着双腿，手臂搭在膝盖上，目光投向窗外。冬夜已经来临了。

现在英珠已经习惯一整天不说话了。刚开始一个人住的时候，到了晚上，她还会故意发出几声"啊"，有好几次她都被自己的行为逗得笑出了声。

现在就当是给嗓子放一天假，一天不说话也已经习以为常了。因为不说话，内心的声音好像听得更清楚了。即使一整天没有说话，她也在一直思考和感受。想要表达的时候，就用文字记录下来。某一个周日，她就在这种状态下写了三篇文章，不过那是只属于英珠自己的文字，从未对外公开过。

当客厅也变得漆黑一片时，英珠才从椅子上站起身，一一打开三盏灯，然后又回到座位上。坐了没一会儿，她又站起来，把小茶几搬到跟前，从书柜里抽出两本书。这是她最近在阅读的短篇小说集——《大白天的恋爱》[1]和《祥子的微笑》[2]，每晚她都会各读一个章节。今天轮到先读《大白天的恋爱》了。

书中第六个故事的题目是《等待狗的日子》。开头讲的是一个母亲在散步时把狗弄丢了，女儿从国外回来帮着寻狗。后面的内容出现了家暴、强奸、怀疑、坦白等情节，最终以"展望"结尾。读完最后一页后，英珠又翻回前一页念了几个句子。这是她今天第一次开口说话。

> 所有对前景的展望都源于一些微不足道的东西，而这些终将改变一切，比如你每天早上喝的苹果汁。[3]

英珠很喜欢这类小说。它们讲述了那些经历着苦楚和悲痛的人，仍向着远方那道依稀的光亮前进，仍坚定着生存意志；讲述

---

1 《大白天的恋爱》：韩国作家金锦姬的短篇小说集（2016年，文学村）。——译者注
2 《祥子的微笑》：韩国作家崔恩荣的短篇小说集（2016年，文学村）。——译者注
3 出自金锦姬《大白天的恋爱》（2016年，文学村，177页）。——原注

了那些我们生命中最后的希望,而不是那些天真的、草率的希望。

读了一遍这句话后,她又反复看了好几遍,才起身走向厨房。英珠打开厨房灯,从冰箱里取出两个鸡蛋,往煎锅里倒入橄榄油,再将鸡蛋磕入锅里,接着又盛了半碗米饭,把煎好的鸡蛋铺在饭上,加半勺酱油。如此一来,英珠最爱的酱油荷包蛋盖饭就大功告成了。每次做酱油荷包蛋盖饭时,她都一定要加两个鸡蛋,这样才能确保蛋黄液渗透到每一粒米饭中。

关上厨房灯,英珠用勺子拌着饭走向窗边,重新恢复到五分钟以前的坐姿。她对着窗外吃了几口饭,然后放下碗,从桌上拿起了《祥子的微笑》。她一边咀嚼着口中的米饭,一边翻看着目录。《祥子的微笑》今天也轮到第六个故事了,题目叫作《米迦勒》,这个故事的主人公好像也是一对母女。读第一页的时候,英珠还不知道自己看到结尾时会大哭一场。

和平时一样,周日晚上也是看会儿书就睡了。像这样惬意的周日,每周要是能再多一天就好了。不过好在周一早上无须在匆匆忙忙中开启一天的工作,想到这儿,第二天还是能够怀着愉悦的心情上班的。如果以后也能这样——不,最好是能比现在更惬意一些,英珠心想。如果未来的日子能比现在更自由一些,那么这样的生活她应该可以坚持下去。

你的脸色怎么了？

旻俊一边挑着瑕疵豆，一边和烘焙师们有一搭没一搭地聊着天。烘焙师们让他坐在椅子上，这样能舒服一些，他嘴上答应着，却仍旧弯着腰站在那儿继续做手头的活儿。"老板今天来得有点儿晚啊。"旻俊说，仍然低着头。

其中一位烘焙师告诉他：

"这种情况每隔几个月总会有一次。"

"是有什么事吗？"

听他这么问，另一位烘焙师回道：

"我们嘛，当然也不了解，她只是来电话说会晚点儿到。"接着，这位烘焙师拎了一把椅子到旻俊身边。

"啊，谢谢。"

"难道不是你有什么事吗？"

烘焙师放下椅子后问道。

"怎么了？"

烘焙师指着镜子说：

"你最近都不照镜子吗?"

旻俊扑哧笑了一下,烘焙师也跟着笑起来。

旻俊坐到椅子上,继续挑起了形状干瘪、色泽暗淡的咖啡豆。这种咖啡豆的最终去处就是垃圾桶,毫无用处的咖啡豆就应该果断丢掉——哪怕只有一颗,在混进去的那一刻,咖啡的味道就会大打折扣。可以说,一颗咖啡豆足以左右咖啡的整体味道。旻俊觉得,有些想法就像这些咖啡豆一样,也需要挑出来扔掉,因为一个想法就能搅乱整个人的心神。他捏起一颗干瘪的咖啡豆仔细观察起来,这颗豆子就像蜷缩的身体一样。如果可以的话,他想用力舒展开这颗皱巴巴的咖啡豆。他使了点劲儿,但咖啡豆没发生任何变化,于是他又试了一次。就在他做第三次尝试的时候,芝美走了进来。

"噢!你终于来了。我还以为你永远都不来了呢。"

看着迎面走来的芝美,旻俊很是惊讶。他试图掩饰自己的情绪,可脸上的表情却变得更加僵硬了。芝美像是哭过,双眼浮肿,一笑起来就更明显了。

"您不是说把咖啡豆都配好了吗?"

旻俊装作什么都没看见似的说道。

芝美从旻俊面前走了过去,巡视起工作来,先是一一仔细检查了订单数量,然后摸了摸烘焙好的咖啡豆,又闻了闻味道。芝美朝正在检查咖啡粉的烘焙师走了过去,烘焙师点了点头说:"就是这个。"

"还要多久?"

"十分钟就行。"

芝美抬起右手在耳朵边上比了个打电话的手势,示意他都弄好后给自己打电话。烘焙师耸了下肩,用手指了指门,表示弄完以后会亲自给她送过去。芝美比了个"OK"的手势,然后招了招手让旻俊过来。在前面带路的芝美刚走出烘焙室,就转过身来看着旻俊的脸说:

"你的脸色是怎么回事?"

"啊?"

旻俊不自觉用手摸了一下脸。

"眼窝都凹陷下去了,好像人生被打垮了一样。怎么了?"

芝美说完,却见旻俊忧心忡忡地看着她。

"这问题应该由我来问吧,老板,您知道您的眼睛现在肿得很厉害吗?"

听旻俊这么一说,芝美才恍然大悟似的说道:"啊,对了!"然后用手心使劲按着眼睛。

"来的路上我还一直用手按来着,进店之前傻乎乎地也没看一下。很明显吗?"

旻俊点了点头。

"店里其他人也看出来了?"

旻俊又点了点头。

"啊，这可怎么办？不管了，走吧。"

GOAT BEAN 里放着几台仅次于一般咖啡店的咖啡机，主要用来检查咖啡豆的味道。当顾客过来确认咖啡豆时，还可以现场冲给他们试一试。偶尔遇到像英珠这种既不会冲调咖啡也不懂品尝味道的新手老板，芝美还会耐心地一条条给他们传授各种知识，在这个过程中关系也就逐渐建立了起来。缘分一旦结下，就很难再分开了。所以 GOAT BEAN 有很多长期合作的老主顾。

两个人中间隔着一个吧台模样的桌子，旻俊坐在外侧，芝美站在里侧。看着对方的脸，两人都笑了起来，心中的烦闷也散去许多。芝美问道：

"工作不想做下去了吗？"

旻俊淡淡一笑，说道：

"没有，就是有点儿迷茫。"

"迷茫？"

"英珠老板说的，人就是一边努力一边迷茫。"

"她这话又是从哪儿听来的？"

"好像说是歌德的《浮士德》里提到过。"

"哎哟，她那爱卖弄的毛病得治治了，要不是跟她关系好，我早揍她了。"

两人都笑了。

"所以你的意思是，努力反而让你迷茫了？"

"本想把这个话题蒙混过去的，您这么一问可怎么好？"

芝美点了点头：

"是啊，总会有想蒙混过去的时候。"

"老板您现在也是这种心情吗？"

"什么？"

"哭的原因啊，您也想直接蒙混过去吗？"

芝美刚想回答，烘焙师就拿着密封好的咖啡粉走了过来。一袋是2000克，另一袋是250克。芝美指着250克的袋子说：

"这个是什么？给旻俊的吗？"

烘焙师朝芝美比了一个"OK"的手势，又冲旻俊眨了两下眼睛，就回去了。芝美说：

"他，嘴里是含着什么吗？怎么不说话？"

"您刚才不也那样嘛。"

旻俊用手比画出打电话的手势。芝美说："我还不能想干吗就干吗了？就因为我刚才没说话，拿手比画了一下，所以他们现在就这样子，是吧？"说着，她从椅子上站了起来。

芝美从碗柜里拿出滤纸、手冲滤杯、分享壶和手冲壶，然后把纯净水倒入桌上的烧水壶中，等水烧开后，打开壶盖静置片刻。在这期间，她把滤纸放入手冲滤杯，然后放在了分享壶上。

"我今天要做手冲咖啡。"芝美把烧水壶里的水倒进了手冲壶中,"之前学的还记得吗?"

"记得。"

"在家做过吗?"

"经常做。"

"是吗?太好了。今天和上次一样。我虽然是凭手感冲,但如果想做得分毫不差的话就得用秤,这点你知道就行了,有什么不懂的就问。"

放咖啡粉之前,芝美先用热水浇到滤纸上,让其全部浸湿,然后马上把咖啡粉倒了上去,她拿着手冲壶,一边浇在咖啡粉上,一边自言自语道:

"手冲咖啡,味道就是会更浓郁一些。奇怪,机器不是应该更准确吗?"

旻俊在一旁观察着,芝美从滤纸中央一点一点向外画着圆圈倒水,全都浇过一遍之后,稍微停了一会儿,说了一句"看看,这泡沫",然后重复了一遍刚才画圆圈倒水的动作。旻俊能听见咖啡滴滴答答落进分享壶里的声音。

"我每次都拿不准什么时候停止倒水。"

"如果滴水的速度变慢了,就不用倒了。要是喜欢苦味的话,就再倒点儿。"

"嗯,那倒是。只是有时候我会想,我真能分辨出最佳的味道来吗?"

"我也一样啊，跟着感觉走就行了。只能是多冲调，多品尝，还有多试试别人调的咖啡。"

"好的。"

"我相信你的感觉，你的感觉相当不错。"

"有时我都不知道要不要相信老板您说的话。"

芝美笑着从碗柜里拿出咖啡杯。

"人这一辈子还有什么啊？相信你想相信的人不就得了。"芝美把咖啡倒进杯子后递给旻俊，又给自己倒了一杯，"你喝了这杯咖啡后，肯定会特别想相信我。"

两人闻了闻咖啡的香味，尝了一口。两双眼睛登时瞪大了，他们互相看了对方一眼。旻俊把杯子放在桌子上，感叹道："真是太好喝了！"芝美得意地答道："当然了。"两个人一边小口小口地品尝着咖啡，一边打发着时间，聊了些无关紧要的话题。

一阵短暂的沉默过后，芝美看着咖啡杯说道：

"我也很想随便蒙混过去。"

旻俊看着芝美，等她继续往下说。

"要是蒙混着蒙混着，真就不在乎了该多好？可是行不通啊，只要是和那个人有关的一切，都会被无限放大。"

"发生什么事了吗？"

"还是一样的问题，只是这一次，连我都觉得自己的反应太过火了，差点儿就动手了。"芝美试着挤出个笑容，却没能成功，

"家人是什么呢？他们凭什么能让我情绪失控成这样啊？旻俊，你想结婚吗？"

虽然已过而立之年，但旻俊从未认真考虑过婚姻问题。最多偶尔在脑海里想一想：我也能结婚吗？

"我不知道。"

"一定要考虑清楚再结婚。"

"是啊。"

"我都后悔了，就不该和那个人组建家庭。谈恋爱的时候还挺好的，如果是泛泛之交的话，应该也会不错，就是不适合一起过日子。可如果没跟他结婚的话，我又怎么知道合不合适呢？"

"是啊。"

"这咖啡凉了以后味道也还不错吧？"

"还真是呢。"

沉默了一会儿后，旻俊开口道：

"我父母关系很融洽，一次架都没吵过。我也不知道是不是只有在我面前才那样。"

"哇，太厉害了。"

"小时候我并不懂这些，等我稍微长大了点儿后，就意识到他们真的很厉害。我们一家三口就好像在参加三人组比赛一样，紧紧地团结在一起。"

"真是和和睦睦的一家人啊。"

"对。不过……"

"不过什么？"

旻俊轻轻敲着咖啡杯的把手，看向芝美：

"最近我就想啊，也不是只有好的一面。家人之间太紧密了也不好，还是要保持一定的距离。我现在就是抱着这种想法。虽然目前无法判断这种想法对不对，但我打算先试一试。"

"试一试？"

"英珠老板说过，有什么想法的话，都先试一试。时间自然会告诉你它是对还是错，不必先急着下定论。我觉得这话说得挺对的，所以打算把这个想法化为行动。反正我也不是要做多了不起的事情，只是想先拉开一些距离，暂时不去考虑父母的想法。"

就像英珠说的那样，旻俊决定尝试着站在一个对自己有利的角度去思考问题。

芝美和旻俊把剩下的咖啡都喝完了。旻俊再次感慨，为什么咖啡凉了之后还能如此美味呢？很快他就得出了结论，一定是因为咖啡豆优质，再加上萃取得当。芝美把两人的咖啡杯收拾到桌子一旁，站起身来说道：

"走吧。"

旻俊把桌上的咖啡豆装进包里，起身用目光跟芝美示意道别，可刚走没几步又转过身，面向芝美。正在收拾桌子的芝美见状，眉毛轻轻一扬，像是在问："怎么了？"

"我不知道我说这话合不合适,但希望老板您也能认真思考一下。"

"思考什么?"

"思考一下关于家人的问题。并不是说成为一家人之后,就要一直维系着这种关系。您如果觉得和家人在一起时不幸福的话,那就需要重新考虑一下了。"

芝美默默地看着旻俊,这番话一下子戳中了她的内心。是旻俊鼓起勇气说出了她犹豫再三也没能对自己说出的话。她冲旻俊笑了,比了个"OK"的手势。旻俊离开了GOAT BEAN,虽然不确定自己是不是说了不该说的话,但这话他很久以前就想对芝美说了,他并不后悔。

我们对于工作的态度

读书会的成员接二连三地抵达了书店。包括英珠在内，一共九个人围成一圈坐下。首先是"畅所欲言"环节，从小组长宇植开始，按照顺时针方向依次简单说几句。有人提到自己剪了头发，有人说自己开始减肥了，有人说和朋友吵架了心情不好，还有人说年龄大了之后，很容易就为了一点小事伤感。也有人应和着说了些安慰的话，比如"你的头发剪得真不错""现在就刚刚好，何必要减肥""好像是你的朋友做得不对""年轻人也会伤感，不必太在意"等。

旻俊今天也不想这么早回家，他环顾店内，见没有客人，便拽了把椅子到围坐的人群外悄悄坐下了。大家都很默契地往旁边挪了挪，给他腾出一个位置。旻俊不好意思地摆了摆手，众人却更热情地招手示意他加入。他不好再推辞，便把椅子往前拽了拽，汇入圆圈中。今天要讨论的书是《拒绝工作》[1]。

---

[1] 戴维·弗雷恩，《拒绝工作》(*The Refusal of Work*)。——原注

"讨论马上就要开始了,想发言的话举手示意一下就行,其他人也可以视情况加入讨论,这个大家都清楚吧?但无论多想发言,也不能随意打断别人的话。"

宇植说完之后,大家都没有开口,等着其他人先发言。讨论没有硬性要求,想发言就发言,不想发言就听着。一阵短暂的沉默过后,那个因为和朋友吵架而心情不好的二十五六岁女生举手了。

"不是说未来的工作岗位比现在还要少嘛,都让人工智能、自动化、还有平台企业做了,所以我特别担忧,不知道要靠兼职挺到猴年马月。我希望政府能再想想办法,多创造一些就业岗位。至于什么方法,就得他们自己去想了。书中第25页有这样的话。"

大家闻言,纷纷打开书,旻俊也到展示架上找到这本书,然后回到了座位上。

> 工作真有那么了不起吗?这个社会还得继续提供更多的就业岗位才行吗?在生产效率如此高的社会中,为什么人们还要一辈子靠工作过活呢?

读完第25页那段话后,女生还谈了自己的看法:
"上一次在这里有人说过,书像一把斧头。当我看到这段话时,真觉得脑袋像是咣地挨了斧头的一记重锤。是啊,工作有什么大不了的啊？我们需要担心的不是没有工作，而是没法儿生存下去吧？说到底，政府要做的不应该是创造就业岗位，而是想办法解决人们的生计问题吧？看完这本书后，我就产生了这样的想法。"

又是一片沉默。旻俊很快就适应了这种沉默。不一会儿，那个四十岁出头、说自己正在减肥的男人开了口：

"因为我们的社会一直都默认只有工作才能生存下去，所以我一下子没法儿将这两者区分来看。不工作却能生存下去？看过书之后，虽然觉得理论上行得通，但还是无法说服自己的内心。就我个人而言，这本书还是有点儿太理想化了。不过它还是帮助我理解了自己对于工作的看法，比如我为什么会认为工作在道德层面上发挥了它的作用，为什么会认为不工作的人是懒惰的人、没用的人，为什么会为了找一份更好的工作而拼命努力。但各位不觉得这很荒诞吗？到头来，这本书不就是在告诉我们，我们对于工作的观点，只是受到了过去某个人的影响随便得出来的，而我们还把它们奉为真理。"

"我也觉得挺荒诞的。"那个剪了头发、三十五六岁的女人说道，"工作的人有价值，不工作的人就没有价值，像这样强调工作在道德层面的重要性，不就是受了清教徒的道德准则影响嘛。一门心思通过工作来获得救赎，这种价值观随着时间的流逝，流传到二十一世纪，灌输到了我这种生活在韩国的无神论者脑子里。

为了不丢掉饭碗,我这个无神论者每天拼死拼活地埋头苦干,从小就咬着牙立志要'成为一个厉害的职业女性,如果丈夫不让我工作,我就和他离婚'。"女人顿了顿,又说,"可问题是,为了燃起对工作的热情,我这个无神论者到现在还要一遍又一遍地给自己洗脑,所有关于工作的好话都让我想了个遍。什么工作好啊,要努力工作啊,能工作是件多么幸运的事啊,如果不能工作那该多惨啊……"

"那也不见得就是糟糕的吧?"宇植看着这个无神论女人说道。

"看了这本书后,我这不都没法儿说它好了嘛。"

"为什么说它糟糕来着?我想不起来是在哪个位置了。"那个因为上了年纪变得容易伤感的女人问,她看上去快有六十岁了。

众人纷纷拿起书本翻找起来。旻俊听着大家的讨论,想起大学教养课上学过马克斯·韦伯[1]的新教伦理。随着时间的流逝,新教伦理不仅灌输到了那个无神论的女人脑中,也给旻俊带来了影响。他原本也做好了像新教徒们那样勤恳工作的心理准备,虽然没有学他们那样把工作当成一种天职,却和那个四十多岁的男人一样,认为人生下来后都应该工作。

"在这儿呢,第73页,我来读一下吧。"无神论女人说道。

---

[1] 马克斯·韦伯:德国社会学家、经济学家、历史学家和政治学家。著有《新教伦理与资本主义精神》,提出新教徒精神促进资本主义发展的著名论点。——编者注

在劳动过程中，人们不但没有将人性排除在外，反而对其进行榨取，因此出现了一种丧失自我的现象。此时的问题不在于劳动者在劳动的过程中无法表现自我，或无法享有一视同仁的机会，相反，让劳动者完全投身于工作当中，要求他们建立责任意识，才是真正的问题所在。

"第78页也有相同的内容。"

一个大一新生翻开了第78页开始念，去年他还经常穿着校服逛书店。

换句话说，就是把劳动者变成了"公司人"。赫菲斯托斯为了让劳动者具备奉献精神和个人道义，利用类似"团队""家人"这样的组织用语，让劳动者将工作和自身融为一体。比起经济上的义务，"团队"和"家人"更要求人们在职场上肩负起道德上的义务，从而让劳动者和组织的目标更加牢固地捆绑在一起。

读到这里，大学生看了看那个无神论女人，说：

"姐姐，您以前就像是书上说的'公司人'。您把自己和公司视为一体，也把个人的价值和公司联系在了一起，就像公司的主人那样拼命工作。书中说，公司为了把职员打造成'公司人'，用的都是'团队''家人'这类用语。我姐夫前段时间当上了他们团队的组长,那时候我还特别替他高兴来着,但现在'团队'这类词语让我感到害怕。我就在想,姐夫是不是也被要求成为一名'公司人'了呢?"

"但我认为,对于那些努力工作和喜欢工作的人,我们不该武断地把他们都看作'公司人',书中也不是只片面地认为工作就是糟糕的。在我看来,工作带来的快乐,以及人们在工作中取得的进步,都是让我们感到幸福的条件之一。"

旻俊瞧了瞧第一次开口说话的英珠。

"只是这个社会对工作太过执着了,而且工作夺走了我们的很多东西。工作的时候,我常常会突然有一种被掏空的感觉。每天结束长时间的工作回到家后,浑身一点儿力气都提不起来,更别谈什么业余生活了。在第125页有这样一段话,我想应该能引起很多人的共鸣。"

> 我们有很大一部分时间要么在工作,要么在恢复被工作消耗掉的元气,要么在为了工作而消费,要么为了找一份工作而把精力投入大量的事情当中。我们越来越难说出究竟有多少时间是真正为自己而活的。

"到头来,因为不得不应付那么多工作,因为工作占据了生活的全部，所以工作就成了问题。"

旻俊想起第一次见面那天，英珠就强调了八小时工作制。看来她不是因为这本书才产生了这种想法，而是原本就觉得工作不应该消耗掉一个人的全部精力，被工作占据的人生是不可能幸福的。

"我也是这么想的，"宇植说，"我认为我的工作就很有趣。辛苦工作一天后，回家喝上一杯啤酒，再打会儿游戏，心情就很好啊，又或是逛逛书店，哪怕只是看几页书也会觉得很开心。但就像英珠姐说的那样，工作时间一长，再有趣的工作最后也会心生厌倦。如果每天都是家、公司、家、公司……不出一周，我就会受不了吧。"

"如果家里有孩子的话，就连那种生活也没法儿实现。"坐在旻俊身边的男人说道，"在工作的话题中插入了育儿问题，不好意思啊。我现在就是因为工作，都没办法照看孩子了。我妻子最近正做着北欧梦呢。瑞典还是丹麦来着，说是有一个群体叫'拿铁爸爸'，因为下班早，还能一边育儿一边喝杯拿铁什么的。可是等我和妻子下班，都过九点了。丈母娘来家里帮忙照看孩子，等我们一到家，她就累得立马睡倒了。参加这个读书会，是我唯一的业余生活，一个月就这么一次。最近我总感觉人活着真是太累了。"

"减少一些工作量的话，问题不就都解决了吗？"

那个二十几岁的女生调节了一下气氛。众人依次发表了一句见解，有的面带笑容，有的一脸严肃。

"减少工作当然好了，但工资得跟之前一样才行啊。"

"我看大企业有保障，问题是那些中小企业。"

"还有雇用兼职生的个体户也是个问题。"

"一堆的问题啊。"

"不管怎么说，工作减少了之后，工资缩水是不行的啊。"

"当然不行啊，这世道什么都在涨，只有工资不涨，要是还缩水的话，那可真是……"

"领导们的工资都在嗖嗖往上涨，只有我们的工资这副德行，真让人生气。说实在的，公司能运转起来还不都是靠我们这群打工人吗？"

"我们是不是要搞个揭竿而起啊。"

眼见话题扯得越来越远，宇植举了举手，总结了一下内容：

"不管怎样，到目前为止，工作几乎仍是获得收入的唯一机制。也就是说，只有工作，我们才能生存下去。"

那个四十多岁的男人本来还想说"最近靠房地产养活自己的人才是人生赢家"，但又怕话题再一次被扯远，就忍住了。他重新回到书中，接着说道：

"所以说，出这本书就是为了表达一个观点：这个社会的构造就是只有工作才能养活自己，可是在全世界范围内，找不到工作的人越来越多了。工作的人在工作中丧失了自我，被工作折磨得筋疲力尽，导致自己活不出个人样儿；不工作的人因为赚不到钱，也活不出个人样儿。总的来看，这本书不就是在呼吁减少工作时间，给那些找不到工作的人也提供一些机会嘛。从理论上来讲，这是可行的。"

"从实践上来看也是可行的吧。问题就是有一部分人不想做出牺牲。"无神论女人用手向上指了指说道。

"又是个问题啊。"众人都嘻嘻哈哈地笑了起来。

讨论进行了一个小时之后，大家可能有些累了，开始闲聊起来。不知道之前读书会的氛围是不是就这么随意，宇桢并没有制止，反而加入了进去。一个五十多岁的阿姨说，年轻的时候认为顺从和牺牲是理所当然的事情，但现在的年轻人好像和她那时候不太一样了，她觉得还挺好的。可是刚说完，就立马有人回道，顺从和牺牲的前提是要看得到希望啊，可现在的年轻人压根儿就看不到希望，所以才觉得没必要那么做。阿姨听后大吃一惊，忙看了看在座的年轻人，问道："真到这种地步了吗？"大家纷纷点了点头。阿姨又说："看不到希望这种话，听着真是太悲哀了。"

旻俊一边听着大家聊天，一边翻看着书的前言。这部分提到了人均国内生产总值对个人整体幸福感的影响微乎其微，只侧重生产和消费的生活无法让人感到满足；还有社会上出现了一个叫作"慢活族"的群体，他们颠覆了工作的概念，比起成功，更追求生活的舒适度。所谓的"慢活族"，书上的定义是为了减少工作时间，放弃高收入工作或干脆不工作的人。旻俊很好奇这样的慢生活也能养活自己吗。就在这时，正好有个男人介绍自己是"慢活族"。

"我过的就是慢生活，所以这本书引发了我强烈的共鸣。"男人清了清嗓子说道，"一年前，我辞掉了干了三年的工作，帮着朋友一起做事，挣些小钱。之前那三年过得真是太抑郁了。之前明明那么向往那份工作，却越干越郁闷，还总是没完没了地加班。再这样下去，我想我一定会发疯的，所以就把工作辞了。辞掉工作后的四个月里，我每天只兼职五个小时。可是好像只有刚开始那一周过得还挺开心，后来就连好朋友问起我最近在干吗，我都支支吾吾回答不上来。这本书就好在它并不是一味地陈述慢生活的意义和优点，也提到了慢活族的难处。让我知道了'啊，原来不是只有我像个傻子一样'。这么一想，我的心情就好了许多。这也让我想起了我的座右铭。"

"您有座右铭啊？"无神论女人饶有兴趣地问道。

"我的座右铭是'凡事都有两面性'。无论什么都会有它的优点和缺点，所以我会告诉自己不必患得患失。"

"那您的座右铭也可以说成是'不必患得患失'咯？"女人风趣地调侃道。

"啊！也可以！"男人做出一副恍然大悟的样子，附和着女人的玩笑，"所以我的意思是，即便是慢生活，也有它的双面性。当然了，把时间留给自己固然很棒，但赚不到钱也挺郁闷的。而且，想去哪儿旅游都不容易，也得不到社会的认可。"

"您这么说也有道理，但是……好像一般的慢活族都不像普通人那样在乎旅游，或者渴望得到社会的认可吧？书中好像也提到过类似的内容。"

坐在旻俊身旁的女人话音刚落，众人都点起头来。

"不过，慢生活并不一定都是自主选择的。"英珠举起了手，"不是有很多人都没法儿继续工作吗？或是因为身体出现问题，或是因为患有情感障碍，还有很多上班族都患有抑郁症或焦虑症呢。无论是身体上还是精神上出现了问题，只要减少工作量或是无法工作，这个社会都会对他们说'你这么弱，我们用不了你'。书里不也有这样的内容嘛，就连父母也在逼问他们的孩子什么时候才出去工作。"

"可能是我们对于工作的态度过于盲目了。"旻俊身旁的男人接着英珠的话继续说道，"也不知道小时候总是让我们忍什么。我以前读书时有个朋友，在上学路上被一辆摩托车撞了，身上好几个地方都破了皮，还流了血。但就是这样，他也不肯回家，还是坚持要去学校，说一定要拿到全勤奖。我在想，这种受伤后还要一忍再忍的观念，是不是在进入职场之后仍然紧紧地束缚着我们呢？即便生病了，我们仍旧勤勤恳恳地去公司上班，就算真的病到上不了班，还会觉得自己好像在无病呻吟。可实际上，病了不就应该休息吗？怎么就变成现在这样了呢？说实在的，那些说什么就算输着液、受了伤也要坚持在岗位上的话，我觉得真不怎么样。"

"没错，这些话不就是让我们自己剥削自己吗？"梦想成为"拿铁爸爸"的男人附和道。

旻俊翻开大家告诉他的页数，一边看一边追赶着讨论的进度。他现在看的这一页讲了一个叫露西的人。她说不工作也挺好，就是总觉得自己的行为让父母失望了，所以内心十分煎熬。露西频频叹着气，最后坦言，为了不让大家失望，她也想过找一份工作。可即便如此，她觉得自己未必就能找到。

书中还有一个叫萨曼莎的女人，原本她是一名专利代理人，后来在酒吧里做起了小时工。旻俊仔细读了两遍萨曼莎的话，最后一句尤其耐人寻味：

> 这是我第一次按照自己的意愿选择工作，所以有一种成长的感觉。

成长的感觉。工作中最重要的不正是这种感觉吗？旻俊心想。

读书会在一片温馨祥和的气氛中落下了帷幕。最后，宇植做了一个总结。他说，希望在未来的社会里，能够在有偿劳动中感受到幸福的人可以享受劳动，而感受不到幸福的人可以到别处去寻找幸福。众人听后，用热烈的掌声表示了赞同。不知不觉，时间已经接近晚上十点半了，大家一起动手帮忙整理，不到十分钟的工夫就都收拾好了。旻俊和其他九个人一同走出了书店。今晚，大家应该都会沉浸在同样的余韵中进入梦乡吧。

英珠和旻俊在一个路口分开了。英珠朝大路走去，旻俊看了一会儿她的背影后也拐进了一条巷子。在接下来的时间里，旻俊打算从书本中寻找答案。读完《拒绝工作》以后，他打算把书中提到的那本艾里希·弗洛姆[1]的《占有还是存在》也找来看看。如果看过之后对艾里希·弗洛姆的书产生了兴趣，就再按照时间顺序读一读他的其他作品。虽然旻俊的内心还是摇摆不定、充满矛盾，但他知道自己此时此刻在想什么。他在思考从今往后应该怎样生活，这是他以前未曾认真思考过的问题。

---

[1] 艾里希·弗洛姆：著名的精神分析学家和哲学家，《占有还是存在》是他的最后一部作品，探讨了非人道主义生存方式的影响因素。——编者注

书店站稳脚跟意味着什么？

静瑞一如既往地坐着织围巾，民澈托着下巴在一旁观看，那样子就像坐在海边出神地眺望大海。英珠则坐在民澈旁边检查着笔记本上的内容，时不时听一听两人像背景音一样的对话。

"姨母，您觉得织东西好玩儿吗？"

"好玩儿啊，不过我做这个更多是因为成就感。"

"成就感？"

"嗯，每次织完我都觉得特有成就感，如果只是为了好玩儿，那可以打游戏啊，想当年我打游戏还是挺厉害的呢。你游戏打得好吗？"

"也就一般吧。"

见民澈一副兴味索然的样子，静瑞换了一种演戏剧的语气，对着空气夸张地表演道：

"体会不到成就感的日子有多煎熬，你肯定不知道吧！一整天拼了命地工作，到最后什么都没能给自己留下，不！留下来的只有疲惫的人生！"

静瑞这突如其来、没头没脑的行为，让民澈扑哧一下笑出了声，静瑞也跟着笑了起来。接着，她的语气恢复了正常：

"虽然每天都忙得脚不沾地，累死累活，却总感觉那只是在消耗时间，我讨厌这种心情。你以后可别这样，要从中体会到成就感才行。"

"……好的。"

听着静瑞和民澈的谈话，英珠终于把忙活了几天的内容给整理完了。这几天她都在潜心思考一个问题——书店站稳脚跟意味着什么？因为没有头绪，她就像往常写作时那样，在网络词典上搜索"站稳脚跟"的意思，大致可以理解为"在一个地方落脚之后，生活跟着稳定了下来"。生活稳定……如果让休南洞书店稳定，那就应该赚钱。不过，英珠并不想用"赚钱"二字直接替代"站稳脚跟"。那么把"赚钱"的说法再替换一下呢？比如，让休南洞书店稳定下来的首要任务就是吸引更多的顾客。

英珠仔细想了想来店里的邻里街坊，虽然不乏长期光顾的客人，但也有很多人一开始来得很频繁，后来就不怎么来了。常有客人对她说，坚持阅读太难了。经营书店以后，她才体会到，把一个不读书的人变成读书的人是件多么困难的事情。所以硬把"开卷有益，多多读书"这种思想灌输给别人是行不通的，她更想通过"书店"这样的空间拉近与客人的距离，于是决定更多地把这个空间对外开放。

做出这个决定以后，第一步就是把紧挨着咖啡区的那一小块空间收拾出来，之前这里是一个小仓库。得空的时候，英珠就和旻俊一起把该扔的东西扔掉，把有用的东西分散摆放到书店的各个角落。现在这里已经被清理一空，以后这个空间就是"读书俱乐部"了。英珠打算积极开展俱乐部成员的招募工作，给各个俱乐部命名为"第一读书俱乐部""第二读书俱乐部""第三读书俱乐部"。如果成员们愿意，也可以让他们自己取名，这样应该也会很有意思。英珠计划从明天开始通过博客、社交平台和立牌等方式招募成员。她问过书店的几个"铁杆用户"了，目前已经确定有三个人愿意当俱乐部的小组长，他们分别是宇植、民澈妈妈，还有阅读量连英珠都无法企及的老主顾尚秀。

英珠最后修改完招募成员的文案，抬起头看向静瑞和民澈。见一直低着头的英珠突然抬起了头，两人也一头雾水地看着她。英珠问：

"能抽点儿时间出来吗？"

英珠把两人带到读书俱乐部正中央，简要说明了一下要怎么布置这个地方。

"我打算在这里举办读书会，周末再办个讲座。二位站的地方，我计划放一张大桌子，估计还需要十来把椅子……然后，在墙上挂一个冷暖风机……我现在犯愁的是，不知道该把墙壁刷成什么颜色，想听听你们的意见。"

听完英珠的话，静瑞和民澈环顾了一下四周。这是一个小巧雅致的空间，要是真如英珠所说，在这里放张大桌子，再添些椅子的话，就算还想再放点儿别的东西，恐怕也未必放得下。不过，这个空间并没有给人一种逼仄的感觉，小是小了些，但不会觉得局促，而且这样还更有助于集中注意力。

"虽然没有窗户，但这扇门可以通到后院，应该不会特别闷……墙上再挂两三幅漂亮的画就可以了……真希望多些人来参加读书会，哪怕只是被这个空间吸引过来的也好……可是真的会有人来吗……"英珠一边巡视着房间，一边自言自语着。

"肯定会有的。"静瑞咚咚敲了两下墙壁，"我第一次来的时候，就是一下子被这里吸引住了呢。"

英珠看向静瑞。

"家附近都让我转遍了，就想找一个像样的地方。连锁咖啡店我去过，小咖啡馆我也去过，只有这个地方最舒服，让人想一直泡着。这里的音乐很好听，环境不吵闹，光线也很柔和，而且没有人会注意到我，一切都让我觉得特别舒服，所以我才会经常来啊。我织着洗碗巾的时候，抬头看一眼周围，怎么说呢，就觉得挺安心的。这也让我意识到，有书的地方能给人一种安心感。"

英珠一边看着民澈走向后院，一边问静瑞：

"安心感？"

"对啊，有一种安心的感觉。我也挺惊讶的，就是……这里让我觉得,只要我自己保持良好的修养,就不会有人对我无礼,所以很安心。这恰好是那段时间我需要的,所以就更想经常来这里了。就算不看书,我也喜欢来这里,久而久之,我就成常驻嘉宾了。"

英珠想起以前静瑞问要隔多久点一杯咖啡才不会让书店赔钱,原来那时的她就是在努力保持自己的修养啊。在她看来,修养是不是就体现在人与人之间维持着这种互不打扰的恰当距离呢?英珠的目光一直追随着静瑞,正当她开口想说点儿什么的时候,不知何时回来的民澈抢先开了口:

"书店姨母,就现在这个白色好像也不错。"

"我也是这么想的,把几处脏的地方重新刷一下好像就可以了吧?"静瑞对民澈的提议表示赞同。

"就一面白墙……能好看吗……"

"是,所以你得在灯光上花点儿心思,就像书店里的灯光那样。"静瑞的话一下子打消了英珠的顾虑。

回到座位后,英珠在本子上写下了"保留白墙"。读书俱乐部还是按计划进行,另外从下个月开始,她还打算隔周在星期四放一次电影,然后再弄一个"深夜书房"。经常在晚上举办活动可能会比较吃力,但还是先试试看吧,看自己能坚持到什么地步。要把工作、金钱和生活划出适当的界限,还是很难啊,英珠心想。

在过去两年里,英珠眼看着周围熟悉的书店接二连三地关了门，有的是因为老板的经营理念而发展太慢，有的是因为发展速度超出了老板的能力范围，有的是因为挣不到钱，有的虽然能勉强维持生计，但考虑到无法一直像这样超负荷经营，最后也选择了关门，甚至还有一家相当出名的书店也倒闭了。从这里可以看出，就算发展势头那么迅猛，最终也会因为入不敷出而经营不下去。

在英珠看来，把书店开在小巷子里，就如同走在一条没有路的路上。对于这种生意模式，谁都无法自信满满地给出妥善的经营建议。所以书店老板们都是抱着"过好今天"的心态，小心翼翼地预测着未来。谁都不知道这种书店未来会怎样，这也是为什么英珠在第一天见到旻俊时，会说出"书店也许只能坚持两年"这种话。无论是当时还是现在，英珠都无法知道休南洞书店的未来是什么样子。

即便如此，还是有越来越多的书店开在了小巷子里。一个想法闪过了英珠的脑海，没准儿这种商业模式会成为某种"逝去的梦"或"即将到来的梦"扎根于人们心中。有的人在生命的某个节点如同做梦般地开了一家书店，经营了一年或两年之后，又如梦初醒般地关了门。然后又会有其他人如做梦般开了家书店，就这样，不断有越来越多的书店开张。与此同时，也会有越来越多的人一度把书店视为梦想。虽然要找一家开了十年、二十年的社区书店很难，但是过十年、二十年以后，开在巷子里的书店依然存在。

英珠心想：在我们国家的文化里，"书店站稳脚跟"的说法几乎是不成立的吧。也就是说，英珠现在脑子里想的这些点子，到最后都会失败。不过，也不能算是失败，英珠立马驳回了刚才的想法。凡事都有例外，尝试的过程本身就很有意义（赋予意义一直都很重要），只要过程开心（虽然可能会有点儿辛苦），就没必要去计较结果。最重要的是，为了让书店站稳脚跟，英珠现在做的这些努力让她很开心。这不就够了吗？

英珠的思绪又回到了眼前的工作上。现在需要着手做的是邀请周六讲座的主讲老师。讲座先设置了两场。由于最近一下多了许多喜欢写作的人，所以两场的主题都定为写作。英珠打算今天给李雅凛作家和玄胜宇作家发送邮件，邀请他们二位担任主讲人。邮件内容也已经拟好了。

"这样应该就差不多了。"英珠自言自语道。

民澈看着英珠，像是等了半天的样子。英珠合上笔记本说道：

"抱歉，老是装作很忙的样子。"

民澈摇了摇头表示没关系，英珠笑了笑问道：

"放假了，你都在做什么啊？"

"和之前一样，补习、回家、补习、回家，还有吃饭、上厕所、睡觉。"

"没有什么比较有趣的事吗？"

这也许又是一个无聊的问题,英珠心想,她高中时好像也没什么有趣的事吧,只记得整个高中都压抑得很。

"没有。"

"哦,这样啊。"

"可是……一定要有什么趣事才行吗?没有的话,就按照没有的方式活着不行吗?"

"嗯……如果非要勉强去找的话,确实也挺别扭的。"英珠说。

"我妈也是那样……我不理解为什么我过得无聊会让她不满意,我还宁愿她逼我学习呢。活着不都是这样吗,就是活着而已,因为我们已经在这个世上了啊。"

在回应民澈之前,英珠先环视了一圈书店,确认店里没有客人需要帮忙后,才端详起民澈的脸来,这张充满稚气的脸仿佛已经知道了活着也就是这么回事。

"那倒是,不过有趣的东西能让人喘口气。"

听了英珠的话,静瑞点了点头,民澈的表情却有些郁闷。

"喘口气?"

"喘口气后,就会觉得这日子还是能撑下去的。"

英珠看着陷入沉思的民澈,心想自己在他这个年纪的时候,好像还从未有过那种表情吧。那时的英珠很单纯,就像民澈一样每天只穿梭在学校和家之间,整天苦于学习,更准确地说是苦于考试,无时无刻不在为未来担忧。因为不想让学习成为烦恼,她就更加刻苦地学习；不想让考试成为烦恼，她就更加执着于争第一；不想为未来担忧，她就更加努力地为未来而活。可能就是出于这个原因，英珠才会这么羡慕和喜欢此刻坐在眼前的民澈。虽然民澈不会理解，但英珠觉得他现在做得非常好。

"无力、无聊、空虚、虚无，一旦陷入这样的心理状态，就很难再剥离出来，那种心情就像是掉进一口枯井，一直蜷缩在那里出不来，总觉得自己是世上最没有意义的存在，好像只有自己过得这么辛苦。"

静瑞用鼻子长舒了一口气，眼睛依旧盯着手里的活儿。英珠看了一会儿静瑞手上的动作，接着又说：

"我好像也是因为这样才开始看书的。一说到'书'，是不是就觉得很枯燥呢？"

说这话的时候，英珠的表情十分柔和。民澈听后，立马说"不会啊"。

"读的书多了以后，我就发现，那些作者也都无一例外地掉入过井里，有的刚刚从井里爬上来，有的很早以前就上来了。而且他们似乎都在说，以后也还会再掉到井里去的。"

"既然他们都掉入过井里，以后也还会再掉进去，那我们为什么还要听他们的故事啊？"

民澈一脸费解地问道。

"嗯……很简单。因为只要知道不只是自己一个人辛苦，就能让我们获得安慰。本来以为只有我过得这么辛苦，但一看，原来别人也都挺辛苦的啊。虽然我的痛苦还是老样子，它的重量却不知怎么好像变轻了些。真的会有人一辈子都不曾掉入过枯井里吗？我觉得肯定没有。"

英珠的脸上始终挂着浅浅的微笑，但听她说话的民澈看起来有点儿严肃。

"在枯井里待了一段时间后，就会想要脱离这种无力的状态，于是舒展开身体从枯井中站了起来。结果一看，哦！这口井并没那么深啊。一想到自己连这个都不知道，就那样一直待在阴沉的井底，不自觉就笑了出来。这时，突然从右前方三十五度角的位置吹来了徐徐微风，让你忽然间觉得活着真好啊。这风吹得人心情都变好了。"

"对不起，我不太能理解。"

见民澈皱起眉头，眼睛一眨一眨的，英珠赶紧道歉：

"啊，不好意思，我太过投入了。"

"不过，姨母——"

"嗯。"

"刚刚您说的那些里面，也有什么是能让您喘口气的吗？"

"嗯，有。"

"是什么啊？"

"风。"

"风?"

英珠点了点头,脸上的表情也放松下来。

"我有时会想,啊,真幸运啊,还好我喜欢风。只要吹着傍晚的风,就能让我缓一口气,多幸运啊。都说地狱里没有风,那就说明这里还不是地狱,这又是多幸运的事啊。如果每天都能感受轻风拂面,那么日子好像也能过下去。我们人类是相当复杂的,但从某一方面来看,又特别单纯。能有这样的时间就足够了——让自己得以喘息的时间,让你觉得'啊,原来活着还能有这种感受啊',哪怕一天中只有十分钟、一个小时。"

"没错,没错。"静瑞小声嘀咕着。

民澈扭过头看了看她,然后又一脸严肃地看向英珠。

"啊……所以,我妈觉得我也应该有那样的时间,对吧?"

"可能吧,我也不太清楚你妈妈的想法。"

"那您呢?"

"我?"

"嗯。"

"就……"英珠看着民澈,露出了一个灿烂的微笑,"我觉得试着从枯井中站起来也不错。我的意思就是让你试一试,没有人知道接下来会发生什么事,正因为没人知道,所以才让你试试。你不好奇吗,站起来以后会发生什么事?"

虽然想果断拒绝

最近下班回到家里一般都是六点左右。洗澡、准备晚饭，吃完休息会儿，再刷碗，就到八点了。从这个时间开始，胜宇就完全变成了另一个人。他无须再扮演一个得体的上班族，可以卸掉职务上的责任，摆脱机械的行动和思考，不必再努力让自己变得麻木。这是完全属于他的时间，从现在开始才是真正的时间。

过去几年里，从下班回家到上床睡觉的这段时间，胜宇都会让自己尽情释放天性——一旦沉迷某事就会钻研到底直至厌倦的天性。他沉迷的对象是韩语。在这之前，他花了十几年时间钻研编程语言。不过他现在已经不是程序员了，而是一个机械化上下班的职员。

潜心研究韩语虽苦，他却乐在其中。他很开心能有自己专注的事情，能尽情学习自己想学的东西。他在家里就能为自己充电，补回在公司消耗掉的精气神。胜宇把学习成果传到博客上，等积累到一定程度后，他就开始实战演练，修改别人文章里的错误。随着博客粉丝数量的增多，他渐渐意识到自己成了一名博主。于是，胜宇白天当上班族，晚上变身为博主，这种生活已经伴随他五年多了。

胜宇感到很惊讶，那些粉丝连他长什么样子都不知道，却能发自内心地支持他。他们甘愿为一个素未谋面的陌生人花时间——在他的博客底下留言，主动为他宣传新书，把他的文章转发到各个论坛上。人们好像特别欣赏胜宇这种自发钻研学习韩语和无偿分享成果的行为，还有人说从他对待生活的态度中受到了鼓舞。从来不对外公开个人信息的胜宇对这样的反应感到十分惊讶，难道仅仅透过文字就能看到作者的生活吗？英珠问那个问题也是这个原因吗？

"在您看来，您和您的文字像吗？"

胜宇的脑海中又浮现出英珠的面容，但他并没有控制自己不去想她。上次作家访谈以后，他就老是忘不掉英珠的样子，这令他困惑不已。他自己都不知道到底是英珠的哪一方面给他留下了如此深刻的印象。是她望向自己时那双亮晶晶的眼睛吗？是她文字里透出来的那份沉着吗？是她现实生活中与悲伤情绪（与英珠见面之前，胜宇曾浏览过她在书店博客上写的文章）截然相反的开朗性格吗？是她谈论知性话题时那毫无违和感的语气吗？是她的幽默风趣吗？也可能是这一切的结合吧。

虽然英珠的样子总会时不时地冒出来，但如果不加以理会，应该很快就会淡忘吧，胜宇心想，反正以后也不会有什么交集了。

可就在前不久，他收到了一封英珠发来的邮件。毫无疑问，他是打算回信拒绝的。可直到现在，这份邮件还迟迟没有发送出去。站在对方的角度，可能会无法理解为什么过了一个多星期还没有回音吧。不能再让她等下去了，今天一定要给她回复。在这之前，胜宇又读了一遍英珠发来的邮件：

  玄胜宇作家，您好！
   我是休南洞书店的李英珠。
   应该没那么快就忘了我吧？^—^
   有很多客人都来我们店里找您的书呢，
   在此我想再次感谢您写了这么好的书。
   给您发邮件是想冒昧地问一下，您有时间开设讲座吗？
   我们书店正在筹备写作讲座，
   计划是每周六进行一场，一共八周，每场两个小时。
   如果您同意的话，我想把讲座的主题定为"修改句子的方法"。
   开这个讲座的主要目的不是教大家怎么写句子，而是怎么修订一个已经写好的句子。
   您可以采用您书里的内容作为讲座材料，您觉得呢？
   《如何写好句子》这本书正好有十六个章节，每周讲两章好像就差不多了，应该无须另外准备太多内容。

玄作家，您觉得怎么样？星期六能抽出时间来吗？

出于礼貌，我本应该直接给您打电话的，但又担心这样会给您带来不便，所以就给您发邮件了。

收到您的回件以后，我再给您回电话。

那么，我就静候玄作家您的佳音了。

李英珠 敬上

邮件的内容简明易懂，但胜宇反复看了很多遍。每读一次，他的脑子里都会跳出他认为最合适的答复：不好意思，我的能力似乎不足以胜任这份工作，很抱歉不得不拒绝您这么好的提议，谢谢！胜宇却迟迟抬不起双手打字。他的心情就像面对一个无比艰巨的任务。他十分艰难地抬起了胳膊，好不容易让指尖触碰到键盘。接下来只要打几句话就可以了，只要把刚才脑子里的那几句以"不好意思"开头的话打上去就可以了。

胜宇想要拒绝英珠的提议。不，应该说是必须拒绝。自从出了书以后，胜宇每周都忙着参加各种访谈活动。编辑告诉他，很少有作家才出第一本书就能接到这么多的邀请。言下之意就是让他懂得知足，可胜宇却高兴不起来。因为每次去参加作家访谈，都会耗掉他一整天的时间。活动结束后，还要回顾自己有没有说错话，这个过程也会浪费一些时间。从访谈前几天开始，也会因为担心这担心那而浪费掉许多时间。除此以外，还要应付编辑频繁的联系、接受报社的采访等。总而言之，自打出书后，胜宇的时间都被占用了。因为这样那样的事情，他几乎没有真正属于自己的时间了。他想尽快恢复到出书以前的生活，回归像小学数学公式那样单一的生活秩序。

所以，胜宇不能答应英珠的提议。举办什么讲座啊，还是定期的，不仅每周一场，还要连续讲八周！横想竖想，拒绝才是最正确的选择。当他打定主意准备用左手无名指敲下按键时，好奇心突然一下子占据了他的脑海。过去几个星期一直搅得他不知所措的感觉消失了，只留下了单纯的好奇心，他很想知道到底是英珠的哪一方面动摇了自己。真是好久都没有这种感觉了，想起一个人会有这么无所适从的感觉。这是一种被他遗忘了许久的情感，他曾想过自己可能再也不会有这种感觉了。

如果跟着这种感觉走会怎么样呢？因为讨厌逃跑，因为好奇心驱使，又因为自己……是一个抵挡不住好奇心的人。如果好奇心得到满足了呢？这个到那时候再想也不迟。

既然已经想好了，胜宇就遵从内心的想法敲了几句话：

李英珠老板，您好。
　　感谢您诚挚的邀请，
　　我愿意接受关于周六讲座的提议，
　　但是时间的话，定在晚上似乎会更好些。

麻烦您了。

玄胜宇　敬上

胜宇没有再看一遍就直接按下了发送键。

被接纳的感觉

静瑞稀里糊涂地跟着芝美来到了英珠家。她原本打算在书店织完东西就走,可不知不觉就待到了打烊的时间。正当她准备和英珠一起离开时,不想在门口碰见了芝美。芝美一上来就亲热地挽住静瑞的胳膊,把她拉到了英珠家里,还说自己到现在还用着她织的洗碗巾,正想好好谢谢她。

静瑞一眼就喜欢上了英珠家。虽然客厅里只摆了一张书桌,看上去空荡荡的,但这种简洁的风格反而更能给人安定的感觉。英珠身上的那种气质,也许就是来自这里吧。这个"书店老板姐姐"看起来虽然有些孤单,但比任何人都显得沉稳。英珠没有开日光灯,而是把各式灯具一个一个打开,芝美连连摇头,受不了似的直喊"太暗了,太暗了"。

"我太喜欢你家了。"静瑞在洗手间洗完手之后出来说道。

"就别说这些客套话了吧,我倒是不理解怎么还会有这种房子呢。"芝美也在洗手间洗着手说道。

"是真的啊,这房子最适合一边冥想一边织东西了,喏,就在那堵墙前面。"

两人的目光顺着静瑞指的方向看了过去,她指的是书桌对面的那堵墙,平时两人就是躺在那堵墙旁边聊天的。

"OK,从现在开始,那堵墙就是静瑞的了。"

静瑞以坐禅的姿势坐在了英珠递来的垫子上,但她并没有全神贯注于呼吸,而是随时观察着另外两人的动态。英珠和芝美默契十足,就像每天放学后一起玩耍的朋友一样。英珠从碗柜里取出杯子和碟子,芝美从冰箱里拿了些下酒菜。不一会儿工夫,客厅地板上就摆了三罐350毫升的啤酒、各式各样的奶酪、五花八门的干果片,还有烟熏三文鱼和芽苗菜,以及搭配着一起吃会更美味的酱料。静瑞起初还以为没有桌子,但很快她就注意到洗碗池旁边明晃晃地立着一张小桌子。估计这两个姐姐是觉得这样更有意思吧,真是的。

"来吧,干杯!"

随着啤酒一口、两口下肚,大家的心情越来越好。英珠吃着一块奶酪,芝美品尝着蘸了酱料的三文鱼,静瑞则嚼着橘子片。真好吃。这还是静瑞辞掉工作之后第一次喝酒。

在大家都没留意的时候,静瑞迅速换了一个坐姿,她将上半身倚靠在墙上,伸直了双腿,然后一边小口喝着啤酒,一边听着两个姐姐聊天。像等腰三角形的两条边那样,英珠和芝美两人躺在地上天南海北地侃侃而谈。照静瑞看来,她们一定经常聊着聊着就这么睡过去了。两人一会儿躺着,一会儿坐起身来喝口啤酒,吃点儿下酒菜,然后又继续躺回刚才的姿势。偶尔心血来潮了也会坐起来跟静瑞要求"干杯"。今天的啤酒感觉格外好喝,静瑞也尽情畅饮起来。

聊天过程中,这两人也不详细说明事情的来龙去脉,却总是用眼神向静瑞寻求认同,或是征求她的意见。无论静瑞说什么,她们都会附和着点头,觉得很满意。静瑞也十分乐在其中,所以即使过了十点半,她也没再去看表。

"旻俊是这么说的。"芝美压低了声音说道,"所以我打算先暂时冷静一下。"

"什么意思呢?"

"我可能需要一些时间静下心来想想,在这段时间里,我不会骂那位,也不会唠叨。所以你们可别因为我不骂他,就感到失望啊。"

"这有什么好失望的。"

"还有,也别为我担心。"

"担心什么?"

"我会过得很好。"

"我才不担心姐姐呢。"

聊着聊着,两人安静下来,面朝天花板躺在地上。静瑞看着她们,然后站起来,走到客厅的落地窗前。周围的景色尽收眼底,真是太美了。街上的路灯给这番景致增添了一份情调，在那后面是一栋栋矮小的楼房，从各家各户透出星星点点的灯火。英珠家与前面那户人家挨得很近，仿佛触手可及，看着那户人家的灯熄灭后，静瑞的心情也莫名变得更好了。英珠不知什么时候站到了静瑞身旁。英珠看着窗外，像平日一样亲切地问道："漂亮吧？"静瑞低声答道："嗯，很漂亮。"就在这时，忽然有种奇特的感觉涌上静瑞心头，那是一种被人接纳的感觉。她还记得第一次去休南洞书店时也有过这种感觉。为什么现在这种感觉又出现了呢？这个家也让她感受到被接纳，她格外珍惜这种感觉。这些都让静瑞感到既惊讶又悲伤，不过，这种悲伤是好的那种悲伤，因为这让她终于看清了问题所在。

"你是从什么时候开始冥想的啊？很久了吗？"

望着窗外陷入沉思的两人闻声回头，只见芝美正把食物拼在一起，收拾着空盘子，像是要再开一局似的。见静瑞没有回答，芝美端着盘子站起来看了看静瑞：

"我就是好奇人们为什么要冥想。"

"啊……"

"不错的话，我也想试试。"

需要平息怒火的能力

说到冥想的契机，那就要从辞职的原因开始讲起。

"我是因为太生气才辞职的。"

静瑞倚着墙，咽了口唾沫，开始讲述自己的故事。今年已经是她大学毕业后进入职场的第八个年头了，就是在这个春天，她决定辞职不干了。当时每天都窝着一肚子火，让她特别生气。无论是在上班途中，还是正在吃饭，或是在看电视，心里都会突然蹿出一股怒火来。无论看到什么，她都想要毁掉。她也不知道自己是怎么了，便去看了医生，然而医生只是告诉她不要有太大压力。

静瑞在她的职场生涯中自始至终都是一名合同工。"只要努力工作，两年以后就能转正。"起初她对组长的这套说辞深信不疑，就像正式员工那样十分卖力地工作，像他们一样为公司操心，像他们一样加班，像他们一样回到家里也不忘工作。面对静瑞勤恳的工作态度，周围的正式员工从不吝惜鼓励的话语："像静瑞这么努力，肯定能转正。"可最后静瑞还是没能转正。组长对她表达了歉意，并安慰她下次一定能行。

"那时候，组长模棱两可地说着什么'灵活型劳动'，我也没太在意。直到两年后我再次转正失败，才又想起了这个东西。上网一搜，出来了很多报道。所谓的'灵活型劳动'，不就是说企业可以随心所欲地裁员吗？当竞争加剧时，企业可能会面临不得不缩减或取消某个岗位的情况。企业要想在这种时候生存下来，就只能裁员。一开始我也挺理解，因为小的时候，我爸就常说：'只有企业活下来了，员工才能活下来；企业发展了，我们才能吃饱穿暖。'可是，就因为企业需要生存，我就得一直当一个合同工吗？这意思不就是，员工被炒了之后只能忍气吞声地被赶出去吗？那个时候我就想，这都是什么啊？这活得像什么样子啊？"

说到这里，静瑞停了下来，看了看正在留心听自己讲话的两位姐姐，有些担心自己是不是说太多了，但可能是受酒精的驱使，她还想要继续说下去，好在姐姐们的眼里都没有流露出厌烦的神色。她拿起眼前的罐装啤酒向前一伸，轮番看了看英珠和芝美。两位姐姐就像等着她举杯似的，也都拿起了啤酒跟她碰杯。喝了一口酒后，静瑞继续讲了起来：

"我特别生气，可又不知道该怎么做，当时就这么翻篇了。但是，姐，大概在两年前吧，我有一个当护士的朋友拿着打工度假签证去了澳大利亚。护士不是属于专业技术岗嘛，可她说不想干了，去了澳大利亚。我问她原因，她说其实自己就是个合同工，不仅永远都有干不完的活儿，还要忍受合同工身份带来的委屈，感觉工作失去了乐趣。连续几年来，她都没有好好睡过一次觉。她说就算是吃苦受累，也要去看得见希望的地方。你们知道我朋友那时还跟我说了什么吗？她说医院里的合同工特别多，像是清洁阿姨、维修大叔、安保小哥，甚至有的医生也是合同工。听了她的话，我彻底醒悟了。什么'灵活型劳动'，都是骗人的。虽然说是因为某些岗位可能会消失，为了方便裁员才雇用合同工，但这根本就说不过去。难不成以后清洁人员、维修人员、安保人员、护士和医生的岗位全都会消失吗？怎么可能会是因为担心这些工作岗位消失，才招合同工呢？姐，内容策划这份工作，我干了八年。这八年来，我一直都是合同工。姐，一个专门靠内容吃饭的公司，招内容策划的合同工能是因为那所谓的'灵活型劳动'吗？我看他们就是想随心所欲地使唤人干活儿罢了。"

两位姐姐都点了点头。

"不管怎么说，最后我还是辞职了。反正我也不想继续待在不能转正的公司里了。虽然跳槽以后，我在新公司里也还是一个合同工……表面上他们说的是无期合同工，但合同工就是合同工，还分什么有期无期啊？净玩儿些文字游戏。换了一家公司以后，他们依然在给我画大饼，告诉我只要努力工作就能转正，然后让我加班加点地工作，把自己的任务都推给我。迫于生计，我只能假装相信这些说辞，应付各种加班，回家之后也继续工作。但不知道从什么时候起，我特别特别讨厌这种状态。硬着头皮干的结果，就是每天都一肚子火。"

即便是正式员工，也不能拒绝自己不想干的工作。虽然他们脖子上挂的是员工证，静瑞脖子上挂的是出入证，但大家都是一大早来上班，到了下班的时候也一样要看别人的眼色。不过，正式员工和合同工还是有天壤之别。以前静瑞就总听说上班族把自己比作机器零件，尤其是齿轮。这种悲哀的工具随时都可以被替换掉，永远都活在周而复始的运作中。然而，合同工就连齿轮都当不了，顶多算是帮助齿轮正常运转的齿轮油，也就是工具的工具。公司对待合同工的态度，无异于对待那些无法溶于水的齿轮油。

"尤其是那件事情发生之后，我对一切都感到厌烦，对工作如此，对人也如此。你们知道是什么事吗？有一天，部长把我叫了出去，说要跟我谈谈。他说有一个新项目要开始了，问我能不能负责。还说这次不同于以往，有很大的施展空间，让我放手去干。我也没期待能凭这个项目转正，但能按照自己的想法大展身手也挺不错的，于是我就玩儿了命地干。在那两个月里，我又久违地沉浸在工作的乐趣中了。可两个月过后，当我把成果拿给部长时，你们知道他干了什么吗？他把我的名字从项目里剔除了，换成了一个笨蛋代理的名字，那个代理是出了名的无能。你们知道那时部长对我说了什么吗？他敷衍地说着对不起，让我理解他，还说反正你也没法升职，就当是做了件善事吧。"

静瑞觉得这个社会待人太不友善了，人们对待彼此也同样不友善。表面上假惺惺地关心你，背地里却想把你的价值榨得一滴不剩，这种人太常见了。再不然就是一副"事不关己，高高挂起"的态度，这种冷漠的背后是满满的恐惧。如果有一天自己没做好，也沦落成别人那样怎么办？对他们来讲，这个"别人"，就是像静瑞这样的人。

静瑞对人产生了强烈的厌恶感，这让她十分煎熬。只要听见部长那假惺惺的声音，她就感到全身的血液直冲天灵盖；只要看见代理那张写着"无能"的脸，就不由得心生蔑视。看着他们谈笑风生地走在过道上，静瑞常想："这些家伙个个都不如我。我说怎么能坐上那么好的位置呢，原来为了不从那个位置上掉下来，都做了不少缺德事啊。"静瑞感到很悲哀，自己竟然这样去贬低和厌恶其他人。于是她的火气就更大了。她无法集中精力干活儿，工作上也丧失了乐趣。所有的一切都叫人厌倦。

"再这样下去，我的性格恐怕都要出问题了。因为天天生气，身体状况也越来越差。明明累得要死却怎么也睡不着，经常熬了一宿之后还得去上班，所以我辞职了，反正这类工作以后也还能找到。听说我辞职之后，朋友们都劝我去旅游散散心。但我并不想这么做。如果靠着出去旅行几天或是环游世界一圈，心里的那股怒火就能平息下来，那可能从一开始就不会产生。迟早不还是得去工作吗？到时候不又得生气了吗？总不能每次都等着夏季和冬季的假期去旅行吧。我想每天都能心平气和地过日子，我想拥有可以平息怒火的能力。所以我就想啊，要怎样才能平息怒火呢？要不试试冥想？"

接下来的事情，英珠也大概有所了解了。点一杯咖啡坐在那里一动不动，代表静瑞在冥想。从某一天开始突然织起了洗碗巾，是因为她觉得冥想太难，想找其他方法过渡一下。织完洗碗巾后又开始做其他手工编织，是因为她在制作的过程中发现了意想不到的乐趣。在织东西的间隙轻轻闭上双眼，还是代表她在冥想。

"冥想的时候，那些杂念也没有消失。只要这些念头还在，我就会一直很生气。即便闭上眼睛，把注意力都放在呼吸上，还是会忍不住想起部长的那副嘴脸，还有代理那家伙——不对，他现在已经是科长了，一想起他走路慢吞吞的样子，我就抓心挠肝的。我想着不能再这样下去了，动手做点儿什么吧。我记得在哪里听说过，只要让手动起来，就能把杂念赶走。可是等我真正尝试之后才明白，原来杂念并不是因为手动起来才消失的，而是因为注意力转移到了某个对象上，那些乱七八糟的念头才会消失。当你全神贯注地编织了几个小时，重新回到现实后，有两点特别棒：一是获得了一些成果，二是心情变舒畅了。最起码在织东西的时候，我不会生气了。"

两位姐姐从头到尾都听得很认真。等静瑞把话说完后，她们才面向天花板躺了下来，还让静瑞也赶紧躺下。静瑞舒展开身体，挨着墙躺下去。这种心情就像完成编织后那般舒畅，又像冥想时那般恍惚。一阵困意袭来，眨了几下眼睛后，静瑞合上了双眼。她迷迷糊糊地在心里想着，如果这么睡着的话，醒来时心情一定会很好吧。

写作讲座开班了

胜宇穿了件厚厚的夹克，背着双肩包，向休南洞书店走去。因为想走走从地铁站到书店的这段路，所以没有坐车。上次来，他就已经感觉到了，休南洞书店确实不是那种在路上能随便偶遇的类型，除非住在这附近，否则就得下定决心专门找过来。不知英珠是出于怎样的想法和考量，才把书店开在了这种地方呢？

这片小区很清静。不过十分钟以前，胜宇还穿行在一条嘈杂的街道上，现在却像走在一个刚刚落幕的戏剧舞台上。感觉这里的行人手上都拎着一个菜篮子而不是购物袋，而且大部分人相互之间都不算陌生人，应该都打过几次照面。也许休南洞书店吸引人的地方，就在于它所处的街区给了人们这种遐想的空间，以及这种近在眼前又仿佛属于过去的氛围吧。

大约走了二十五分钟后，胜宇来到了休南洞书店。进去之前，他先读了一下门口立牌上的字：

休南洞书店终于开班啦！每周六的写作讲座，将由《每

日阅读》的李雅凛作家与《如何写好句子》的玄胜宇作家进行哟！^ ^

直到现在，胜宇都还没适应自己已经出书并且被人称为作家这件事。看到立牌上的字，他的脸颊一阵发烫。几年前连想都未曾想过的事情，竟发生在了自己身上，他感觉很神奇。果然任何人都无法预测未来。

和初次来时一样，打开门后，最先是一阵细腻的吉他旋律流入耳中，接着，室内优雅而温馨的灯光映入眼帘。胜宇如首次造访的客人那样，慢悠悠地环顾着书店。他在心里不紧不慢地细数着客人，他们或是站着找书，或是阅读，或是随手翻着书。直到数完最后一位客人，胜宇才缓缓转过头望向某个位置，最后目光落在一位客人的背影上。胜宇一直站在远处等待那位客人结账。在这期间，细腻的吉他旋律、优雅温馨的灯光，都一一淡出他的感官世界。待客人离开后，那里露出了英珠的身影。

英珠穿着一件厚度适中的淡绿色圆领 T 恤，外面套着下摆到胯部的卡其色开衫，下身是一条九分牛仔裤，脚上的白色运动鞋看起来很舒适。目送客人离开时，她无意中看到了胜宇，便冲他笑了笑。胜宇朝她走了过去，在看似平静的外表下，他的大脑其实已经在高速运转了，为的就是挑选出一句最合适的问候语。可是，这样的问候语真的存在吗？一想到这儿，大脑的运转速度就立马慢了下来。不过，这一切都只发生在胜宇的脑海里，从表面上根本察觉不出来。

英珠从收银台出来，对胜宇说道：

"玄作家！您来得很早嘛，路上没堵车吧？"

胜宇轻松地挑了一个合适的回复：

"嗯，我是坐地铁过来的，没堵车。"

"上次您不是开车来的吗？"

面对这个简单的问题，胜宇也简单地做出了回应：

"对，上次是的。"

看着英珠的眼睛，胜宇心想，或许就是这个眼神，才让自己无缘无故这么紧张吧。也未必，还有一种更大的可能性，那就是因为今天的讲座。毕业于工科大学的胜宇几乎没有当众发言的经历。虽然偶尔也会参加技术研讨会，但大家都只是干巴巴地说或听。这种研讨会不需要多精练风趣的口才，只要准确无误、简单明了地表达出来即可。可是这种风格也适合今天的讲座吗？胜宇完全无法预想自己今天的表现。

"这不是甘愿当了傻瓜嘛。"这么一想，胜宇反而没那么紧张了。无论是因为英珠还是因为讲座，反正在接下来的几个小时里，一定免不了会发生几次不知所措的状况。自己的言谈举止一定会很不自然，别说超常发挥了，恐怕连正常水平都呈现不出来。既然如此，倒不如舍弃想要好好表现的野心。如果不在乎别人怎么看，那今天就不会成为最糟的一天了吧？

英珠把胜宇带到一间雅致温馨的房间。虽然能隐约听见外面的音乐声，但这样总比过于静悄悄的好。打开桌上的笔记本电脑后，英珠又拿起遥控器打开投影仪。靠门的方位落下了一块投影仪荧幕。当她在电脑上搜寻胜宇发来的文件时，胜宇在长桌旁的椅子上落了座。英珠弓着身子敲打键盘，她告诉胜宇资料可以打印出来，让他怎么方便怎么来，饮品也随时都可以点。

一切准备就绪后，英珠坐到了胜宇对面的椅子上，神情看起来很欢快。

"玄作家，您紧张吗？"

是他的样子看起来太紧张了吗？

"嗯，有点儿。"

"负责下午那场讲座的作家老师说了，"英珠观察着胜宇的反应，"氛围比想象中好，大家都挺愿意交流的，无论老师说什么，他们的反应都很友善。"

说这话显然是为了安抚胜宇的紧张情绪。

"啊，嗯。"

"在报名阶段，我们做过一个问卷调查。今天来的八位学员中，大多数都买过您的书，有两位是您博客的粉丝，还有三位看过您写的专栏。每次举办访谈活动，我都有这样的感受——如果学员对作家本人有所了解的话，气氛通常都很好。今天肯定也会这样。"

虽然这番话并不能消除胜宇的紧张感，但他还是静静地听着。是这个原因吗？在参加作家讲座之前，胜宇就读过英珠的文章，但她本人与文字给人的感觉很不一样。英珠的文字就像一条平静但很有深度的江。他曾胡乱想过，能写出这种文字的人，是不是也拥有像江一样幽深的气质呢？但真正见到英珠之后，他就觉得用树叶来形容她更为恰当——仿佛周身都散发着一种健康的翠绿色光泽，一阵风吹过就会轻轻飘到空中，等到落定以后，便闪烁着一双明亮的眼睛，开始轻声细语地叙说起来，语气中带着得体有度的礼貌和恰如其分的关心。或许，正是这种反差激起了胜宇的好奇心。

材料都准备好后，胜宇抬起了头，目光正好和英珠的撞在了一起。上次他就觉察出来了，英珠好像并不避讳和别人对视。如果觉得尴尬的话，胜宇是不是应该找些话题来缓解一下呢？他试图让大脑运转起来，但很快就放弃了。他快被自己逗笑了，至于这么紧张吗？这有什么好尴尬的啊？对方明明跟个没事人一样，还高兴地坐在那儿眨巴着眼睛呢。

经过一番温和的目光较量后，胜宇好像没那么紧张了。和英珠这样面对面坐着，也渐渐觉得没那么拘谨了。过去几周的不知所措，面对邮件时的犹豫不决，因为总是想起英珠而产生的困惑和焦躁，似乎都变得无所谓了。胜宇在不知不觉中恢复了往常的平静。他终止了目光较量，开口道：

"其实我犹豫了很久，不知道要不要答应办这个讲座。"

英珠一副意料之中的表情，扬起嘴角笑了笑：

"我猜到了，因为您一直没来消息。我还有点儿担心是不是我的请求太过分了呢。我吧，在决定举办这个讲座的时候，脑海里一下子就浮现出了您的面容！所以当时可能光顾着开心了。"

"为什么会一下子就想到了我呢？"

胜宇舒展开身体靠在椅背上问道。

"我没跟您提过吗？我是您的粉丝啊。我特别喜欢您写的文章，所以一直都在等着您出书呢。这不，让我第一个成功邀请到您来参加作家讲座了嘛。"英珠的题外话越说越多，声音也开始激动起来，"我就想啊，要是能邀请到这么会写文章的人来办讲座，那该有多好啊。当您答应来的时候，我真的特别高兴，心想：啊，这书店真是开对了。能把喜欢的作家邀请到自己的小天地里，那种开心真是无法形容。我从小就对作家特别……"英珠似乎也意识到自己有些太兴奋了，她停了下来，不好意思地笑笑，"我光顾着自己说了。"

"没关系。"胜宇摇了摇头，"就是听见有人说是我的粉丝，我还有点儿不太适应。"

"啊……"英珠微微张开了嘴，像是在反思一样，"我会克制一下的。"

胜宇浅浅地笑了笑，道：

"从地铁站到书店这条路感觉很不错。"

"距离挺远的,您是走过来的吗?"

"对,其实第一次来的时候,我还有点儿诧异。书店怎么会开在一条这么深的巷子里?人们为什么会来这家书店呢?但这一路走过来后,我就明白了。"

"人们为什么会来呢?"

胜宇看了看英珠,答道:

"这一路过来,有种走在陌生城市街道上的感觉,一边在巷子里彷徨,一边四处寻找目的地,因为陌生和未知而感到激动。人们到一个陌生的地方旅行,大概也是为了体验这种心情吧。我觉得对人们来说,休南洞书店应该也是这种地方。"

"啊,"听了胜宇的话,英珠有些激动地说道,"我一直很感激客人们能不嫌麻烦专程找来店里,如果他们也能在路上体会到这种心情就好了。"

"我是有这种感受的。"

英珠开心地笑了笑,接着上半身又往前凑了凑,脸上带了点儿调皮的神情。

"玄作家,我可以问您一个问题吗?"

"什么问题?"

"您刚开始犹豫,后来为什么又答应了呢?"

该怎么回答这个问题呢?胜宇自己也还没找到合适的语言来

形容他的心情，但他也不想因此而说谎。思考片刻后，胜宇答道：

"因为好奇。"

"好奇什么？"

"休南洞书店。"

"书店怎么了？"

"就觉得这里有些特别的东西吸引着人们，我很好奇那是什么。"

英珠琢磨了一会儿胜宇的意思，然后像想起什么似的，立即表示了赞同。这就是静瑞说的那种感觉吧？因为休南洞书店的氛围，静瑞才变成了这里的常客，现在胜宇也是被这种氛围吸引了吗？这么说来，休南洞书店是不是还挺有希望的呢？只要照目前的状态经营下去就行吗？胜宇的话让英珠心情大好，她看了眼时间，站起身说道：

"我想把您刚才的话牢记在心里，那是我一直所期盼的，我希望这个空间能拉近我和人们的距离。谢谢您，玄作家，您的话让我又有了干劲。"

"快递师傅快到了。"英珠说着，便关上门出去了。直到这时，胜宇才开始仔细打量起这个玲珑雅致的空间来。虽然当时只是为了找一个既能巧妙掩盖事实又不完全是谎言的答复，但后来他才发现，这个答案才是最真实的理由，这里一定有什么东西吸引着他。他感到很满意，心想，无论接下来的时间怎样度过，今天都不会是最糟的一天了。

201

为您加油

对于英珠开始写专栏这件事，胜宇并没起到实质性的作用。不过负责专栏的编辑确实是通过胜宇才知道英珠的。迄今为止，编辑也只见过胜宇一次。每次提议见面，胜宇都会委婉拒绝。不过反正她也不是真心想约胜宇见面，只是碍于专栏负责人的身份，觉得有义务偶尔问候一下，所以才在形式上问一问。既然双方都没这个心思，又何必装熟坐在一起侃大山呢？这样做肯定也会引起胜宇的反感。

编辑早就摸透了胜宇这种风格，所以对他很满意。如果她不联系胜宇，胜宇也不会主动联系她，这让她感觉省了一项工作。胜宇每两周都会准时交次稿，发来的稿子也没什么可改的地方。他的内容本身不是容易引战或者招黑的类型，也就无须花费脑筋去验证真伪。再加上胜宇本身又是一位文笔优秀的专栏作家，所以更不用费工夫去修改他的语句。胜宇的专栏就像一叶顺风漂流的帆船。

虽说如此，但也不能完全不关注胜宇的动态，偶尔她会在搜索引擎里输入他的名字。有一天，她在一个书店的博客里看到了胜宇开讲座的消息。胜宇居然开讲座了，非但如此，好像还有第二轮招募。以她对胜宇的了解，胜宇是不会答应这种事情的，就冲着麻烦这一点，他也肯定会拒绝。这是怎么了？休南洞书店？很出名吗？在好奇心的驱使下，编辑关注了书店的博客，一有空就进去转转，在那里她看到了英珠写的文章，正好她也在找一位介绍图书的专栏作家。最近有很多这种小众书店老板写的文章，顺应一下这个潮流似乎也不错。英珠的文章彰显出很鲜明的个人色彩，只要对这部分稍加修改，一位新人专栏作家就顺利诞生了。

就这样，编辑和英珠约在了星期日上午见面。一开始英珠还有些犹疑，几次电话交流后，她改变了想法，但多少还是有些不安。于是编辑就把英珠约了出来，一是为了给她吃颗定心丸，二是想着相互熟悉一下。可令人意外的是，胜宇竟然也跟着一起来了。几天前，编辑在电话里向胜宇提到英珠负责专栏的事情，还说自己其实是通过他才认识的英珠。她把情况大致说了一遍，可是胜宇并没有表现得非常惊讶。在说到星期日要见英珠时，他开始也只是"嗯、啊"地回应着。之后两人又聊了一会儿其他话题，准备挂电话时，胜宇才淡淡地问了句星期日那天他能不能也一起去，顺便聊一聊续约的事。听胜宇这么一问，编辑心中的疑惑一下子就解开了。

"我还以为您不会续约呢，是什么原因让您突然改变主意了呢？"

把该谈的事情谈妥后，本打算起身的编辑忽然向胜宇问道。之前胜宇总是一副高冷的样子，她想趁这个机会让他出出洋相，毕竟过了这村可就没这店了。她看着胜宇，脸上挂着意味深长的微笑。英珠看出编辑的眼神里好像有点儿别的意思，也转过头来看向胜宇的侧脸。胜宇知道自己的心思被编辑看穿了，但他没表现出来，还是用一如既往的表情和嗓音说道：

"就是感觉以后写起来应该能轻松有趣些。"

编辑的脸上闪过一丝笑容，从座位上站了起来。这个回答真有水平，不仅巧妙地隐藏了他对英珠的情感，还仿佛在说"我知道您看出来了"。编辑不再继续开玩笑，转而说道："当了妈妈之后周末反而更忙了，很感谢二位能把周日上午的时间抽出来。"说罢，她便离开了咖啡馆。

并排坐着的胜宇和英珠突然没了话题，胜宇打破了短暂的沉默：

"我们去吃饭吧。"

两人面前摆了一桌子的辣炖冻明太鱼。英珠说只要是鱼，她通通都喜欢，然后把胜宇拉到咖啡馆附近一家专门做辣炖冻明太鱼的饭店。胜宇既不讨厌也不喜欢吃冻明太鱼，那程度就是，在他快要忘记世界上还有这种海鲜时，偶尔会跟着别人去吃一次而已。

看着满桌的小菜，胜宇就知道这不同于其他鱼，不能随便挑一挑刺就送入口中。再看看英珠的样子，他证实了自己的猜测。英珠左手拿起一片海苔，放了点儿米饭在上面，又夹起一块大小适中的鱼肉，蘸上满满的酱汁叠在米饭上，接着又以同样的方式把黄豆芽叠了上去，最后把海苔卷起来，一口塞入嘴里，两侧腮帮子顿时被塞得鼓鼓囊囊的。英珠慢慢咀嚼着，看上去很开心。胜宇无声地笑了，他一边用筷子夹着饭，一边问道：

"大家都是这样吃的吗？用海苔包冻明太鱼？"

英珠把嘴里剩余的食物全都咽下去，说道：

"不知道呢……我也是第一次这么吃。"

胜宇夹着黄豆芽，又说：

"可是看起来相当自然啊，我还以为是经常这么吃呢。"

见胜宇看着这一锅美味的辣炖冻明太鱼，只是随便动了几下筷子，英珠便递了一片海苔给他。

"这又没什么难的，有什么放不开的啊？"可能是觉得他们之间的对话有意思，英珠哈哈笑了几声，又拿起一片海苔，"您也试试包着吃，很好吃的。"

胜宇照葫芦画瓢地在英珠递过来的海苔上放上米饭、鱼肉和黄豆芽，然后卷在一起，塞到嘴里。越咀嚼越有味道，好吃，真好吃。英珠也把饭、鱼肉和黄豆芽夹到了海苔里，等胜宇把嘴里的饭吃完之后，才问道：

"味道怎么样？"

"好吃。"胜宇把水倒进杯子里，递给了英珠，"不过有点儿辣。"

英珠把手里的海苔塞到嘴里，说：

"我也觉得有点儿。"

吃完午饭出来,还不到十二点。从这里走到地铁六号线的上水站只要五分钟。两人默契地向地铁站走去。见英珠蜷缩着身子,胜宇说:

"您很怕冷吧?"

"也不是特别怕,其实我也搞不清楚。有的时候好像很耐寒,有的时候又特别畏寒。我都怀疑这是不是心理作用呢。"

"现在感觉如何呢?"

"现在?"

"对,现在的感觉怎么样?吃完丰盛美味的辣炖冻明太鱼,走在回家的路上,是觉得比想象中冷呢,还是没那么冷呢?"

"嗯……看见前面那个人了吗?"

英珠指了指走在前面的男人。那个男人看起来三十岁出头,抱着双臂,一溜小跑着往前走,一副冷得不行的样子。

"您看看他的围巾多厚啊,像不像吞掉了他的脸?跟他的冷相比,我可能稍微好一些。怎么形容呢?只要一杯热茶,应该就足以驱散我的寒冷。这样回答还可以吗?"

胜宇停下脚步,问:

"那,我们去喝一杯热茶吧。"

胜宇在网上找了一家传统茶坊,步行过去只要十分钟。两人都说不记得上一次去传统茶坊是什么时候了,聊着聊着就走到了目的地。英珠从菜单上选了一杯木瓜茶,胜宇也点了一样的。刚入口就都发现这是他们熟悉的味道,也是一直埋藏在记忆深处的味道。

"之前出过一次差。"

胜宇又喝了一口木瓜茶后说道。

"去哪里出差?"

"美国,亚特兰大。"

"我特别好奇您的工作,但又一直没敢开口问。"

"为什么?"

"可能是不想打破这种神秘感吧。"

看英珠开起了玩笑,胜宇轻轻笑了。博客上的粉丝也对他说过类似的话,形容他像蒙了一层面纱。

"现在只要不提及自己的事情,就叫作神秘主义。我就是个每天朝九晚五的普通上班族而已。现在的社会风气,就是太爱表现自己了。"

英珠点了点头表示赞同。

"这么一说,还真是呢。我吧,就是以为……问到您不喜欢的问题,您可能不会回答。因为我也是这种类型,要是别人问到我不喜欢的问题,我就会翻脸。"

"我不会那样。"胜宇看着英珠,脸上的表情比以往松弛了一些,"我之前是程序员。"

"啊，工科男！那现在呢？"

"换部门了，现在在做质量管理相关的工作。"

"怎么换部门了呢？"

"可能是烦了吧。"

"烦了？"

"嗯，烦了。不过我想说的……不是这个。"

"啊，好的。"

"以前我在美国待了两个多月。工作太多了，那两个多月都没休息过几天。有一天，我在去做实地测试的路上偶然进了一家韩餐馆。那家餐馆端上来的不是水，而是茉莉花茶。因为在国内偶尔也会喝到这种茶，所以当时也没多想就喝了。不过，出差结束后回到家里，却总是会想起那个味道。从那时起，我在家里也喝茉莉花茶了。"

"是美国的那个味道吗？"

"不是。"

"嗯……"

"虽然不是一样的味道，但茉莉花茶能勾起那时的回忆。"

"什么回忆？"

胜宇用手指抚着温热的茶杯，看向正瞪圆眼睛盯着自己的英珠。

"那段日子真是太累了，几乎每天都想撂挑子不干，回家去算了。但是在那间偶遇的餐馆里，我好像得到了莫名的安慰。或许是餐馆的氛围，又或许是老板的亲切，总之是那个地方让我得到了慰藉，我才能顺利地完成工作。"

"那该感谢那间餐馆呢。"

"对，没错。不过我说这件事是因为……"

"……"

"我知道现在这家茶馆也会一直烙印在我的记忆里，我有这种预感。在未来的无数个瞬间里，我都会想起今天。"

"您最近很累吗？"

英珠的话让胜宇哈哈大笑起来。看胜宇笑出了声，英珠觉得很意外。虽然她也知道，但凡是个人都能那样笑，但不知道为什么，她就是觉得稀奇。是因为这个样子无法轻易和他平时的样子联系起来吗？还是因为他开怀大笑的模样比想象中更适合他呢？今天胜宇脸上的从容表情，让他看起来像是换了一个人。

"我也想起来一件事。"

英珠看着依然面带微笑的胜宇说道。

"什么事？"

"我以前上班时候的事。"

"您上了很久的班吗？"

"一转眼就干了十年。"

"是什么时候辞的职？"

"大概有三年了吧。"

"辞职后就立马开书店了吗?"

"对,立马就开了。"

"这是您辞职前就计划好的吗?"

"那倒不是。"

"那是?"

"玄作家。"

"嗯?"

"我可要翻脸了啊。"

英珠打断胜宇的提问,露出了一个微笑。胜宇愣了一下,说:"我知道了。"

"有一天晚上,我十一点才下班。"

"您经常加班吗?"

"经常加班,特别频繁。"

"总是加班的话,自然会想辞职。"

"没错……那天下班以后,我突然特别想喝啤酒。"

"啤酒……"

"还不是一般的啤酒,我想在那种站着喝啤酒的啤酒屋里喝。"

"站着喝?"

"对,坐下喝的话不就没那么累嘛。我不想那样,我就想在特别疲惫的状态下喝一杯啤酒。我想知道那是什么感觉……"

胜宇饶有兴致地听着英珠讲下去。

"什么感觉？"

"爽。"

"您真找了一家站着喝啤酒的店啊？"

"对啊。人很多，好不容易才腾出一个位置。我就站着喝了一杯啤酒，太幸福了。"

"看来幸福并不遥远啊。"

"我想说的就是这个。"

"幸福？"

"对，我想说，幸福就在不远的地方。它既不在遥远的过去，也不在遥远的未来，它就在我的眼前。就像那天的啤酒，还有今天的木瓜茶。"

英珠微笑着看向胜宇。

"那对英珠老板您来说，只要喝杯啤酒就能感受幸福了啊。"

英珠被逗得呵呵笑了起来。

"正解！"

"要是还想更幸福的话，就在累到不行的状态下站着喝。"

"这个也是正解！"

这次英珠笑得更欢了。

"我呢……"前一秒还在大笑的英珠忽然收敛了笑容，"只要想到幸福离自己不是那么遥远，就觉得日子稍微好过一些了。"

看着瞬间黯然无神的英珠，胜宇很想问她，生活就这么苦吗？在他的印象里，那些嘴上说着怎样怎样就能过得轻松些的人，实则过得更加辛苦。就是因为太辛苦了，才总是在琢磨怎样才能不那么辛苦，怎样才能不被生活打垮，怎样才能让日子继续下去。

和别人聊天的时候，最让胜宇犯难的是——他不知道该问到什么程度，在哪里结束话题，才不会让好奇心演变成无礼的行为。以往的经验告诉他，不知道该怎样做的时候就先停下来。比如，不知道能不能问的时候就不要问，不知道该说什么的时候就好好听别人说。只要做到这两点，自己就至少不会是一个失礼的人。

"玄作家，您什么时候会感到幸福呢？"

见胜宇一直只是默默地听着，英珠开口问道。幸福……胜宇并没有怎么思考过有关幸福的问题。虽然常说人人都追求幸福，但胜宇觉得，幸不幸福什么的似乎与他无关。比起怎样才能幸福，他更关注怎样才能过得充实。或许，懂得好好支配时间的生活，对胜宇来说就是幸福的吧。

"我不知道什么是幸福，所以很难回答这个问题。刚刚您不是说，喝啤酒就会觉得幸福嘛。那种心情，我好像也能理解。如果您认为那是幸福，那肯定就是了。但每个人对于幸福的定义似乎又都不同。当然，也会有让我觉得幸福的东西，但是太难了。幸福，于我而言是什么呢？幸福是什么呢？"

"对于'幸福到底是什么'这个问题，有许多不同的看法。亚里……啊，没什么。"

说到这时,英珠暗自埋怨自己的毛病又犯了。自从开了书店,她就越来越经常地在对话中引用书中的内容,或是别人说过的话。当客人要求推荐这样或那样的书时,英珠总会迅速地努力在脑海中展开搜索,久而久之,这便成了一种习惯。而写图书介绍文的工作又巩固了这个习惯。所以当某个念头冒出来时,她就会自然而然地联想到它的出处或是相关的书。时间一长,说话时就不自觉地喜欢引经据典,把作家的名字和一些理论挂在嘴边,让对话变得索然无趣。不,其实英珠一点儿也不觉得无趣,只是偶尔会让对方感到不自在。

"什么'啊,没什么'啊?"

"没什么。"

"什么啊?"

"没有没有。"

"亚里……您刚刚是想说亚里士多德吗?"

英珠手里握着茶杯,装作什么都不知道的样子。

"《尼各马可伦理学》[1]吗?我没读过这本书,但我知道它。我还知道在那本书里,亚里士多德发表了关于幸福的见解。亚里士多德认为幸福是什么?"

听胜宇这样说,英珠有些难为情,连喝了两口已经变得温暾

---

1 《尼各马可伦理学》:古希腊哲学家亚里士多德创作的伦理学著作,谈论了快乐和幸福的问题。——编者注

的木瓜茶。无论是话说到一半就停下,还是现在窘迫的样子,都让她看起来像个傻子。英珠偷瞄了一眼胜宇,只见他神色温和地等待着自己的答复。那张脸让英珠放下心来,她知道就算自己说得再无聊,对方也会耐心地听她讲完,不会皱一下眉头。于是她决定把刚才咽回去的话说出来:

"那个叫亚里……的人把幸福和幸福感做了区分。他口中的幸福,是指人一生的成就。如果一个人立志当画家,那么他就要倾其一生为之奋斗。成为一名伟大的画家后,就意味着过上了幸福的生活。放在以前,我还觉得这种想法挺不错的。因为心情总是会变,即便是同一种情况,也可能今天幸福,明天不幸福。打个比方,今天喝了木瓜茶没准儿挺幸福的,但到了明天,可能怎么喝都不会感到幸福了。这种幸福并没有什么吸引力。所以我就想,如果这一辈子打拼出来的成就能左右我们的幸福,那不妨去试一次。在努力这方面,我还是有信心的。不过,这也只是当时的想法。"

"这话让别人听了,肯定会羡慕的。"

"什么话?"

"'在努力这方面,我还是有信心的'这句话。"

"为什么呢?"

"人们不都说,努力本身就是一种才能吗?"

"啊……"

"不过后来为什么改变想法了呢?是因为什么不喜欢'亚里'

说的幸福了？"

"因为我不幸福。"英珠的脸微微有些发烫，她接着说，"一辈子费尽心力取得的成就，当然是好。可后来我又在想，'亚里'说的幸福，不就是为了最后一刻而押注整个人生吗？也就是说，为了最后那一次的幸福，一辈子都要付出努力，一辈子都要过得不幸福。这么一想，我就发现幸福这东西真可怕。为了这么一个成就，要把一辈子都搭进去，真是太没有意义了。所以现在我的想法变了，不追求幸福，而是追求幸福感。"

"所以，您现在幸福吗？"

英珠微微点了点头：

"比以前幸福。"

"那您的选择是对的。"

英珠直愣愣地看着胜宇，仿佛她自己都还不知道这么做对不对似的。

"加油。"

英珠稍稍瞪大了眼睛：

"给我加油吗？"

胜宇温柔地看着英珠说道：

"是的，我为英珠老板的幸福感加油。希望您能经常体会这份幸福感。"

英珠眨了眨眼睛，喝了一口木瓜茶。好像很久都没有人为她加油了，她受到了鼓舞，这种感觉真好。英珠放下杯子，看着胜宇笑了起来：

"谢谢您为我加油，玄作家。"

不知不觉已临近五点了。看了时间后，两人都吓了一跳，时间怎么过得这么快。从传统茶坊出来，两人自然而然地朝地铁站方向走去。在地铁站入口前，两人停下脚步，面对面站着。英珠说今天聊得很开心，胜宇从大衣口袋里掏出一瓶木瓜果酱递给她。这应该是胜宇趁英珠去卫生间时买的。英珠接过果酱，一边夸他真细心，一边开心地笑了起来。

"希望您喝的时候会感到幸福。"

"是得感到幸福呢。"

胜宇微微点了点头向英珠道别，然后就离开了。一阵冷风突然吹过，英珠急忙缩了缩身子。看了眼胜宇的背影后，她也朝楼梯方向转过身，把手里的木瓜果酱放入包里。和聊得来的人见面，总是那么令人心情愉悦，英珠心想。

妈妈们的读书俱乐部

掌握了儿子经常来书店的时间后,民澈妈妈选在工作日的午后或者周六过来。她成为读书俱乐部的小组长后,有很多问题要向英珠请教,所以每隔一天都会来一趟书店。

民澈妈妈和静瑞原本只是点头之交,今天两人却坐在了一起。这还要从一对情侣说起。这对情侣进门以后见没有座位,露出了犹犹豫豫的样子。民澈妈妈见状,就问静瑞要不要拼一下座位。当时静瑞正全神贯注地织着一条麻花围巾,听到这个提议时吃了一惊,她四下环顾了一圈后,就往旁边的椅子挪了过去,示意民澈妈妈坐下。两人就这样并排坐着,各忙各的,偶尔有一搭没一搭地聊几句。

"民澈说看你织围巾的时候,一个小时眨眼就过去了,我现在也体会到这种心情了。"民澈妈妈抚摩着红色的麻花围巾说道。

"我也喜欢这种感觉,织着织着,几个小时嗖的一下就过去了。"听民澈妈妈笑着称赞织围巾有意思,静瑞抬起了头,"民澈妈妈,您现在在做什么呢?"

静瑞停下手中上下翻飞的轻快动作，瞧了瞧民澈妈妈面前的笔记本电脑。

"啊，这个啊……"民澈妈妈有些难为情地解释道，"我是读书俱乐部的小组长。我寻思着当一个小组长，不得先把自己的思路厘清嘛，所以现在正试着写点儿什么，可写不来啊。不过那也得继续，不然就张不开口了。"

一开始答应英珠的请求时，民澈妈妈也没多想。不就是把附近的阿姨们召集起来读书，再一起聊聊天嘛，这有什么难的？她把在文化活动中心消遣时间的五位妈妈拉了过来一起参加读书俱乐部，自己也就顺理成章地成了"第一读书俱乐部"的小组长。她们把名字定为"妈妈们的读书俱乐部"，读的第一本书是朴婉绪的《傍晚的邂逅》，这本书是英珠给她们选的。

然而，第一次活动刚一开场，民澈妈妈就变得手足无措起来。脑子一片空白，原来想说的话都记不起来了，心脏扑通扑通地跳个不停，手也止不住地颤抖。情急之下，她让其他人先做自我介绍，自己来到外面问旻俊要了一杯冰水。她将冰水一饮而尽，拉着英珠的手，咚咚地直跺脚。"这下可坏了，我张不开嘴，就像有人把我的嘴给缝上了。"民澈妈妈几乎是带着哭腔说道。英珠紧紧握住她的手，告诉她："只要慢慢地一步一步跟着流程走就可以了，大家都会理解的，谁第一次都会紧张。"

民澈妈妈深吸一口气，打开了门。重新坐回到妈妈们面前后，她快速扫了一眼便笺上的内容。慢慢过了一遍流程之后，她的内心逐渐平静下来。第一次做得不完美很正常，大家都会理解，民澈妈妈想着英珠的话，强忍着要溢出眼眶的泪水。一轮自我介绍结束后，大家都望向了民澈妈妈。那些平日里熟悉的脸庞在今天看来却如此陌生。民澈妈妈在桌下紧紧握住双手，艰难地开了口：

"呃……在座的各位，那个……我们现在正式开始自我介绍吧。"

刚刚不就一直在做自我介绍吗？怎么又让介绍？大家都疑惑地眨着眼睛。民澈妈妈又做了一次深呼吸，认真地解释着：

"大家好，我叫全喜周。即便是和我相识许久的朋友，也对这个名字比较陌生吧？我希望在读书会上，大家都能用彼此的名字来称呼对方。我也想让你们叫我喜周，而不是民澈妈妈。所以，我希望大家能用自己的名字再做一次自我介绍，而不是以谁的妻子或是谁的妈妈这种身份介绍自己。敏贞、夏研、纯美、英顺、智永，你们最近有什么感想吗？"

第一天还发生了另一个小状况。刚开始的时候，大家都不太好意思说话，纷纷摆手推辞，可到了后来却一个个争先恐后地抢着发言，场面一度乱哄哄的。之前这些妈妈只要一聚头，就聊丈夫和孩子。可是现在这两个小时里，她们可以只聊自己，而且聊得很兴奋。这些妈妈笨拙而真诚地诉说着她们的生活，时而落下几滴眼泪，时而大笑着捶打身边的人，时而抱成一团，时而给对方递张纸巾，时而表示深有同感，时而又责怪起对方来。兴许是那天的气氛太过火热了，到了夜里，喜周失眠了。拂晓时分，她做了一个决定，明天就去买一台笔记本电脑，她要好好准备下一次聚会。

"妈妈们的读书俱乐部"马上就要迎来第四次活动了，这次还是选了朴婉绪的书。因为大家都成了朴婉绪作家的狂热读者，所以干脆决定把朴婉绪作家写的书全部通读一遍。这次是喜周亲自选的书，她把在线上书店看到的图书简介分享给了其他人，大家都表示很喜欢——书名是《站立的女子》。这本书喜周已经读过一遍了，现在正在读第二遍，一边看，一边把感想记录到笔记本电脑上。正在敲着字的喜周突然转过头来对静瑞说：

"民澈没有说最近妈妈对他不上心之类的话吗？我自己都觉得挺不上心的。有了自己要忙的事情之后，对儿子的关注就少了。当然，我也不是完全不管他，那当然不行。管教一个不听话的孩子确实不容易，不过读书俱乐部在各方面都帮了我不少忙，它分散掉了我集中在孩子身上的注意力。这就已经很不错了。因为这孩子，我之前都操心成什么样了。"

喜周和静瑞已经并排坐了几个小时，一个忙着写东西，一个忙着织东西。这时，喜周注意到一个男人走进了读书俱乐部。看来今天也有读书会啊，喜周想。但仔细一想，不对，今天是举办讲座的日子。这么说来，刚才那个男人应该就是位作家了。男人不知何时从房间走了出来，向旻俊点了一杯饮品后，来到英珠身边和她交谈起来。男人憔悴的神色、消瘦的身形，都让他看起来天生就像个作家。作家都给人一种非常苛刻的印象，但他看起来不像那种人，在听英珠说话的时候，他还会微微点头应和。远看他的嘴形，也能感受到他是一个讲话慢条斯理的人。透着疲态、身材瘦削、既能搭腔又会说话的作家？看着男人和英珠聊天的样子，喜周情不自禁地露出了一个微笑。

开书店能维持生计吗？

大概写了一个月专栏之后，一家报社给英珠发出了采访邀请——采访社区书店的老板。英珠虽然有些犹豫，但还是接受了这个邀请，因为这对书店的长远发展也许能有所帮助。

采访报道登上报纸之后，来书店的客人发生了一些变化。他们见到英珠就跟见到老朋友一样，会用眼神跟她打招呼，或者主动跟她搭几句话。来的客人多了以后，销售额也增加了。英珠很惊讶，没想到一次采访竟能带来如此变化。专栏的效果虽然不如采访那般立竿见影，但也有部分客人是冲专栏来的。以前大部分客人都会说自己看过社交平台上发布的内容，但现在更多的人会提起专栏，有的说很喜欢她写的文章，有的说希望她以后能多介绍一些好书。街坊当中，有人读了专栏之后才第一次光顾书店，那是一位三十岁出头的女顾客，她还向朋友们炫耀专栏作者就是自己家附近的书店老板。离开时，她说以后一定会常来，后来真的隔三岔五就来书店转一转。或许是对未来充满了好奇，每次过来，她都会买一些关于人工智能或预测未来的书。

最近英珠还接到了很多写稿邀约。从电话那头传来的陌生声音总是向她抛出各种宏大的主题，例如"社区书店的未来""读书人数减少的原因""书的物性对读书的影响"。英珠拒绝了那些她从未思考过的主题，但有些主题，像是"书的物性对读书的影响"这一类的，她本身也很感兴趣，就答应了下来。尽管写稿免不了会抓耳挠腮，但她还是全力以赴。在她看来，这是一个能让更多人知道书店存在的好机会。就和书一样，书店也要先打开知名度，才有机会存活下来。

以前只有部分对书或书店感兴趣的人从社交平台上了解到休南洞书店的存在，但现在英珠真切地感受到书店正在迈向一个更宽广的世界。这对书店来说是一件好事，可英珠却越发感到吃力。来书店的人越多，意味着她一天要花在待人接物上的时间越多。除了每天、每星期、每个月固定要做的工作，现在又多了一些新业务，让本就忙不过来的英珠变得更加手忙脚乱。再这样下去，书店恐怕很快就要关门大吉了。当这个念头冒出来时，英珠才意识到不能再这么下去了。

就在这时，一个意想不到的人向英珠提出了一个意想不到的建议。尚秀发现，店里只要有英珠在的地方都忙得一团糟，于是主动向英珠发出了提议：

"老板，书店什么时候最忙？"

尚秀也是读书会的小组长，平日里比英珠还痴迷读书，传闻一天读两本对他来说毫无难度。

"什么？"

"我是问哪个时间段您最忙不过来。"

尚秀的口气还是如往常那样硬邦邦的，和他那头支支棱棱的中长发很是相称。

"那个我也不太……"

"好好想想。"

英珠真的仔细想了想。

"嗯……应该是下班前的那三个小时吧。"

"那我就在那个时间段过来帮忙。"

"啊？"

"意思是让您请我做兼职生，老板，这么简单的问题也想不明白吗？"

尚秀说只用支付他最低时薪即可。但是除了收银以外，其余的事情都不要找他。他认为只要有人把收银的工作做好，就已经帮英珠减轻了不少负担。还说不忙的时候，自己会看会儿书，如果不能接受的话，就另外请一个兼职生来帮忙吧。听了他的提议后，英珠说需要一个小时的时间考虑。一个小时后，她走到正在角落读书的尚秀跟前，说：

"一周六天，每天三小时，先试用三个月，你觉得怎么样？"

"很好。"

尚秀果然说到做到。没人的时候，他就坐在椅子上看看书，有人来了，便动作娴熟地给客人结算，忙完后又回到他的书本上。后来他偏离自己设定的这个角色，完全是他的个性使然。尚秀这人喜欢卖弄关于书的知识。假如有人来到收银台前请他推荐几本书，虽然他会故意表现出不耐烦的样子，但还是会给对方灌输一堆关于书的知识。最后在他的推荐下，客人总会提着两三本书离开书店。一些经常光顾书店的客人，后来给他起了一个很长的绰号，叫"博学的兼职偏大叔"。

休南洞书店的名气越过本社区，渐渐打开了，有些想开书店的人甚至还会主动联系英珠或是亲自找到店里来。见这样的"未来书店老板"不止一两个，英珠决定举办一次主题座谈会。这种单次的主题活动要比定期活动负担小很多，也不失为一个快速宣传书店的好办法。

星期二晚上八点，英珠和两名相熟的书店老板接待了十多名未来的书店老板，所有人都很认真地倾听他们三人的分享。大家最关心的是生计问题——开书店到底能否维持生计？梦想开书店的人，从来没想过要靠这个挣大钱，都是想着做点儿自己喜欢的事情，日子基本上过得去就行了。A书店的老板腼腆地表示自己是第一次说这些话，他说：

"不管怎么说，大家最关心的应该还是生计问题吧？我可以告诉大家，就我自己的情况而言，是可以勉强维持的。去掉每月的店铺租金、物业费，一个月还能剩150万，然后再用这笔钱去交家里的房租和物业费……整体还是比较拮据的。所以半年前，我搬回了父母家。我二十岁时搬出去一个人住，结果三十七岁又搬回去和父母一块儿住……我就说这么多。所以各位，请好好想清楚了。经营书店终究无法成为一件浪漫的事情。但是，如果您觉得非开不可的话，我还是会建议您听从自己的内心。因为只有尝试过了，将来才不会后悔。"

B书店的老板做了一个擦泪的动作，表示这话说到自己心坎里去了。不过，他的看法比A老板更乐观一些：

"首先，我的收入和A老板比起来，有时还要差一些，但也有更好的时候。如果前一个月没有盈利，那下一个月我就会举办各式各样的活动吸引顾客。干累了就休息一阵子，养精蓄锐后再重新投入书店的工作中。我也和其他人一样，在经营的过程中免不了忧心忡忡的，不知道书店还能坚持多久。筹备书店之初，大家不都会为了这个那个忧心吗？这些忧虑在经营书店的过程中还会一直跟随我们。我想对大家说的是，无论做什么都会令我们忧心。即便不开书店干别的事情，同样会忧心。再换一件别的事情，也还是一样。既然做什么都免不了忧心，那就看你选择为什么而忧心了。就目前而言，我还是会选择为了书店忧心。"

接下来是英珠的发言：

"我也想说，到现在我都还忧心着呢。我很想给大家一个建议：刚开始的时候，最好能预留出一笔资金，确保前六个月到一年赚不到钱也能维持下去。我也知道这很不容易，毕竟不是一笔小数目，但是书店要站稳脚跟的话，是需要一定时间的。当然，我并不是说一年就能让书店站稳脚跟，我到现在都第三个年头了，还在苦恼着要怎样才能让书店站稳脚跟呢。"

A老板点了点头，说：

"我都第五个年头了也一样。考虑怎样才能让书店站稳脚跟，对我来说有点儿遥远，目前我只想着怎样才能让书店坚持得久一点儿。不过，也不是完全没有站稳脚跟的书店，对吧？"

B老板转了几下眼珠子，说出了几家书店的名字。这些书店要么是通过举办花样繁多的活动连续几年盈利颇丰，要么是因成为那一带的景点而名气大增。大家纷纷在本子或手机上记下了这些书店的名字。三位老板又轮番发了几次言，然后就到了问答环节。活动一直进行到晚上十点多才结束。

现在即便妈妈没有要求，民澈也会每周来一两次书店。有时候还会回家换一套整洁的衣服才过来，说是校服太引人注目了。因为英珠分不开身，今天就由旻俊代替她和民澈聊天。虽然书店生意比以前忙，但咖啡区这边的座位是固定的，所以旻俊没有觉得比之前忙很多。整体来说，工作量是增加了些，但客人并没有多到应付不过来的地步。民澈一直在旻俊附近晃悠，趁着没有客人的空当问道：

"最近书店姨母很忙吗？"

"嗯。"

"那你怎么都不帮忙啊？"

"我这不是要调咖啡嘛。"

"你只负责调咖啡是事先就说好的吗？"

"嗯，怎么了？觉得我很没良心吗？"

"有点儿。不过既然你们是说好的，那就没什么好说的了。"

见民澈这么坦诚，旻俊不由得笑出了声：

"老板想壮大书店，新增了不少业务，这不在硬撑着呢嘛。"

"干吗要硬撑啊？"

"她说这是在试验。"

"试验什么？"

"试验自己能撑到什么程度。"

"嗯……忙是好事。"

正调着咖啡的旻俊瞟了民澈一眼。

"你可真会说，明明自己都不相信这些鬼话，你才不觉得忙是好事呢。"

"大家不都过得忙忙碌碌的嘛，每个人都是。"

"但你就不是啊。"

"我好像是个例外。"

旻俊缓缓地点着头，说：

"嗯，当个例外也不是件坏事。"

"是吗……"

"来，先别聊了，尝尝这个。"

旻俊拿起分享壶倒了一杯咖啡。

"我不喜欢喝太苦的。"

"不苦的，你试试看。"

近来只要一有空，旻俊就埋头研究手冲咖啡。大多数时候，品尝的任务都落到了静瑞和民澈身上。民澈说自己从高一开始喝咖啡，咖啡因对他完全不管用。

"可能我是一个醒不了的人吧。"

某天从民澈口中听到这句话后，旻俊就把他当成了 VIP 客人。因为民澈讨厌苦味，他就一直在研究怎么去除苦味，这次好像调得比较成功。

"有一丝甜味。"

"好喝吗？"

"我不知道怎么样才算好喝，不过，有一点很神奇——"民澈故意卖起了关子，停顿了一下才说道，"咖啡好像化在了我嘴里。"

"那是什么意思？"

"可能是口感比较丝滑吧。"

"丝滑得像融化了一样？"

旻俊拿起分享壶倒了一杯咖啡，自己也尝了一口。

"这味道很不错哟。哥，你这水平是越来越高了。"

"我本来水平就很高啊。"

旻俊又喝了一口咖啡后应道。

"才不是呢。"

"水平一直就很高，只是之前没有调出你爱喝的口味而已，现在你的舌头已经在我的掌控之中了。"

"这话怎么听起来不太舒服啊。"

民澈摆出一副气鼓鼓的样子，又喝了一口咖啡。看着比之前健谈的民澈，旻俊和他商量下一次试饮的时间。

"后天同一时间，可以吗？"

"嗯，可以。"

虽然民澈表现出漠不关心的样子，但实则一次都没拒绝过旻俊的请求。

"后天给你调一杯更好喝的。"

"那得喝过了才能知道。"

民澈喝完最后一口咖啡，放下杯子说道：

"哥，我和姨母打个招呼就先回去了。"

旻俊收拾着杯子和分享壶，朝英珠的方向瞟了一眼，说：

"好，你要是能打上招呼的话……"

民澈见英珠正在打电话，便在一旁等着。英珠满脸歉意地挥了挥手，示意他先回去，民澈却没有先离开的意思，一直站在那里等着。电话挂断后,英珠立即来到民澈跟前关心地问这问那,民澈一一回答了她的问题,然后说:"我妈最近就像一个写论文的人。"英珠听后哈哈大笑。她把民澈送到书店门口,民澈礼貌地跟她鞠躬道别。可能是天气冷的缘故,民澈瑟缩着身子走远了。看着那个背影,英珠忽然又萌生出一个念头:要不举办一次面向青少年的活动?不过很快她就打消了这个念头,现在手头上的工作已经够多了。

今天是咖啡师在的星期一

- 咖啡师不在的星期一。
- 今天休南洞书店不接咖啡订单。
- 除咖啡以外,其他饮品照常接单。

#咖啡师一周工作五天 #为咖啡师的生活品质 #也为我们所有人的WorkLifeBalance加油

星期一是旻俊休息的日子,书店不卖咖啡。怕客人记不住,英珠每个星期一都会在博客和社交平台上发布同样的内容。现在除了第一次光顾书店的客人以外,大家都不会在星期一点咖啡了。即使偶尔碰到了点咖啡的客人,只要说明情况,他们也都会很理解和支持咖啡师的"Work Life Balance[1]"。这已经成为休南洞书店的"星期一文化"。可万万没想到,打破这个文化的居然是旻俊自己,这令英珠感到分外惋惜。

---

1 指工作与生活的平衡。——译者注

刚开始英珠还以为旻俊只是心血来潮。某个星期一下午，旻俊突然跑来问英珠他能否在店里待几个小时，说是在家里找不到人帮他品尝咖啡。后来旻俊每半个小时就来找英珠试饮，无法拒绝的英珠就这样接受了漫长的咖啡洗礼，那天回家后一宿都没能合上眼。

偶尔失眠一次也不算什么大问题。真正的问题是，从那之后，旻俊每个星期一都来书店。也不知道是不是提前约好的，大家都轮流在星期一这天过来试饮。静瑞配合旻俊的时间来到店里，认真地品尝他调的咖啡。静瑞不在的时候，喜周替上；喜周不在的时候，民澈替上；民澈不在的时候，尚秀替上。在他们品尝咖啡时，旻俊就像一位在研究X光片结果的医生，认真仔细地观察着对方的表情。随着他们表情的细微变化，旻俊的脸上也是一会儿晴一会儿阴。哎哟！这眼神！这好奇得要命的眼神！人家都这种眼神了，你说我哪里还忍心问他怎么星期一也来啊！

看见客人们脸上困惑的神情，英珠心里很着急。因为客人们都知道"咖啡师不在的星期一"，也知道旻俊就是这里的咖啡师，所以当他们看见旻俊在咖啡机前忙活时，都忍不住确认一下今天是星期几。有的人会问，那能不能点咖啡啊？还有的人连问都不问，直接就想点单。眼看在社交平台上发布的内容渐渐失去意义，英珠感到一阵心烦意乱，她决定重新思考一下这个情况，应该怎么办才好呢？

"老板，我让您操心了吧？我就再试几次，再试几次我应该就能找着一点儿感觉了。"

上个星期，旻俊可能也感觉到了英珠焦虑的心情，于是对她说出了这番话。英珠知道是时候做出决定了——可以不用再练习了。

"旻俊，你看这样行不行？"

- （今天）是咖啡师"在"的星期一。
- 休南洞书店也卖手冲咖啡了。
- 下午三点到晚上七点有半价活动。
- 咖啡以外的其他饮品也均可接单。

#休南洞书店的咖啡师正在进化中 #精心制作的手冲咖啡 #来喝咖啡吧 #活动不是每周都有哟

大概就是从这个活动开始，来休南洞书店喝咖啡的常客明显多了起来。

我来帮您修改吧

工作量突然增多以后，为了避免出错，英珠的神经一整天都绷得紧紧的，笑容里也不时透着明显的疲态。尽管英珠说尚秀帮了她不少忙，但依然有一堆的事情等着她处理。静瑞对正在写本月优惠图书文案的英珠说道：

"姐，你这不是明摆着在硬扛嘛。"

听见这话，英珠笑着回应道：

"不是吧？我还以为自己掩饰得挺好呢。"

见英珠想打哈哈应付过去，静瑞故意板起脸道：

"很忙吗？减少点儿工作量吧，姐。"

英珠瞄了一眼静瑞的表情。

"也没有到吃不消的地步。"知道静瑞是在关心自己，英珠正色了起来，"只是神经比以前绷得更紧一些。假如原来每天平均紧张值是6，以这种程度的话，再坚持半年、两年都不成问题。可最近紧张值好像升到了8，一直是这个水平的话，恐怕无法支撑太久。一个人在高度紧张的状态下能支撑多久呢？不会太久的。毕竟时间一长，身体和精神都会吃不消。这样的例子不多的是吗？但是呢——"英珠做了个深呼吸，像是给自己鼓劲，接着才又说道，"我现在也还没达到吃不消的地步。开书店不就是这样嘛，完全无法预测什么时候是客人光顾的高峰期。正当我以为客人变多了的时候，他们又不知道从什么时候开始不来了，就这样跟你拜拜了。所以啊，像现在这样忙忙碌碌的日子有一天也会过去的，就在我们不经意之间。最近是因为新增了不少业务，所以才比较忙。再过一段时间，书店可能又会被人们淡忘。到那时候，紧张值估计会重新回归到6吧。"

"什么啊，那是？"静瑞无法理解地说道，"听你这么说，你现在也不知道是6好还是8好嘛。这也行吧。"

"什么行吧？"英珠问。

"只要一个人知道自己的位置在哪儿，就可以不用替他担心了。这是自古以来的道理。看你这样，我应该可以不用那么担心了，所以才这么说的。"

英珠把手轻轻搭在静瑞的肩上，示意她不用担心，然后又说："就是有一点特别遗憾，我最近几乎都没有时间看书了，完全抽不出空来。这么一说，还真是很有问题呢，竟然连读书的时间都没有了！"

晚上九点，英珠关了门，重新回到店里坐下，身旁的胜宇正在给她修改文章。刚开始看到胜宇认真的侧脸，英珠还会心生胆怯，但现在已经习以为常了。

第一次给报社发稿件那段时间，英珠几乎陷入了一种恐慌状态。虽然稿子提前几天就完成了，但她不确定这份稿子适不适合刊登在报纸上。真奇怪，作为一个读者，她能轻易地判断出一篇文章的好坏——当然，这当中掺杂了许多个人的主观判断。可是当面对自己写的东西时，她却丧失了判断能力，像一个从未阅读过任何文章的人，脑子里一片空白。这篇文章，就这样刊登出去真的没问题吗？

又反复读了几天之后，英珠突然很确定自己的文章不能刊登出去。就是这时候，胜宇给她发来了一条简短的信息，问她稿子写得怎么样了。英珠心情复杂地回复了一条很长的信息后，胜宇又简短地回了几个字：我来帮您修改吧。英珠立即就接受了这个提议。

第二天，胜宇来了。英珠十分紧张地把自己的文章递给了他。虽然写稿很难，但是把自己写的东西亮给别人看似乎更难。每次在博客上发布点儿什么，就已经够让英珠的心哆嗦的了，更何况现在是刊登到报纸上。再看看眼前这人，不正是在网上和出版社代表展开过一场大战的句子专家吗？不知道他会怎么看自己写的东西呢……身旁的胜宇正面无表情地看着稿子，从他的侧脸根本无法判断他对稿子的评价究竟是好是坏。不一会儿，胜宇就读完了全文，他放下纸张，从包里取出一支圆珠笔，对英珠说：

"要修订的地方,我给您用笔标出来,原因也一并给您写上。"

胜宇的脸上依旧没有任何关于稿子评价的线索,英珠不由得泄了气,弱弱地问道:

"稿子还……行吗?"

"嗯,还行,能知道您想表达什么。"

这话是真觉得还行的意思吗?

"但也算不上好……对吧?"

英珠焦急万分。

"我觉得挺好的。从字里行间能感受到您的真诚,而且把一个书店人的一天描写得很有画面感,等待客人的热切心情也很好地传达出来了。"

英珠认真观察着胜宇的表情,想要知道这是礼节性的客套话,还是发自内心的评价。可胜宇的表情依旧难以分辨,又或者说是看起来十分平和。这种表情……至少不会觉得太差吧,英珠决定往好的方向想。

但这也可能只是英珠的错觉。因为胜宇提起笔后,就开始不留情面地在句子底下画起了线——至少在英珠眼里是一点儿也没有手下留情。画完线后,还在旁边工整地写上了简要的说明,一一指出了问题所在。十分钟过去了,胜宇还停留在第一段。英珠感觉这十分钟有如一个小时那么漫长,各种思绪袭涌而来。上一秒钟她还痛快地接受了自己写的东西确实糟糕透顶的事实,下一秒钟又开始愤愤不平起来，就算是这样也没必要画这么多线吧？然而，当胜宇修订到第四段时，英珠的脑海里就只剩下了一个想法：就这么一篇文章，用得着这么认真吗？

将近一个小时的时间里，胜宇都不发一言、全神贯注地改着稿子。这时英珠已经没有任何难过的情绪了。她知道既然胜宇答应了给她改稿，就意味着他会认真仔细、全心全意地对待。在英珠看来，正是胜宇的这种态度造就了他今天的成绩。他脸上那格外突兀的倦色，同样也源于这种态度。出于礼貌，英珠坐到胜宇身边处理剩下的工作。看了会儿胜宇修改最后一段，英珠从冰箱里取出两瓶啤酒。她打开其中一瓶递给胜宇，一直埋头修改的胜宇吓了一跳，他看了看啤酒，接过来后说道：

"久等了吧？马上就好了。"

停笔后，胜宇首先告诉英珠，不要因为他画的这些线而难过。除了十分专业的作家以外，基本上都是这种程度。他还告诉英珠，有些可以略过的地方，他也特地标出来了。"总体来看，这篇文章很有逻辑，内容层面无须大改。"胜宇的话让英珠的心安定了些，可紧接着，他又说道，"但中间有些小地方逻辑不通，只要改改这部分就好了。"英珠的心顿时又没了底。不过经过胜宇的讲解，英珠发现，有时候只要改好一个句子，就能将逻辑捋通顺。两人花了一个小时修改，终于轮到最后一句话了，胜宇说：

"您看这句'客人被我盼着……'的表达就很不自然。"

"为什么？"英珠刚问出口，就像想通了似的，含糊地说着，"啊……被动……"

"对，没错，就是因为这个。"

胜宇简单地介绍了一下被动句型。

"被动是指动作承受的一方，比如'吃'的被动形式是'被吃'。再看回这句话，就是因为用了'盼'这个行为的被动语态'被盼'，这个句子才显得不自然，所以应该改成'我盼着客人……'"

"啊，好。可是……"

"嗯。"

胜宇看着英珠，似乎是让她说下去。

"如果这么改的话，我等待客人的那份心情好像就变得不够迫切了。"

"为什么您会这么觉得呢？"

"那种迫切的盼望是不由自主的，而不是主观产生的，如果把这种迫切的心情用主动语态表达出来的话，总觉得在程度上被削弱了些。"

"嗯……"

听了英珠的解释，胜宇又从头看了一遍文章，然后抬起头来对她说：

"您再读一遍，这篇文章从头到尾都透着您说的那种迫切心情。难道说您担心程度不够，想通过这句话再强调一遍？不必这么做，那份心情已经在文章里体现得很充分了。而且啊，这句话简简单单的反而更好。"

英珠又从头读了一遍，客观地审视着她的文章，看看自己的心情是否能体现出来。在这期间，胜宇只是把玩着笔，静静地等待。英珠点点头说：

"我理解您说的意思了。"

"嗯。"

"玄作家，真的很感谢您。早知道这么费时间的话，我都不敢麻烦您了。"

"哪里，我也觉得很有意思。"

"您什么时候有空呢？我想请您吃顿饭，真是太感谢您了。"

"饭可以不用请，"胜宇放下笔，继续说道，"但是呢，您得再找我改几次文章。"

英珠微微瞪大了双眼。那不是反倒自己赚了吗？

"我只要再改几次，您就可以自己改了。到时候就不用像这次这么紧张，总是担心自己写得不好。"

"要不这样，您平时也比较忙，我先自己改改，实在不行再——"

英珠怕太耽误胜宇的时间，婉转地表达了拒绝的意思，可是话还没说完，就被胜宇轻轻地打断了。

"我不忙，您不用觉得有负担，以后写完文章不要自己一个人在那里苦恼，直接发给我。"见英珠没有立刻做出回应，胜宇又说道,"知道了吗?"

"好,知道了,那就先谢谢您了。"

那天和胜宇一起改完稿后,英珠立马就发给了编辑。因为即使再改,也不见得能改得更好,还不如赶紧发出去算了。胜宇表示自己是开车过来的,所以不能喝酒,于是,两人就一直聊到英珠把啤酒全部喝完为止。他们聊了关于期盼的各种话题,当说起迄今为止最迫切地期盼过什么时,两人约好一人说一个。英珠说自己这几年来最迫切期盼的就是"客人"。轮到胜宇时,他沉思了半天却说:"想不出来。"英珠责怪他说话不算数。两人巡视了一圈书店,关好灯、锁上门,从书店里走了出来,这期间对话一直没断过。

今天也是两个人一起从书店走出来。相互道别后,他们向相反方向各自走去,没走几步,胜宇突然停住了脚步。英珠听到动静后,回头看了一眼,只见胜宇已经转过身来看着自己。她满脸疑惑地跟着转过身来,胜宇问她是否还记得上次关于期盼的话题,英珠轻轻点了点头。胜宇说有个问题想问她,英珠不由自主地瞪大了眼睛。

"那次您不是回答了'客人'吗?我想知道除了客人外,此时此刻您还有没有什么别的期盼呢?"

英珠一下子没想出什么来,便答了"没有"。胜宇又说:

"那天,我不是也说自己想不出来嘛。其实,那时候我就大概知道自己在期盼什么了，只是觉得不应该操之过急，因为想再花点儿时间去慢慢了解自己的内心。"

英珠一脸茫然地看着胜宇，不理解他现在说的话是什么意思。胜宇看着她，平静地继续说道：

"此时此刻，我最迫切盼望的……"

两个人面对面站着，中间隔了三米远的距离。

"就是一个人的心。"

英珠只是看着胜宇，试图理解他话里的含意。胜宇温柔地笑着说：

"那天您不是一直说我说话不算数嘛，晚是晚了点儿，但我还是想证明自己不是一个说话不算数的人。好了，您慢走。"

英珠注视了一会儿胜宇的背影，也踏上了回家的路。一个人的心。一个人的心？胜宇为什么会说出这种话呢？英珠突然想起他给自己送木瓜果酱的那天，想起他说为自己的幸福感加油。为什么会想起那天的事呢？英珠也想不明白。她停下脚步，回头望了一眼胜宇，又若有所思地继续上路了。她把手里的毛线帽戴到头上，紧紧压了一下。

坦率且真诚

胜宇下班后来到书店时,英珠正和民澈聊着天。等英珠离开座位后,胜宇就稀里糊涂地和民澈坐到了一张桌上。英珠给两人介绍时,说胜宇是一位作家,而民澈则是像侄子一样的街坊邻居。胜宇心想拼一下桌也无妨,就自顾自地改起了英珠的文稿。可对方只是坐在那儿什么也不干,多少还是有些让人在意。而且,这个叫民澈的孩子好像还一直盯着自己看。

"你原来也是这么坐着什么也不干吗?"

胜宇无可奈何地抬起头,向干坐在对面的民澈搭起了话。

"嗯。"

"看看 YouTube 呗。"

"那个可以回家再看。"

听了他的答复后,胜宇决定不再过问,微微点了点头,重新把注意力放到稿子上。可这时民澈主动开了口:

"玄作家,您觉得写东西有意思吗?"

其实民澈也在找机会跟胜宇搭话。最近他每天都为了写作文一事头疼不已。就在几周前，喜周又向民澈提了一个条件：要是不想上补习班的话，就得每两周写一篇作文；如果不写，就得每天上补习班，一直学到晚上十二点。面对喜周的威胁，民澈也做出了自己的反抗。他说，如果去上补习班的话，他就不去书店了。没想到喜周眼也不眨，毫不犹豫地回了句"随你"。她知道民澈已经喜欢上书店了。民澈觉得上补习班就跟上学一样无趣，无奈之下，他只好选择了写作文。然后喜周又用强硬的语气附加了一个条件：既然决定写，就得好好写。

"没意思啊。"

胜宇没有抬头，直接答道。

"真神奇，写东西对我来说真是太难了，您却可以把它当成职业。"

胜宇在句子底下画着线，依旧头也不抬地说道：

"写作不是我的职业啊。"

"那您是做什么工作的啊？"

"就在公司上班。"

胜宇漫不经心的态度并没有影响民澈继续发问。就这样有一搭没一搭地聊了一会儿后，民澈突然问胜宇现在有没有时间。"什么意思？"胜宇不解地抬起头问道。民澈说自己有问题想问问他，如果他忙的话就算了。民澈察觉到此刻的自己比平时大胆了些，话也变多了。大概是因为胜宇是作家吧，他想。作家的话……他一个人无法解决的世纪难题,说不定眼前这位作家能帮他找到答案呢?

胜宇思考片刻后,放下了手中的笔。见胜宇靠在椅背上,民澈面露喜色,立即问道:

"您在公司里是干什么的呀?"

"就是普通的工作啊。"

民澈"嗯"了一声后沉吟了一会儿,表情变得更加认真了。

"那在公司里做普通的工作和写作,您更喜欢哪个,哪个做得更好呢?"

这次换作胜宇沉吟了。这孩子流露出那种眼神,究竟想知道些什么呢?这么下去,他们的对话恐怕只会没完没了。胜宇望着民澈灼灼的目光,问道:

"我可以问一下,你为什么要问这个问题吗?"

民澈告诉胜宇,这关系到最近令他百思不得其解的一个问题——在喜欢的事和擅长的事中,应该怎么做选择?这个问题是妈妈给他定的作文题目,不过他自己也很想知道答案。

不久前,民澈唯一喜欢的语文老师说过这样一番话:人只有在做自己喜欢的事情时才会感到幸福,所以你们也一定要找到令自己高兴和激动的事情,要去做你们喜欢的事情,不要一味追求社会的认可。这样就不会轻易受别人影响了。大家都要鼓起勇气来,知道了吗?

民澈说老师的这番话令很多人都备受感动，有个同学还兴奋地到处嚷嚷老师的言论有多危险。之所以说它危险，是因为老师的话肯定了他们也是有思想的存在。那个同学还高声说道："你们想想啊，还有哪个老师会说这种话？现在这个年头，哪有老师会和家长唱反调？这不是危险言论是什么？自古以来，危险言论就应该竖起耳朵来听。"

听了老师的话，同学们似乎都很激动，民澈却第一次感受到了焦虑。真是那样吗？必须做自己喜欢的事情吗？可是我没有喜欢的事情啊，也从没有因为做什么特别开心或激动过。感觉做什么都差不多——有的时候觉得有趣，有的时候觉得厌烦，从来没想过非要做什么事不可，也从来没有什么事是自己讨厌至极或是特别擅长的，都是普普通通的水平。正因为没有喜欢也没有擅长的事情，民澈才感觉到茫然，不知道自己未来该如何生活。

胜宇大概知道民澈是什么意思，想问的是什么了。这并不是他这个年龄才有的烦恼。即使过了三十岁、四十岁，很多人都依然有同样的烦恼。就在五年前，胜宇可能还有类似的烦恼。那个时候就算每天熬得满嘴燎泡，他也还是坚持了那么久，其实就是因为放不下。好不容易才找了份自己喜欢的工作，现在说放弃？可是，明明做着自己喜欢的工作，胜宇却并不感到幸福。如果真的放弃了自己喜欢的工作，他又担心会一辈子都活在后悔当中。

"我觉得很郁闷。其他老师只会督促我们好好学习，按成绩给我们排了名次之后,就挖苦'看看,你的名次才到这儿',然后继续叫我们努力,加倍地努力。可是,不管我们怎么努力,最终还是要回归到排名上。真是搞笑。所以我都把那些老师的话当耳边风了。唯独那位语文老师的话,我没法儿以同样的方式对待。那是我可以无视的话吗?"

民澈的眉头微微蹙了起来,看上去真的很郁闷的样子。说话的时候,他的脑袋朝桌子方向一点点耷拉下来。

"我不仅没有擅长的东西,还没有喜欢的东西。我真的没什么喜欢的,以前真的是一样也没有,最近还好些,来这里跟阿姨们聊聊天,跟旻俊哥聊聊天,尝尝咖啡的味道,看看静瑞姨母编织东西,至少不会让我觉得无聊。"

"我看你不是郁闷,倒像是心急。"

"嗯?"

民澈疑惑地抬起头。

"你看起来很心急,擅长的也好,喜欢的也好,都急着想要快点儿找到答案。"

"是吗?嗯……好像是的。"民澈从胜宇身上移开视线,喃喃自语了一会儿,重新看向胜宇说,"好像真的不管什么,我都想要快点儿找到答案。"

"有什么好急的呢?不用着急啊。你要是觉得来这里玩儿不会无聊的话,就先常来这儿吧。这样下去好像也挺不错的啊。"

民澈郁闷地再次看向桌面。

"只要找到自己喜欢的事情,就能变得幸福了吗?"胜宇问。

民澈轻轻摇了摇头,说:

"这个我不知道,但既然老师这么说了,那就应该是吧。"

"做自己喜欢的事情就会幸福……也许吧,肯定会有这样的人,但同时也会有因为做自己擅长的事而感到幸福的人啊。"

民澈微微地皱起了眉头。

"你的意思是'case by case'(因人而异)吗?"

"就算是做自己喜欢的事情,也不是所有人都会感到幸福的。如果是在一个很好的环境下做自己喜欢的事情,那又另当别论了。或许可以这么说,环境是更重要的因素。如果在那个环境下,你不能享受自己喜欢的工作,那么也可能会产生放弃的念头。所以,'找到自己喜欢的事,就一定会幸福'可能对部分人而言是不成立的。这种话也许过于天真了。"

从中学时代起,胜宇就梦想着成为一名程序员。后来他实现了梦想,在一家手机制造公司当上了软件开发者。刚开始他真的发自内心地高兴,因为一天到晚都能做自己喜爱的事情,就连加班都是心甘情愿。但是工作了三年之后,胜宇逐渐感到厌倦。"胜宇喜欢工作""胜宇工作做得好",人们口中的这些话成了他的枷锁。公司的工作安排不合理,做得好的人反而要去做更多的工作。每隔一天他就要加一次班,每隔一个月他就要出一趟差。就这样撑了一段时间后，胜宇最终还是选择了放弃。喜欢工作和在这样不公的环境下工作，到底还是两码事。认清这个事实之后，当天他就提出了部门调动申请。一夜之间，他就结束了自己的编程生涯，再也不用加班了。他从来没有为这天的选择后悔过。

"那做自己擅长的事不也一样吗？如果在所处的环境中无法开心地去做自己擅长的事……"

"也是一样的。"

胜宇对眉头紧皱的民澈点了点头。

"但我们也不能一味地只怪环境，然后什么都不做。"

"那该怎么做？"

"未来的事谁知道呢？要想知道自己做这件事开不开心的话，只能先试试看呗。"

胜宇先是从事了五年自己喜欢的工作，然后又从事了五年自己不喜欢的工作。要说哪一种生活更好，他也不知道。非要选一种的话，那应该是后者。但这不是因为后者的日子过得更舒适、更自由，而是因为做着自己不喜欢的工作，难免会感到空虚，为了消灭这种空虚感，他把精力都倾注到了韩语上，这才有了今天的自己。人生是复杂而全面的，无法单靠一件事来评价。即便是做着自己喜爱的事，人生也可能会变得不幸；反之，即便是做着自己不喜欢的事，人生也可能会因为一些其他的事情而变得幸福。人生就是这样奇妙而复杂。虽然工作在生活中起着至关重要的作用,但这并不意味着它要对人生的幸或不幸负责。

"也就是说,不要想那么多,先随便做点儿什么呗。"

民澈随口说道,语气中依然透着未能消解的烦闷。

"这样做也没什么坏处啊。"胜宇答道,"有时候随便做点儿什么,也会意外地从中感受到乐趣。虽然只是偶然的尝试,但谁知道它会不会意外成为自己一辈子都想做的事情呢。不尝试的话,我们就永远都不会知道,所以又何必提前烦恼自己要做什么呢。倒不如这样想,无论什么事情,只要开始做,就先全力以赴,诚心诚意地去一点点积累经验,这些才是更重要的。"

见民澈目光呆滞地听自己说话,胜宇沉吟着,大脑飞速运转起来:这些话对于一个三十几岁的成年人来说尚且不好理解,会不会太难为这个高中生了?胜宇决定先建议民澈做一件可以立马着手去干的事情。

"我们来总结一下吧。也就是说,首先你——你说你叫民澈对吧?民澈你现在要做的事情不是写作文吗?那就先不要想别的,试试只把心思放在作文上。"

民澈叹了口气。

"说不定写着写着你就想一直写下去呢。"

"应该不会。"

"谁知道呢,先别急着下定论。"

民澈鼓着张脸看向胜宇。

"听了您的话之后，我的脑子更乱了，理不出个所以然来。到底是该选择做擅长的事还是喜欢的事啊？作文的题目就是这个，我要怎么下结论啊？"

"不知道的话就写不知道呗。"

"没有一个确切的结论也可以吗？"

"如果刻意为了下结论而下结论，那就没法好好审视自己的内心了，会很容易曲解自己的想法，或是被自己欺骗，所以只要照实写就可以了。你现在很苦恼吧？那就写你还在苦恼当中。有时候嘟囔几句'我实在不知道答案'，也是一种方法啊。更何况，现在让民澈你这般伤脑筋的，不单单是一个作文题目，还是一个人生问题，不是吗？所以更加不能急着下结论啊。"

民澈用一根手指挠了挠脑袋，说：

"嗯，我好像明白您的意思了……"

"并不是只有理顺了心情那才叫厉害。有的时候，即使在复杂、郁闷的状态下，我们也要一直思考。"

"在那种状态下也要一直思考……"

"没错。"

"可是，那要怎么才能写好作文呢？我妈让我好好写。"

胜宇重新拿起放在桌面上的笔，说：

"刚刚才说了，不是让你照实写、用心写吗？只要你的文章坦率且真诚，那就是好文章。"

冲调咖啡时只专注于咖啡

每天上完瑜伽课后，旻俊都会先回家冲个澡再去 GOAT BEAN。最近他在那里学习咖啡烘焙。如果能多了解些咖啡的制作过程，也许对咖啡风味的调制会更有帮助。芝美和烘焙师们每天早晨的咖啡都由旻俊包揽了下来，他根据每个人的喜好，调配出不同口味的咖啡。有时他觉得这里比书店更适合练手，因为想要什么咖啡豆都能在这里随时找到，即使没有，只要好好怂恿一下芝美，她就能很快找来。

旻俊之所以每天都跑来 GOAT BEAN 冲咖啡，最大的原因是这里的人对待咖啡的味道都很认真。只要旻俊一递上咖啡，他们就会立即停止玩笑，变得严肃起来。从咖啡的香气，到咖啡的味道，再到咖啡流过喉咙的口感，每个步骤他们都会给出细致的反馈。在品咖啡的过程中，他们同时也在琢磨着自己烘出来的豆子是什么味道，以后又该如何改善，如果发现调制出来的口味发生了微妙的变化，他们就会表达出来。如果口味变化不是出于偶然，而是通过练习刻意调制的话，芝美就会拍拍旻俊的肩膀，夸他已经成为一名非常不错的咖啡师了。

旻俊决定不再彷徨。他明白了一个道理：如果想要停止彷徨，只要紧紧抓住某样不会令人彷徨的东西即可。对他而言，这样东西便是咖啡。他清空心绪、敞开心扉，把所有的精力都倾注在咖啡上。他打算试一试，看看抓着某样不会令人彷徨的东西能走多远。在别人看来，这种想法也许很傻、很平庸，却能让旻俊感受到巨大的力量。

在冲调咖啡时，旻俊没有给自己设定任何目标。能做多少就做多少。即便是这样，他的实力还是在提升，调出来的咖啡愈加好喝了。这不就够了吗？以这样的速度、以这样的心态成长，就已经足够了。就算成为世界顶级咖啡师又怎样？就算倾尽一切，最后换来最高赞誉又怎样？想到这里，旻俊不免怀疑自己是不是吃不到葡萄就说葡萄酸，但最终他还是否定了这种想法。只要放低目标就行了。不，干脆直接摒弃目标。但前提是每天都要尽力做到最好，调出最好的咖啡。他决定只关注自己是否尽了全力。

旻俊不再去勾勒遥远的未来。对他来说，从现在到未来的距离，不过是往手冲滤杯里倒几次水的时间。只有这个时间是旻俊可以把控的未来。一边加水冲着咖啡，一边在心里掂量会调出怎样的味道，然后再重复着差不多时长的未来。

有时候想到自己全力以赴和苦苦等候的，就只是这样的未来，旻俊也不免感到有些郁闷。这种时候，他会挺起腰板，把未来的时间放长一些，比如一个小时、两个小时，还不够的话就一天。旻俊决心只在可控的时间里探究过去、现在和未来。超出这个范围的话，就没有预想的必要了。一年后的我会变成什么样？这种预知能力不在人类的能力范围之内。

有一次，旻俊对静瑞说了他的这些想法，静瑞马上就理解了他的意思，而且还进行了延伸：

"就是冲调咖啡的时候只专注于咖啡的意思，对吧？"

"应该……差不多吧……"

"这就是修行的基本态度啊，只专注于当下，你现在做的就是这个。"

"修行？"

"不都说要活在当下嘛，这话说着容易，可究竟是什么意思？活在当下就是全身心投入当下正在做的事情，比如呼吸的时候就只专注于呼气和吸气，走路的时候就只专注于走路，跑步的时候就只专注于跑步，一次只把注意力放在一件事情上，不去想过去和未来。"

"啊……"

"这是一种成熟的人生态度，如果做到只活在当下的话。"

"是吗……"

"当然了。"

见旻俊若有所思的样子，静瑞突然换上戏剧性的腔调：

"Seize the day（把握今天）。"

旻俊噗地笑出了声，附和着静瑞的话：

"Carpe diem（把握现在）。"

"基丁[1]老师不是说过嘛，要跟着自己的步调走，你的步幅、你的速度、你的方向，都由你自己控制！"

那天静瑞的话让旻俊获得了安慰。从某种角度来看，旻俊之所以想要关注眼前的未来，也许是因为他无法预见遥远的未来。换言之，他选择的这种人生态度，只是一种出于无奈的权宜之计。可是静瑞告诉他，这种生活态度的本源正好与宗教思想不谋而合。或许就像静瑞说的那样，他比以前成熟了一些。这是否也意味着，他过去的经历并不都是毫无意义的呢？如果答案是肯定的就好了，那就说明他之前的努力并不都是白费的。

那天，静瑞说了这样一句话——"难怪咖啡越来越好喝了呢"。上一秒她还在连连称赞不久前重温的电影《死亡诗社》，下一秒却突然话题一转，兴冲冲地夸奖起旻俊来，说他调的咖啡比以前好喝了。有时候她只尝了一口刚煮好的咖啡，就会放下杯子这样夸赞几句：

"打扫卫生的时候，如果一心只想着打扫，那家里得收拾得多干净呀！每个角落肯定都是一尘不染的。冲调咖啡也是一样的道

---

[1] 约翰·基丁：励志电影《死亡诗社》中的角色。该片讲述的是一个反常规的老师和一群追寻理想和自由的学生之间的故事。——译者注

理，如果一门心思都放在这上面，那咖啡的味道自然是越来越好的。你说一杯咖啡就是你从现在到未来的人生，这句话一直萦绕在我的脑海里。我很喜欢这个说法。还有啊，你调的咖啡真的很好喝。"

静瑞的话让旻俊备受鼓舞，也让他更加自信了。现在旻俊不再像以前那样彷徨了，这不仅是因为他抓住了咖啡这个不会让人彷徨的东西，还因为静瑞、英珠、芝美，还有大家，都在以同样的方式称赞他的咖啡好喝。所以，刚刚调出来的这杯咖啡，可以说是旻俊和大家共同的成果，是旻俊和GOAT BEAN以及书店的所有人一起调配出来的味道。这样一杯充满善意的咖啡，又怎能不好喝呢？

从今天起，书店正式开始卖手冲咖啡了，计划是先按照本地人的口味偏好推出三种口味。如果可以的话，以后每个月换一换口味也不错。不过就像英珠最近常说的那样，首先还是要站稳脚跟。旻俊希望休南洞书店能够因为咖啡好喝而出名，希望慕名前来的客人能够满意而归，希望咖啡的味道能够拉满书店的氛围感，希望咖啡的香气能够在人们心中留下温暖的余香。

这还是旻俊第一次在冲调咖啡时有所期待，他感觉到自己发生了一些变化。

来找英珠的男人是谁？

这天，四个人坐在了同一张桌上。起初只有胜宇和民澈相对而坐，后来静瑞加入进来，最后旻俊也端着咖啡过来，坐到了静瑞对面。胜宇在改稿子，静瑞织着东西，旻俊听静瑞给他点评咖啡，民澈则在一旁看静瑞织东西，时不时跟另外三人搭几句话。

静瑞问胜宇给英珠改稿有什么报酬。民澈则好奇地问旻俊，英珠姨母一个人在那儿忙得团团转，你真的就只坐在这里不过去帮忙吗。胜宇让民澈把上次写的作文拿给他看看。旻俊问静瑞刚才那杯咖啡什么味道最突出，那个味道好不好。在他们四人聊天的时候，尚秀悠闲地坐在收银台前，趁着没客人的空当翻开了书本。英珠则在清点销售量，同时琢磨着今天订的书摆在哪儿好。

就在那一刻——旻俊听到静瑞满意的评价后，双手撑在桌面上，正准备起身——一个男人推开书店门走了进来。男人小心翼翼地似乎在寻找什么，最后他的目光落在了英珠身上。他像是一眼就认出了英珠，却只是愣愣地站在门口看着。男人眼神中透出的亲切和微微上扬的嘴角，仿佛都在告诉大家他和英珠之间的关系匪浅。朋友吗？旻俊望向英珠，但她好像刚刚才注意到男人。原本正在整理展示架的英珠放下了手中的书。看见英珠的表情之后，旻俊重新坐回了座位上。与男人不同的是，英珠的表情明显变得僵硬了。

见旻俊又坐了下来，而且一直盯着某个地方看，静瑞和民澈也跟着转过身来看向英珠。最后连胜宇也扭过头来了，一只手里还握着笔。英珠和那个男人说话时的表情，既不是笑也不是哭。过了一会儿，她缓缓转过身朝四人走来，之前她一直竭力掩饰的疲态在这一刻尽显无遗，连最后一丝血色都从她脸上消失了。虽然英珠的脸上带着微笑，可当她开口对旻俊说话时，那个笑容已经称不上是笑容了。不过，她还是故作平静地说道：

"旻俊，我要出去一趟。"

"好的，您放心去吧。"

和旻俊打了招呼之后，英珠转身欲走，胜宇却从座位上站起身来，把她叫住了：

"英珠老板——"

英珠朝胜宇转过身来。

"英珠老板，您还好吗？"

看到胜宇担心的表情，英珠知道自己的情绪都写在了脸上。她淡淡地笑了笑，说：

"我没事，玄作家，不用担心。"

英珠出去之后，四个人继续做起了自己的事情。反正谁也不知道那个男人是谁，也不知道英珠的脸色为何这么难看，所以大家都很默契地没有谈论英珠。旻俊回到自己的岗位上冲调咖啡，胜宇表情严肃地改着文章，静瑞给织出来的环保袋系了条带子，民澈用右手托着下巴继续看静瑞织东西，那样子仿佛可以保持这姿势看几个小时。

只要一听见有人进来，四个人都会不约而同地抬起头，看看那人是不是英珠。两个小时过去了，英珠还没有回来，焦急的静瑞让正在调咖啡的旻俊给英珠打个电话，旻俊却摇了摇头，说再等等吧。就在这时——离书店打烊还有二十分钟的时候，英珠回来了，脸上挂着和离开时一样的表情，大家都看出她的眼睛有些浮肿。英珠好不容易挤出一个笑容，轮番看着四个人，说：

"你们都在等我吗？太感谢了，真的。旻俊，店里没什么事吧？静瑞，这么快就织好环保袋啦？真的要把它送给我吗？民澈，你怎么还在这儿呢？赶紧回家躺着吧。玄作家，真不好意思，这可怎么办呀？今天因为时间问题，恐怕得取消了，改天一定请您吃饭，这次一定说话算数，很抱歉，真的。谢谢你们，都赶紧收拾收拾回去吧！"

看见英珠这个样子，四个人都很担心。在做出适当的回应之后，每个人都不露声色地搭了把手，像是摆好散落的书、关上窗户、摆齐桌椅之类的。虽然英珠嘴上说着自己也要早点儿收拾完回去，但实际上却呆呆地坐在椅子上，慢慢吞吞地收拾着桌面。她合上笔记本电脑，把文具放回原位，随手翻着便笺，然后想起了今天发生的事，想着想着就哽咽起来。她轻轻眨着眼睛，表情变得僵硬，随后重新调整了一下表情。就在英珠独自挣扎的时候，旻俊来到她的旁边坐了下来。

旻俊告诉英珠，在她外出期间，店里一切正常，虽然来了一位比较难缠的客人，但尚秀处理得很好。英珠点着头，说："幸好没什么事。"然后又用她那特有的开玩笑语气打趣道："我还以为店里没了我会出大事，所以才一天到晚都赖在店里。这下看来我可以不用天天来了。"

旻俊听后，摇摇头说：

"这书店没有您怎么行？您出去玩儿自然是好，但千万不能误会了啊。"

英珠微微笑了笑。

就在英珠坐着出神那会儿，静瑞、民澈和尚秀都已经悄悄离开了，只剩下胜宇还坐在桌前一遍又一遍地看着已经改好的稿子，偶尔看几眼英珠。旻俊把书店的工作忙完后，又坐到了英珠旁边。英珠就像坐在那儿等着他似的，对他说：

"我刚刚想起了书店开业的那天。虽然我平时总是手忙脚乱的，但那天是真的忙得够呛。那时候，店里连一半的书都还没进来。我一心只想着先开业，连书店的名字都还没想好……开业了之后才赶鸭子上架似的取了'休南洞书店'这个名字。刚开始我还有点儿后悔，觉得这名字起得太土了，但现在我很满意，因为听上去就像这家书店已经在休南洞开了很久似的。"英珠停顿了一下，接着说道，"刚开业那会儿，我只是想着看看书，让自己休息休息，做点儿自己喜欢的事情……一年也好，两年也罢，就是想休息一段时间。当时觉得哪怕不挣钱也没关系。"

"您那会儿给我开那么高的时薪，我就已经猜到了。但现在您不是又忙得不可开交了嘛，哪里像是休息啊。"旻俊一边说着，一边想象着店里连一半的书都不到的样子。

"是什么时候来着？具体什么时候我已经想不起来了，只记得是在你来了之后的某一天。就是从那时起，我开始想把书店一直经营下去，于是我就着急了，总是想着怎样才能把书店做下去，想到晚上都开始失眠了。"

"那您现在找到能一直做下去的方法了吗？"

"暂时还没有。不过我有点儿害怕，因为忙起来之后总会让我想起以前。我以前特别忙碌，后来就是因为不想再这么忙碌下去，才抛开了一切。真的是通通都抛开了。我太讨厌过那种生活了，所以抛开了一切，很任性地做了这个决定。"

觉察到英珠的话尾有些发颤后，旻俊侧着头看了看她的表情。这时胜宇把书包挂在右肩，朝两人走了过来，默默地把稿子递给了英珠。如果问她有没有事，她肯定会答没事，所以胜宇干脆什

么都不问了。英珠接过稿子,从座位上站起来,满脸歉意地说道:

"谢谢您,玄作家,但是我今天……"

"您刚刚不是已经说过了吗?没事,别放心上。"

英珠手上的稿子密密麻麻地写着胜宇的修改意见。

"谢谢您,玄作家,真的。"

英珠道着谢,表情变得更复杂了。她的眼眶开始泛红,眼里流露出悲伤。胜宇觉得这个眼神莫名地熟悉。直到现在他才反应过来,在认识英珠之前,他就已经从英珠的文字里感受过这种悲伤了。这种悲伤和外向开朗的英珠给人的感觉截然不同。英珠的悲伤应该和今天的事有关。刚才那个男人是谁?今天发生的事对英珠来说意味着什么?胜宇很想知道,但他还是克制住了问出口的冲动,只是默默地看着她。过了一会儿,他无声地向两人点了点头道别,然后转身离去。这时,英珠把他叫住了:

"可是,玄作家——"

她的语气里透着一丝坚决。胜宇回过身来。

"刚刚那个男人,您不好奇是谁吗?"

英珠的表情却不像语气那般坚决。

"好奇。"胜宇按捺住情绪答道。

"他是我前夫的朋友。"

胜宇看着英珠,竭力管理着自己惊讶的表情。

"他来转达我前夫的近况,顺便问个好。"

"啊……好的。"

胜宇的目光垂了下去,似乎理解了英珠的意思。

再次告辞后,胜宇转身离开了。看着他走出书店的背影,英珠像泄了气似的一下子瘫坐在椅子上。旻俊则默默地坐在她的身旁。

放下过去

回到家后,英珠像处理无比费劲的事情一样,吃力地洗完澡、换好衣服,然后躺到床上,虽然身心俱疲,可是睡不着觉。昌仁的面容在她的脑海里依稀闪现。

英珠从床上坐起来,拿起枕边的书来到客厅。在窗边坐下后,她把书翻到昨天读到的位置。本打算从这一页接着读下去的,可怎么也看不进去。她干脆翻到了第一页,勉强从头开始一句一句往下读,可是没一会儿,她又合上了书,支起膝盖撑着手臂,用手托住下巴,目光转向了窗外。路上有一对像是朋友的男女,相互交谈着走了过去。看着他们,英珠想起下午自己和泰宇的谈话。昌仁的面容再次在脑海里浮现出来,正当她想把这个念头按下去的时候,忽然意识到自己可以不必这么做了。浮现出来就浮现出来吧……因为就在今天,英珠得到了昌仁的许可。

泰宇既是昌仁的朋友,也是英珠的朋友。他和昌仁不仅是大学同学,还在同年进了同家公司。两人在这家公司里认识了英珠。严格来说,还是泰宇给英珠和昌仁牵的线。那时泰宇正和英珠在休息室里喝着咖啡，碰巧昌仁进来，泰宇就介绍了两人认识。如果那天昌仁没有多看英珠一眼，也许在新项目上再次见面时，他也不会表现得如此主动。每向英珠靠近一步，昌仁总会说，这是他第一次主动跟女生说话，第一次打电话约女生出来吃饭，第一次向女生表白。说这些话的时候，他表现得很紧张。英珠觉得这样的昌仁很可爱，决定和他交往。一年后，两人正式步入了婚姻的殿堂。

英珠和昌仁有着许多相似之处。就连他们为数不多的几段失败的感情经历，也以相似的轨迹展开，以相似的理由告终。两人都是以事业为重的类型，在谈起前任们因不堪忍受他们这一点而选择离开时，他们好几次都哑然失笑。因为可以不用再为工作繁忙而感到亏欠对方，他们都感到很开心。就算是为了公司的事情爽约，也从来没有生过对方的气。他们觉得这是没办法生气的事，因为自己也是这样的。两人的相处十分融洽，结婚是水到渠成的事情。他们相信了解彼此的人只有对方。

两人一起奋斗在通往成功的大路上，无所谓谁快谁慢。比起自家厨房，两人在单位食堂碰面的次数更多。哪怕不知道对方最近在想什么，也肯定会知道对方成功开展了什么项目。交流也许不够，但是信任绝对不少。作为同事，他们在彼此眼中出类拔萃、魅力十足。作为同伴，他们互相喜欢、彼此尊重。他们之间压根儿没有分开的理由，直到英珠改变。

英珠极其不愿意回想起那段经历。因为"职业倦怠"遭罪的上班族又何止一两个呢？那倦怠感来得猝不及防，真的是猝不及防啊，早上起来后一想到要上班就浑身难受，这种体验绝不止英珠一人有过。有一天，她正在主持会议，却突然感觉胸口一紧，说着说着话就精神恍惚、双腿发软起来。在那之后，同样的状况又发生过好几次。还有一天，她觉得自己的脖子就像被人掐住了一样，吓得她慌忙冲出了办公大楼。

一定是因为项目压力大，太累了，才会这样。经过一番自行诊断后，英珠在这个状态下又坚持了几个月。直到有一天，她在出门前突然无缘无故掉起了眼泪，最后连班也没上成。看见英珠这个样子，昌仁很惊讶，让她不舒服就去医院看看，然后自己就去上班了。许久没请过假的英珠请了一天假。来到医院后，医生问她最后一次休假是什么时候，她说不记得了。她不想告诉医生就连去度假的时候她也在忙工作。

医生说先开些缓解紧张情绪的药，看看情况会不会好转，然后关切地看着英珠的眼睛，说她的神经在紧张的状态下绷得太久了，可是她一直不自知，所以现在身体给她发出了信号，如果可以的话，最好先请假休息几天。英珠听后，当着医生的面颤抖着肩膀哭了起来。倒不是因为医生的这番话，而是因为那个眼神。英珠已经记不清有多久没见过这么温暖的眼神了。

面对英珠的突然改变，昌仁一定很困惑。原本比谁都自信的英珠怎么一夜之间就变成一个迷路的孩子了呢？这对他的冲击一定不小。英珠要求昌仁陪在自己身边，让他坐下来听自己说话，希望能聊聊最近发生在自己身上的这些事。可是昌仁很忙，他只会说现在没空，以后再抽时间听她说。英珠虽然能理解，但还是忍不住埋怨。昌仁对她虽好，却不贴心。英珠也一样。毕竟两人一开始也不是为了相互取暖才结婚的。

因为昌仁没空，英珠就只好自己思考、自己做决定了。她逐渐减少自己的工作，尽可能地休假，一有时间就回顾过去。如医生所说，她长期生活在紧张的状态下。究竟是从什么时候开始的呢？大概是高一吧。原本英珠也是个爱看书、爱和朋友们玩耍的孩子，但自从上了高一之后，她就变了。这和父母一夜之间破产不无关系，但更主要的原因是，为了东山再起，那三年里父母承受了巨大的压力，而英珠全盘吸收了他们的焦虑。因生意失败而陷入绝望的父母面色苍白、不知所措，这种不安的情绪原封不动地流入了英珠体内，她成了一个终日饱受焦虑折磨的孩子，生怕自己一个不小心也会遭遇失败，这种焦虑驱使她坐到书桌前。可是即便来到书桌前，不安的情绪也不会消失。

英珠回想起自己的高中时期，她常常会在朋友家里刚玩了一会儿，就突然陷入不安，然后跑回自习室学习。到了大学也还是一样。她几乎没有和朋友们一起尽兴地玩过。即使朋友们会被英珠的开朗吸引，但只要知道她没有时间后，都会慢慢地疏远她。

英珠一直努力走在前面。不对，这种情况用"努力"这个词不合适。因为她不用努力也可以好好学习、好好工作。她活得就像一个不会休息的机器。

昌仁去上班以后，英珠一个人留在家里思考今后的生活。首先，她决定辞了工作。几天后，她将这个决定告诉了昌仁。他虽然有点儿惊讶，但很快就接受了。可是这对英珠来说还不够。她希望昌仁和自己一起辞了工作。如果昌仁按照现在这种方式生活的话，会让她感觉自己还活在过去。每次看到昌仁，都好像会让她胸口发紧，想掉眼泪，心里难受。英珠说就算是为了他自己，昌仁也应该辞了工作。不用说，昌仁自然不会同意。两人就这样僵持了数月，某一天，英珠突然向昌仁提出了离婚。

凡是认识他们的人，都一致把矛头指向了英珠。大家都说世界上哪有丈夫会接受这么无理的要求，要是不想干了就自己辞职，去哪里旅游散散心，然后再回来工作。英珠能理解大家都向着丈夫说话。从方方面面来看，她也觉得自己才是加害者，无论是对自己，还是对昌仁。

其中，英珠妈妈的反对声最强烈。她每天来到家里，给女婿做早饭，小心翼翼地看女婿的眼色。可是对着英珠时，她说出了生平从未说出口的各种脏话。她让英珠脑子清醒一点儿，斥责道："除了你，还有哪个女人会因为自己的丈夫卖力工作提出离婚？"妈妈扔给她的最后一句话是："你非要这么死脑筋的话，我们往后就不要再见面了，等你回心转意之后再联系我。"从那之后，英珠就再也没有和妈妈联系过了。

离婚手续并不算难办。昌仁工作忙，英珠就主动承担了所有事务。反正英珠让写什么，昌仁就写什么，让盖章就盖章，让去找她就去找她。在最后去法院的那天之前，昌仁仍把发生在自己身上的这些事当成一个荒唐的玩笑。他似乎打算把旁观者的态度贯彻到底。离婚手续全部办完以后，昌仁用一种不带任何感情的眼神看着英珠，说：

"也就是说，你是为了追求幸福才离开我的。那好啊，祝你幸福。你可一定要幸福啊。我会试着在没有你的日子里不幸下去。原来跟我在一起生活会变得不幸啊，原来我就是那个让人不幸的原因，之前我怎么就没发现呢？你忘了我吧，忘了我们之间的一切，不要记起我，也不要回忆我们的过去。但我不会忘了你，我会一辈子怨恨你，永远记得你就是那个让我变得不幸的女人。以后不要再让我看见你，我们永远都不要再见面了。"

说到后面，昌仁大哭起来，仿佛现在才明白发生在自己身上的事。

和昌仁分手后，这还是英珠第一次回忆那天的事，第一次这样尽情地哭泣。一直以来因为心怀愧疚，都没有好好哭过一场。她无法放声大哭，只能隐忍着偷偷啜泣。因为昌仁让她忘记，她就觉得自己应该忘记。她的心中满怀歉疚，却无法完全表达出来，她错得太过离谱,却无法说出一句抱歉。可是就在今天,昌仁让泰宇过来告诉她,现在她可以尽情地回忆、尽情地哭了。

"我无意中看到你写的专栏。"泰宇说。

两人从休南洞书店出来后,去了附近的一间小咖啡馆。

"我让昌仁看了一下,他看完也没说什么。还记得你们刚分手时,只要一提起你,他就暴跳如雷。后来他好像也会时不时找你的专栏来看,还说书店社交主页和博客上的文章他都看了。见他现在好像冷静了一些,我才宽了点儿心。几天前,昌仁让我来见见你,说有些话想托我转达给你。他想告诉你,他也有很多做得不对的地方。后来他才发现,在你难过的时候,他从来没问过你为什么难过,只是想当然地觉得你很快就会没事。他还承认自己有过不耐烦的时候。因为你不去上班,项目也撂下了,所以其他人总是找他的碴儿。那时的他觉得,不把自己在公司受的气转移到你身上,就已经是对你好了。可现在想来,才发现不是那么回事。"

"要是站在他的位置上,我肯定也一样,"英珠摸着杯子说,"是我转变得太突然了。如果昌仁像我这样,我肯定也会不耐烦的。都是我的错,他没有做错什么,你替我这样转告他吧。"

"你是不是也会这样,我不知道,"泰宇听后微笑着说道,"昌仁说你的文章写得很好。"

他拿起面前的杯子,喝了一口咖啡,然后放下杯子,看向英珠的眼睛。

"但是字里行间透着悲伤，他说你现在在做自己喜欢的事情，应该感到幸福才对，可是你的文字让人觉得不幸福。他不想因为自己，让以前那个精明干练、自信满满的你消失，所以他觉得应该让你知道，他现在过得比想象中好。虽然有时候还是会怨你，但他不会觉得难过了。其实，我也不知道自己该不该把这些话转达给你……"泰宇犹豫着又喝了口咖啡，才继续说道，"他说自己和你就像一对合作默契的伙伴。可是，只有目标一致时，才能称得上伙伴。两个人因为共同的目标走到了一起，如果一个人的目标变了，就势必会导致解体。这是昌仁的原话——解体。他说如果自己很爱你的话，当初就会跟着你一起离开，但是他并没有那么做，他觉得很抱歉。不过他还说了，你能这么轻易就离开他，说明你也没有很爱他。正是因为两个人都把对方当成了伙伴，所以才会解体的。这是他想让我告诉你的话。"

听了泰宇的话，英珠没有做出任何回应。

"他说你也不必再因为他而跟所有人都不联系了，还让你跟坐在你面前的我平时也经常联系。这话听了真是太让人生气了。我好歹也是个有自己想法的人啊，凭什么你们说联系就联系，说不联系就不联系呢？"

英珠轻轻一笑，泰宇唤了一声她的名字：

"英珠啊——"

"嗯。"

"那时候对不起了。"

英珠红着眼睛看向泰宇。

"那时我好像只顾着怪你了。看你那么轻易就抛下昌仁，我特别生气，觉得不管发生什么事，夫妻都应该共同克服。后来才意识到，我为昌仁考虑的要比为你考虑的多，而且好像也没怎么照顾到你那时的状态。对不起，虽然这道歉来得晚了点儿。"

英珠一边用手掌擦拭着泪水，一边摇着头。

"昌仁说三年后想跟你见一面——他要被派驻到美国了，三年后才回来。他还像以前一样，在公司混得很好。他说自己是工作体质，在你离开之后，他仍按时去体检，身体没出现什么问题，精神也好得很。啊，对了，他还说三年后见面有一个前提，如果各自有交往对象或者已经结婚，就不要再见了，因为这样不太礼貌。还有最重要的是，即使没有对象，也不要期待着和他还会有什么发展，他完全没有那方面的想法。只要一想到你当初那样对他，他到现在都还觉得很无语。"

听了泰宇的话，英珠笑了，她想起昌仁以前就是这种会和女性默默划清界限的类型。

英珠聊的大部分都是关于书店的话题，像是她为什么会开书店，又是怎么经营书店的，等等。她告诉泰宇，开书店是自己小时候的梦想。

"那时就一心只想着要开一家书店。"

她说只想回到以前喜欢读书、开朗爱笑的中学时期，然后从那个时候重新开始。

和昌仁离婚以后，英珠就着手书店选址。之所以选择休南洞这个地方，是因为她在无意中发现休南洞的"休"字就是休息的"休"。从那之后，英珠就对这个地方着了迷。虽然她一次也没去过，却觉得这个地方充满了熟悉感。本来还打算慢慢物色的，但既然已经有了目标，英珠就马上展开了行动，风风火火地跑去房产中介看有没有待租的房子。短短几天时间，她就找到了现在这个地方。原来这里是个单层的住宅楼，上一任主人用来开咖啡馆，倒闭后的几年间一直荒废着。英珠一眼就相中了这个地方。虽然废弃的建筑有很多地方需要翻新，但正因如此，各个角落才能留下英珠的痕迹。就像重新修建自己的生活一样，她决定重新修建这个建筑。

英珠在第二天就买下了这个铺面，并且在附近找了一处景观好的公寓。她能有这样的实力，一是因为从大学毕业起就一刻不停地工作，二是因为离婚后卖了两人共同生活的那套房子。装修从头到尾整整花了两个月时间。从挑选装修公司到协商设计，再到确定材料，都是英珠一个人在忙活。开业第一天，她坐在书店的椅子上看向窗外，那一刻她才感受到自己做的这一切承载着怎样的重量，眼泪也终于流了下来。就这样，她开始每天流着眼泪订书进货，迎接客人，冲调咖啡。等她振作起来时，才发现休南洞书店的客人渐渐多了起来，自己也开始像中学时期那样每天看书。英珠如同在波涛中被推着前进，所幸最后到达了一个她满意的地方。

在书店上班的这些日子，英珠的精神慢慢得到了恢复。可她对昌仁的愧疚感也在不断累积，因为当初是她单方面自私地结束了这段关系。连声"对不起"都没来得及好好说。她没有等昌仁，也没有再找过昌仁。虽然昌仁说过永远不想再见她，但她仍在苦恼是不是该找昌仁道歉。可她又不敢，万一昌仁想要的不只是道歉呢？那她又该如何是好？然而，今天昌仁托泰宇过来就是为了告诉她：我现在向你道歉了，所以你也可以向我道歉了，我们之间只要这样就可以了。

英珠任由自己想着昌仁，还有过去的那段日子，释放着压抑已久的思绪和情感。虽然过去的那些情景和记忆依旧会刺痛内心，但现在好像都能承受了。也许是压抑这一切耗费了她太多精力，所以它们依旧留存于心中无法消解。以后要把这些放下了，哪怕还要再哭一段日子，也要学着放下了。随着时间的流逝，当想起这一切不会再落泪时，英珠就可以轻轻地伸出手，欣然地抓住现在，无比珍惜地把它紧紧握住。

一切如故

即便昨天发生了那样的事,今天书店的气氛也没有什么不同。整体一切如常,忙起来多少有些手忙脚乱,闲下来则能抽空吃点儿水果,中间倒是有几个小插曲。中午正当英珠独自忙活着准备开店时,喜周推门而入,以前她从未在营业时间之前跑来书店。

英珠见状,惊讶地问她有什么事,她却不答,只斜着眼睛上下左右地打量英珠的脸。书店新开业那段时间,喜周已经无数次见过英珠哭哭啼啼的样子。她以为英珠刚好这段时间又碰上了什么事,所以过来看看。尽管喜周一直盯着自己,但英珠并未躲闪,反而爽朗地笑出了声。喜周这才松了口气,随便提了些关于读书会的意见后就离开了,临走前还特地嘱咐英珠有什么事就打电话给她。

下午静瑞也来了一趟书店,说是在路上给英珠买了两块她爱吃的芝士蛋糕。英珠问她怎么还买这些啊,静瑞就用她那独特的清亮嗓音说:"买给你呀,让你嘴馋的时候吃一点儿。"英珠道谢后,静瑞微微笑了笑,离开了书店。

大概连英珠自己也没有意识到，今天帮她最多的人会是尚秀吧。他用自己的方式不露声色地给了英珠自由时间。如果有客人想上前问英珠什么，尚秀就会执着地盯着那位客人，直到客人也注意到他为止。客人和他对上眼神之后，正犹疑间，不知怎的就已经来到尚秀面前问起问题了。尚秀一连串文绉绉的回答总是说得客人精神恍惚。凡是来问尚秀问题的客人，最后都会买走一两本书。

多亏尚秀帮忙挡了一些客人，英珠才能安心地准备几天后访谈活动上要提的问题。这还是头一回决定在访谈中加入电影放映环节。晚上七点半到九点这段时间，大家先一起观看影片。从影片结束到十点，就电影情节和原著小说进行讨论。活动当天有影评人过来一起交流，所以英珠会以听众的身份坐在观众席中。

她和这位影评人通过一次电话。经过那次交流之后，她就知道自己可以放心地把活动交给这个人。从电话那头传来的声音听上去很欢快，口才也很好。而且只要一谈到自己喜欢的东西，他就会变得特别兴奋。

不过英珠还是从小说中提取了一些问题，以备不时之需。她还打算在看电影的时候，再想一些关于对比电影和小说的问题。英珠坐在咖啡桌前，嘴里喃喃地念着她写的问题，不时地用笔修改着句子。旻俊不知何时来到了英珠身旁，直勾勾地看了一会儿纸张上的问题，然后突然惊讶地问道：

"这是访谈活动上要提的问题吗?"

"啊,噢,对啊。"

意外地听见旻俊的声音后,英珠抬起头来回答道。

"小说的名字是《比海更深》[1]?"

"对啊,是《比海更深》。"

英珠笑着答道,仿佛知道旻俊为何惊讶了。

"作者亲自来吗?"

旻俊还是觉得不可思议,瞪大了眼睛问道。

"不是,我们书店还没到那种规模。"

"那是?"

旻俊跟着英珠走到了她的专属位置。

"请了影评人过来主持。"

"啊,也对,作者怎么可能亲自来呢。"

旻俊坐到英珠旁边,悄悄地打量了一下英珠的脸色。

"你看过是枝裕和导演的电影吗?"

英珠并没有察觉到旻俊在打量自己,打开 Word 文档问道。

虽然她的眼睛还有点儿肿,但气色比昨天好些了,浮肿也在慢慢消退。旻俊放心了,语气也变得轻松起来:

"当然,他的电影我几乎全看过。我很喜欢。"

---

[1] 《比海更深》:日本导演、编剧是枝裕和的小说,同名电影由是枝裕和自编自导。——译者注

"单看书的话,我不明白它为什么这么有名。"

英珠把鼠标的光标移到了需要修订的句子上面,用无法理解的口吻说道。

"是枝裕和导演的电影,您一部也没看过吗?"

英珠摇了摇头,表示没看过,然后问旻俊:

"那,这部电影你肯定也看过咯?"

"嗯,去年看的。"

"怎么样?"

"嗯,怎么说呢……它是那种看完后会发人深省的影片,比如它会让我思考我有没有成为自己想成为的大人,让我思考对追梦人生的看法。"

"思考后得出的结论是什么?"

英珠一边机械地照着纸上修改的内容打字,一边问道。

"如果我没记错的话,男主人公的妈妈说过,所谓的幸福,只有在放弃一些东西后才能得到。男主人公好像有很长时间没写出小说吧?"

英珠轻轻点了点头。

"即使写不出小说,男主也一直没有放弃写作梦想,所以他才会不幸福。妈妈说的也不无道理,'什么狗屁梦想把我的儿子弄得这么不幸'。看到这个场景,比起对男主的怜悯,我更同意妈妈说的话。就是啊,梦想也可能使人不幸。"

英珠停止了敲键盘的动作,说道:

"男主的妈妈不是还说了这样的话嘛,'追逐无法实现的梦想,每一天都会过得不快乐'。这话说的也没错。只是,如果在追梦的过程中能感受到快乐的话,那还是值得试一试的吧?"

英珠看了一会儿旻俊,又继续敲起了键盘。

"因人而异吧,就看自己看重什么了。肯定会有人为了梦想不惜赌上一辈子,但不愿意的人应该更多吧。"

"旻俊你属于哪种呢?"

旻俊回想了过去几年的生活,答道:

"我好像属于后者。虽然在追梦的过程中可能会感受到快乐,但是放弃梦想后感受到快乐的可能性应该更高吧。我想活得开心点儿。"

"所以我们才这么合得来吗?"

英珠看着旻俊莞尔一笑,手一直搭在键盘上。

"您不是已经实现梦想了吗?"

"对哦,这样也挺开心的。"

"那咱俩就是合不来。"

旻俊幽默地划清界限,英珠笑着耸了耸肩。

"失去快乐的梦想,我也不喜欢。如果只能在'梦想'和'快乐'之间二选一的话,我会选快乐!不过到目前为止,听到'梦想'这个词,还是会让我心潮起伏。没有梦想的人生,就像没有眼泪的生活那样索然。赫尔曼·黑塞的《德米安》[1]中有这样一句话：世上没有恒久不变的梦，新梦会取代旧梦，人不能坚守某一个梦。"

"这么说来，要是生活可以这样就好了。"

旻俊说着，缓缓站起了身。

英珠抬起头来问道：

"怎样呢？"

"先体验一次顺其自然的人生，再体验一次追求梦想的人生，然后根据前两次的经验，在最后一次人生中，选择一种更适合自己的生活，这样就可以开开心心地过完这一生了。"

"那可就太好了。啊，对了，旻俊——"

这时一位客人一边玩着手机一边走进了书店，看见他走向咖啡区后，旻俊才低头看向英珠。

"主持这次访谈的影评人，不仅跟你一所学校、一个系，还是同一级的呢。"

旻俊不由得瞪大了眼睛，问道：

"是吗？叫什么名字啊？"

"尹成哲。"

这是什么情况？旻俊一时间有些反应不过来，不过很快他就

---

[1] 《德米安》：德国作家赫尔曼·黑塞的代表作，讲述了一个少年艰难地寻找自我的故事。——编者注

想通了。

"您是怎么知道他和我一所学校、一个系,还一个年级的啊?"

"在访谈活动上讨论是枝裕和导演的书,是他先提议的,然后这些信息在提案书里面都写着呢。"

"啊……提案书上怎么连这些都写啊。"

旻俊无奈地笑笑。

"是啊,这不就是 TMI[1] 嘛。"

收到提案书时英珠也笑了,心想怎么连这些都写上了呢。不过很快英珠就给他写了回信,一来是为了感谢他这么好的提议,二来是为了商量一下时间。虽然才刚认识尹成哲,英珠却莫名地信任他。看得出来,他对是枝裕和导演不仅十分感兴趣,还有着非常深厚的了解。更重要的是,才读了几行字,英珠就能感受出他对待文字有多认真。如果连写一份提案书都如此认真,那么其他任何事情似乎也都可以放心地交给他。

"你和这位叫尹成哲的影评人很熟吗?"

眼看客人就要走到咖啡区的柜台前了,旻俊一边快步走去,一边回答英珠的问题:

"是啊,熟得很呢。"

---

1 TMI:Too much information 的缩写,即"信息量太大",后引申为说得太多、太具体。——译者注

只是希望我们能相互喜欢

英珠把门口的立牌拿进来后,关上了门,看到胜宇站在摆满小说的书架前,向他走了过去。胜宇朝走到身旁的英珠展示了自己刚抽出来的书,是尼科斯·卡赞扎基斯的《希腊人左巴》[1]。这是两人第一次见面时英珠提到的那位作家的小说。胜宇把书塞回书架,说:

"访谈活动上,您不是提到尼科斯·卡赞扎基斯了吗?那天回家后,我重温了一遍这本书。说实话,以前读的时候,我并不觉得有什么感动的。纯粹是因为别人说好,我才坚持把它读完的。"胜宇用目光扫了扫眼前的书,然后转向英珠,"这一次,或许是因为让我重温这本书的人吧,读起来比上次有趣多了,也能理解人们为什么会喜欢左巴这个人物了。回想起来,从出生到现在,我一刻也没有像左巴那样活过。就是像我这种人才会憧憬左巴的人生吧。"

---

[1] 《希腊人左巴》:探讨了精神与肉体的关系,左巴代表了肉体和激情。——编者注

两人四目相对。

"英珠老板应该也是像我这样的人吧。"

说着,胜宇经过英珠,来到为客人准备的双人沙发前坐下。英珠也跟着坐到他身边。柔和的灯光,松软的沙发,坐下的那一刻,胜宇觉得几天来困扰着自己的问题似乎一下子就解开了。

"读这本书的时候,我一直很好奇,左巴这个人物究竟给您带来了怎样的变化?还是说只有憧憬,没有变化呢?"

英珠似乎知道胜宇为什么说这些了。虽然她看着很自由、很幸福,实际上却困在了自己编织的牢笼里动弹不得,胜宇一定也看出来了,所以想让她赶紧打破牢笼,像左巴那样自由自在地生活,过上和现在完全不同的生活——不被牢笼所困的生活,不被思想束缚的生活,不被过去羁绊的生活。英珠用略显生硬的语气答道:

"对我来说,左巴是自由的一种形态。这个世界上有很多种形式的自由,虽然我最喜欢的是左巴这种,不过我从未想过要像左巴那样生活,也不敢想。我也是小说的主人公那一类人,只是会憧憬左巴这样的人而已。这就是我啊。"

胜宇缓缓点着头,又说:

"即使这样,当我们憧憬某个人时,还是会不自觉地想要向他靠拢吧,哪怕只是微不足道的一小部分也想要向他学习。"

"嗯,也许吧。我确实跟他学了一小部分。是书中的一个场景,玄作家应该也会很喜欢。"

胜宇扭过头看着英珠：

"跳舞的场景吗？"

"对，就是那个场景。看到那里时，我也萌生出想要过那种生活的想法。失望了跳舞，失败了也跳舞，不要这么严肃，笑吧，笑吧，尽情笑吧。"

"您做到了吗？"

"一半吧。不过我终究生来不是左巴。笑着笑着会哭，跳着跳着会停下来。不过呢，我会重新站起来，继续笑，继续跳舞。我现在就在尝试着这样生活。"

"很棒的人生。"

"是吗？"

"听起来是的。"

英珠看着胜宇微微一笑。

"怎么，您觉得我的日子过得太压抑了吗？因为被过去所困？"

胜宇摇了摇头。

"不是，我们每个人都会被过去所困。我只是希望您可以改变想法，顺着一个对我有利的方向。"

英珠沉默了片刻后问道：

"怎么说？"

"像左巴一样。"

"像左巴一样？"

"轻易地爱一个人。"

"爱一个人？轻易地？"

英珠笑着反问道，但胜宇没有笑。

"只对我这样，这是我的私心。"

两人陷入了一阵短暂的沉默。胜宇先打破了沉默：

"我有个问题想问您，可以吗？"

英珠点了点头，她的表情像是已经知道胜宇要问什么了。

"那天您前夫的朋友没做什么伤害您的事吧？"

英珠虽然猜到了他会问前夫的事情，但没想到是这样的问题，她轻轻地笑出了声。

"没有，他人很好，也是我的朋友。"

"那就好。那天您的脸色特别不好。"

"嗯，这样想也情有可原。"英珠爽朗地答道。

胜宇默默地倚靠在沙发上，不一会儿又挺起腰来问道：

"我还有一个问题。"

"嗯，这个问题我也必须回答吗？"英珠还是用爽朗的声音反问道。

胜宇不知道英珠现在是不是在掩饰自己的情绪。

"您为什么告诉我那个男人是谁呢？"

两人的目光撞到了一起。胜宇注意到，英珠的眼神又变回上次提到前夫时的那个眼神了，悲伤而复杂。这个眼神让胜宇确定了她刚才是在掩饰自己的情绪。英珠淡淡地说道：

"因为我不想撒谎。"

"撒什么谎？"

"有时候避而不说，其实就是在撒谎。我不说出来某件事，放在平时不会有什么问题，但是在某些情况下，就会成为问题。"

胜宇淡淡地问道：

"在什么样的情况下？"

"当对方产生了某种特定情感的时候。"

英珠话音刚落，胜宇又靠到了沙发上，嘴里喃喃地重复着她的话：

"特定情感……"

又是一阵沉默。这次也是胜宇先开的口：

"和您见面之前，我看过您写的文章。"

英珠扭头看向胜宇，仿佛在问"是吗"。

"看完您的文章后，我很好奇您是怎样的人。可是等到真正见了面，我发现您和我想的不太一样。那天您不是也问我了嘛，问我和我的文字像不像。"见英珠一直看着自己，胜宇继续往下说道，"听到那个问题之后，我也一直很想反问您：那您呢？在我看来，好像不怎么像，您自己怎么觉得呢？"

"您当时就应该问啊。"

"我怕您会慌，因为我很可能会直接说不像。可是我并不想看见您张皇失措的样子。可能就是从那个时候起，我已经产生某种'特定情感'了吧。"

英珠只是默默地看了会儿胜宇，然后转过头看向前方。在此期间，胜宇一直看着她。

"不过，"胜宇接着说，"现在我的想法变了。我觉得您和您的文章还挺像的。应该说是很像才对，非常像。英珠老板的文字，有点儿颓丧的感觉。"

"颓丧？"英珠重复了一遍，轻轻笑了。

"因为伤心，所以颓丧。可是脸上挂着笑，让人捉摸不透，所以才更让人想了解。"

现在的天气几乎不会让人觉得冷了，就算穿着冬天的薄大衣也会热。人们纷纷翻出了最薄的外套，或穿在身上，或拎在手里。这个季节就算单穿一件T恤也不会觉得冷或者奇怪。从英珠和胜宇身后那扇窗向外望去，路上的行人也都换上了轻薄的衣服。这些人结束了一天的工作，走在回家的路上，路过书店时偶尔不经意地往里瞟两眼。

英珠静静地坐着，胜宇唤了一声：

"英珠老板——"

"嗯。"

"我还是会继续喜欢您的。"

英珠猛地转过头来看着胜宇。

"我知道您为什么要向我提起您的前夫，就是想赶我走，对吧？"

"我不是那个意思，怎么是赶您走呢。"英珠慌张地辩解道。

"英珠老板——"

胜宇又唤了英珠一声，语气比刚才更坚定了。他直勾勾地看着英珠，说：

"您结婚多少年了？"

英珠惊讶地看向胜宇，胜宇也定定地看着她。

"我有个交往了六年的前女友，这是我谈过最久的一次，我们只差结婚而已……"

"不是那样的。"英珠复杂的心情全写在了脸上，"我提起前夫只是……想着这样也许能让您更容易放弃些。"

"我没有放弃。结过婚又怎么样？"胜宇平静地说道。

"我也不是因为自己结过婚，才觉得不能和您在一……不是这个原因。您说得没错，离婚怎么了，结了婚就可以离婚。但是，玄作家——"

胜宇看着英珠，脸上的表情没有任何变化。

"重要的不是离婚，而是离婚的理由，是我为什么会离婚。"见胜宇只是看着自己没有回应，面颊发烫的英珠接着往下说，语速变得越来越快，"让婚姻分崩离析的罪魁祸首是我。这才是原因。我给对方造成了很大伤害，是我任性自私地结束了这段关系。

我是爱过他的，至少以我的方式爱过。但是从某一刻起，我开始觉得自己比他更重要。所以，我没有为了继续爱他而放弃自己的人生。相反，我选择了放弃爱情，继续过自己的人生。对我来说，我才是最重要的，维持现在的生活方式也很重要。所以为了我自己、为了维持现在的生活，我可能还是会再次选择放弃其他人。也就是说，我不是那种适合在一起的人。"

这番话说完后，英珠的脸已经涨得通红，她怔怔地看着胜宇。

英珠似乎把离婚的原因全都归咎到了自己身上。她仿佛已经认定自己是一个极其自私和自我的人，自己还会再伤别人的心。这就是她拒绝去爱的理由。可是至今为止，胜宇还没见过从未伤过别人心的人，也没见过总是无私奉献、只替他人着想的人。包括他自己也一样，他在每段恋爱关系里都伤过对方的心，对方常常指责他很自私。同样地，他也被对方伤过心，觉得对方自私。每个人都一样，英珠应该也知道这个事实。

可即便这样，她好像还是无法放下过去那些事，无法忘记自己抛弃了某个人的事实，无法忘记别人因为她而伤心的事实。或许正是因为她认清了自己是怎样的人，所以才会那样独自伤心吧。这种心情不是不能理解，胜宇心想，如果这种事情发生在自己身上，他可能也会以同样的方式推开别人。

"我明白了，我大概知道您的意思了。"胜宇把到嘴边的话生生咽了回去。

"谢谢您的理解。"英珠平复着自己的情绪说道。

"不过……我喜欢您会令您不高兴吗？"

看着胜宇充满柔情的眼神，英珠摇摇头表示没有。

"怎么会呢，再怎么说……"

"那我们今天就聊到这儿吧。"

胜宇收回视线，从座位上站起来走向门口。英珠跟了上去。胜宇在门口停下脚步，转过身来凝视着英珠。他为自己喜欢看着她这个事实感到心痛，他想就这样抱住她，轻轻地拍打她的背，告诉她每个人都会伤害别人，同样也会受到伤害，每个人都会和别人交往，同样也会分手。所以当时的她只是做了每个人都会做的事而已。胜宇想把这些她自己也明白的道理告诉她。不过，最终他还是按捺住了自己的感情，说：

"我希望讲座还能继续，您会介意吗？"

英珠摇摇头说：

"不会，怎么会介意呢，只是……"

英珠看着胜宇，仿佛在说"这不会让您难过吗"。

"对不起。"胜宇说。

英珠不解地看向胜宇。

"我的喜欢好像给您造成了困扰。"

胜宇安静地看着一时语塞的英珠，迟迟没能挪开脚步，站了好一会儿后才开口道：

"英珠老板,我现在不是要跟您结婚,只是希望我们能相互喜欢而已。"

胜宇说完想说的话后,向英珠点头道别,然后推开门走出书店。门外已经亮起了灯光,那灯光照耀着胜宇前方的路。英珠在刚刚胜宇离开的门口站了许久。

周围很多好人的人生

旻俊好像还是第一次看见芝美那样拊掌大笑。大概是看芝美和英珠这么捧场，成哲越说越起劲。他以前也这么爱说吗？旻俊本想回忆一下，但很快就放弃了。如果成哲一直都是这样的人，那他肯定会想"人果然是不会变的"；反之，他肯定又会想"人果然都是会变的"。

一个小时前，芝美表示今天不上班，又不想一个人在外面逛，在家待着也没什么意思，就来了书店。说这些的时候，她脸上的表情和平时没什么两样，所以当旻俊听到她接下来说的话时，就像冷不防地挨了一记闷棍，感到无比震惊。

"我打算离婚。"

连着喝了两口咖啡后，芝美称赞这咖啡的味道越来越浓郁了。旻俊有些手足无措，不知道该露出什么表情，最终只是板着脸站在那里。芝美瞄了他一眼，又喝了一口咖啡说道：

"现在这个表情就对了，你不知道该做出什么表情吧？我也一样，不知道自己该以怎样的心情面对，所以现在什么感觉都没有。"

旻俊什么话也说不出来，只是小心翼翼地往快要见底的咖啡杯里倒着咖啡。芝美说了声"谢谢"，声音和表情一样，跟平时没什么区别。如果只听这声音的话，仿佛在她身上什么事都没发生。看她在英珠身边说笑的样子也像个没事人似的。

电影开始了。有三十个人参加了这次活动，大家一起观看了是枝裕和导演的《比海更深》。旻俊结束自己的工作后也加入了进来，坐到最后一排最左边的位置。影片讲述了主人公良多一成不变、碌碌无为的生活，最后还留下了一个问题——我们成为自己想要的样子了吗？

虽然旻俊已经看过一遍这部电影了，但再看时，他还是发现良多这个人好像不太会生活。一个独居男人就非得要把日子过得乱七八糟的吗？他有些感慨。不过良多这样的角色设定并没有落入俗套，是因为这个设定不只表现出他不会收拾房间，还表现出了他对生活中的一切都很笨拙，甚至连写小说这件他唯一看重的事情都做不好。

电影结束后，英珠和成哲走到前面的椅子上坐了下来。旻俊看着他们，继续在脑海中思考：良多为什么会把生活过成这个样子呢？当然，这辈子是他的第一次人生。可能是因为良多第一次梦想成为小说家，第一次被心爱的妻子抛弃，第一次成为深爱的儿子眼中不争气的爸爸，所以才会看起来这般笨拙、这般不善表达、这般凄凉吧。

看着英珠和成哲一问一答的样子，旻俊突然意识到，这辈子也是自己的第一次人生。看电影的时候，他偶尔会领悟到一些十分显而易见的道理。今天也一样，旻俊在意识到这个事实之后，微微有些感慨。因为这辈子是第一次人生，所以不得不伴随着苦恼，不得不感到不安，不得不格外珍惜。因为是第一次，我们不知道结局会如何，不知道五分钟后会发生什么。

成哲的叙述很流畅，就像是一位看着提词器发言的主播。他用精心组织起来的语言向观众介绍着是枝裕和导演的世界观，以及这些内容都是怎样体现在电影中的。看着朋友眼中闪烁的光芒，旻俊心里一阵发热。每当看到那些投身于自己热爱的事业中的人，他总会抑制不住激动的心情，而当这个人是自己的朋友时，心里更是难以言喻的欣慰。

旻俊再次见到成哲，是从英珠口中听到成哲名字的那天。当得知参加访谈活动的影评人叫尹成哲以后，旻俊在回家的路上给成哲打了一通电话。他从手机里找到成哲的名字，按下了呼叫键，动作自然得就像两人昨天才通过电话一样。成哲一接通电话就嚷嚷道："喂！你在哪儿呢？"那一刻，两人一齐笑了起来。那天，成哲直接就跑来找旻俊了。

两人在旻俊家里一直聊到了凌晨。成哲带了几瓶烧酒过来，在推杯换盏中，许久未见的尴尬也一并烟消云散了。成哲说，那阵子工作和其他事情都不顺反倒是好事，然后便解释起自己是怎么踏入电影行业的。旻俊问他："你也没有在哪儿上班，怎么能成为影评人呢？"成哲则爽快地答道："因为评论了电影，所以就成了影评人呗。"接着又像从前那样开始了他的诡辩，"你啊，你看看，那些所谓经过哪里认证的影评人，他们写的文章和我写的有区别吗？"

"又来了。"

"他们还不是自己给自己安的名堂。"

"是吗？"

"谁都不能拍着胸脯保证，那些在有文化和历史底蕴的电影杂志社工作的影评人，就一定比我懂电影，比我会写文章。大家只是因为他们是那个杂志的影评人，就想当然地认为他们的文章写得好。如果周围再有几个人说'这个影评人很会写文章'，那他就成了别人口中很会写文章的人。先有传闻再有文章，这种事你都不知道有多少呢。"

"你怎么还是这套理论啊？以前就说千万票房的电影之所以有千万票房，是因为它原来有三百万票房，怎么过了这么久，你还是一点儿进步都没有啊。"

"你啊，这个世界上没有绝对的标准。当然了，有的文章一看就写得很糟，还有的文章一看就写得很好。但是其余那些看起来都差不多的文章呢，拼的就是名气了。你看看我的文章，这就是好文章。"

"谁说的?"

"我说的!我阅影评无数,写得好的都差不多一个样。你就等着吧,如果哪天我出名了,人们肯定会高看我一眼,觉得我的文章写得比以前好。"

"哎,我们到底为什么非要谈论这个啊?"

"所以说啊,我就是影评人,不需要别人来给我安头衔。只要我认为自己是就可以了。人活在这世上,不就是这个理吗?"

说到这里,成哲像想起了什么有意思的东西似的,自己一个人嘿嘿地笑了起来,笑了一通之后,又啪啪地拍打着旻俊说道:

"你知道我有多怀念这样和你聊天吗?你怎么样啊?真要继续当一个咖啡师吗?"

"没准儿吧。"

旻俊干了一杯烧酒后回答道。

"这是你一直想做的工作吗?"

"不是吧。"

"那没问题吗?"

"我一直盼望的不就是就业吗?找个好公司,有份不错的收入,安安稳稳地过日子。但这条路不是走不通嘛,总不能一直抱着希望啊。"

"现在开始的话会太晚吗?"

旻俊略有所思地说道：

"这个嘛，谁知道呢。但我现在不想再去盼望什么了，现在就很开心。这不就得了吗？生活不就是这样嘛。"旻俊捅了捅成哲的胳膊，接着说，"冲调咖啡也是一门艺术。这是一份充满创造性的工作。就算用的是同样的咖啡豆，今天调出来的是这个味道，明天调出来的又是另一个味道，会根据温度、湿度、我的心情和店里的气氛而发生改变。调配咖啡让我觉得很开心。"

"金老师开课啦！"

"别闹！"

成哲看着久别重逢的朋友，问道：

"没觉得挺难熬的吗？"

"要说完全没事，那是假的。但我好像还是表现得若无其事。虽然现在的生活不是我汲汲以求的，但也没有因此就觉得我的人生失败了。"

"没失败啊，你。"

旻俊看了看成哲，扑哧一声笑了出来。

"在我身上发生的事情对我而言意味着什么，那时的我并不想急着去下定论，所以我决定先不去深入思考我的人生，但是呢，我会一直好好吃饭、看电影、做瑜伽、冲调咖啡。于是我的注意力逐渐从自己身上转移到了别的事情上，等我再去回看自己时，突然就产生了这样的想法：果然，我的人生并没有失败。"

"没错。"

"现在想想看,这有很大一部分是别人的功劳。"

"谁啊?"

旻俊倚在墙上看着成哲。

"身边的人。在我装作若无其事的时候,周围的人都没有揭穿我,好像看透了我的心思一样,不会咋咋呼呼地跑来安慰我,或是表达他们的关心。给我的感觉就是,他们很自然地接受了我原本的样子。可能是因为这样,我才不用挖空心思去为自己辩解,也不会反感现在的自己。年龄大了以后,我还产生了这样的想法……"

成哲用力哼了哼鼻子表示不屑,又咧开嘴笑了起来。

"装什么呀?好吧,那我就请教请教你,产生什么想法了?"

"如果周围有很多好人,那这样的人生就算是成功的人生。虽然可能不是社会意义上的那种成功,但多亏了他们,我的每一天都过得很成功。"

"哇——"成哲感动地发出了一声赞叹,"这话说得好。以后我要是把你这话写到我的文章里,你可别说什么啊。"

"脑子这么不灵光的人能记住什么啊?"

"啧啧啧……所以说嘛,我可不能跟你聚,你太了解我了。"

成哲嘿嘿地笑着冲旻俊举起了烧酒杯,对朋友刚刚那段帅气的发言表示赞赏。

"那咱俩对彼此而言也是好人吗？"

旻俊碰了碰杯，说道：

"问题在你身上啊，我早就是好人了。"

现在的成哲已经不是几天前喝醉酒后翻来覆去说着几句话的那个人了。他现在说的每一句话都简洁明了，表情看上去也很从容开心。自从认识成哲以来，旻俊第一次觉得他还挺顺眼的，但不是因为他的长相，而是因为他在发光。

旻俊的目光从成哲身上移开后，转头看向了英珠和芝美。英珠坐在成哲身旁，芝美坐在观众席里。当成哲说出有意思的话时，她们笑着捧场；当成哲发表真诚的看法时，她们点头肯定。她们上扬的嘴角仿佛在鼓励成哲一直说下去。就是这样的微笑，给了旻俊时间——慢慢适应生活的时间，让他相信即便什么都不懂，即便会犯错误，自己也会越来越好的时间。

现在旻俊也想把这样的微笑送给她们，送给同样故作没事并微笑着的两人。不仅如此，他还想把这样的微笑送给周围的人。近来这些天，他的心情都十分愉悦。就好像之前那个想法的萌芽凭借着自己的努力终于开花结果。他感觉过去的自己和现在的自己久别重逢了。过去的自己接纳了现在的自己，现在的自己也接纳了过去的自己。他好像终于完全接纳现在的生活了。

旻俊和成哲见面的第二天，早早起床的成哲摇醒了还在睡梦中的旻俊，等到旻俊完全睁开眼睛之后，他才开口道：

"问完这个问题我就走了。"

旻俊坐起身问道：

"什么啊？"

"扣眼儿怎么样了？"

"扣眼儿？"

"嗯，你之前不是说光做了扣子，没做扣眼儿，结果搞得狼狈不堪嘛。现在怎么样了？"

旻俊摇晃着脑袋驱赶睡意。他看着成哲陷入了短暂的思考，然后答道：

"简单，换衣服了呗。新的衣服上已经有扣眼儿了，就照着这些扣眼儿做扣子，结果还挺合适。"

"什么？就这样吗？"

"就是说，这世上还有一种人会先把宽松的扣眼儿做出来，等别人找过来后，他们还会帮忙一起做扣子。看你的表情，我就知道你在想什么。这社会还是老样子，光靠几个善良的人互帮互助能有什么用？对吧？你的想法也没错，不过我昨天说了，这需要时间。"

"时间是指……"

"停下来休息片刻的时间、思考的时间、放松的时间、回顾的时间。"

成哲好像听明白了，点点头，然后站起身向门口走去。这一次换成旻俊发问了：

"你呢？你是怎么做到的？"

"什么？"

"你的绩点不是也相当不错嘛，是怎么做到把刚上映的电影都看完的？那么忙，怎么还能兼顾自己喜欢的事情呢？"

"真是笨啊。"成哲用指尖敲着洗碗池说，"就是因为喜欢呗，不然还能有什么理由？"

"就这样吗？没了？"

旻俊重新钻进被子躺了下来。成哲嘿嘿地笑着摆了摆手，穿好鞋后，他冲闭着眼睛躺在床上的旻俊说道：

"我忙完工作就去书店，现在那里就是我的秘密基地。"

旻俊闭着眼睛挥了挥手。

心意测试

旻俊这天来得比平常早，到了 GOAT BEAN 后，只见芝美一个人坐在那儿摆弄着咖啡豆。看见旻俊推门进来，芝美将旁边桌子上的咖啡粉递给他，说："今天就用这个吧。"旻俊像只温顺的小狗，照她说的冲了咖啡。芝美一言不发地细细品味着，随后把杯子放在旁边的桌子上。旻俊也只是默默地小口抿着咖啡，同时关注着芝美的一举一动。她在混合咖啡豆，动作看似漫无目的，但并不全是无用功。

"把这些豆子随便混在一起……会不会搭配出一种特别好喝的全新口味呢？"

芝美低着头自言自语道。过了会儿，她注意到旻俊今天格外安静，便说：

"有什么话就说吧。"

"没什么。"

"直说吧。"

"……您是因为我才……"

芝美一头雾水地看着旻俊。

"这话是什么意思?"

"那天我不是跟您说了那些话嘛……"

"啊哈。"芝美无奈地摇了摇头,"所以那天,还有今天,就是因为担心这个才像霜打的茄子一样啊。"

旻俊的心里又涌起一阵歉意,表情更加凝重了。

"你听着,正是因为你的话,我才能客观地去看待婚姻中的重重问题。所以我很感谢你,是你让我厘清了这段拖了这么久的关系。"

听了这话,旻俊的表情还是没有什么缓和。

"无法强求的事情,就应该放手。通过这次我明白了一个道理:所谓过好日子,就是要懂得如何处理问题。很多时候,我们都会因为害怕,因为介意别人的目光,因为担心后悔,就不去解决问题,选择睁一只眼闭一只眼。我以前就是这样,但现在的心态放平了。"

说到这里,芝美转身面向旻俊坐下,左侧身体靠在椅背上,脸上还是挂着一如既往的微笑。她长吸了一口气,开始讲述起之前发生的事情:

"那时听了你的话我才意识到,我需要一点儿时间去重新审视我和他的夫妻关系。以前我总是不停地抱怨他、咒骂他、唠叨他,但现在我不这样了。就算那位凌晨三点钟才回家,第二天我也照样笑脸相迎；就算发现那位衣服上有可疑的香水味，我也只是笑笑装作不知道；就算那位把家糟蹋成猪圈，第二天我也微笑面对。我就是想观察他一段时间，想客观地看待我们之间的关系。但我这么做之后，不知从什么时候起，那位也开始有了变化。他不会在外面逗留到凌晨才回家；还跟我发誓说自己从来都没有出过轨；下班回到家，还把家里打扫得干干净净的。我直纳闷这是怎么了呢。每天晚上吃着他准备的晚饭，我会感到有点儿不太习惯。我还想过，我们俩是不是就要这样过下去了呢？也许，如果我没问出那个问题的话，我们俩到现在还一起生活着呢。"

芝美停顿了一会儿，转过头望向烘焙机那头的窗外。窗外已经换成了芝美最喜欢的季节——春天。

"吃着那位煮的晚饭，我问他，最近怎么表现得这么好？他说是因为我表现得好。因为我表现得好，所以他也要好好表现。于是我又问，那是因为我以前做得不够好吗？他说是。接着我问，那之前都是因为我做得不好，他才故意表现成那样的吗？他犹豫了半天后承认了，说他不知道从什么时候起就开始演戏。我问他为什么非得那样做，他说我伤了他的自尊，说我有一次极其不留情面地指责他是一个懒惰无能的人，他特别生气，于是就想着我越说他怎么样，他就越要怎么样——即使自己本来不想那样。听到这话的那一刻，我就决定跟他离婚，所有的一切都在那一瞬间结束了。"

芝美将凉了大半的咖啡一饮而尽,眼眶开始泛红。

"我跟你说过吧,我本来是独身主义者。小时候,亲戚们一凑到一起就开始骂自己的老公。说来说去就是本以为嫁了个老公,谁知却养了个儿子,天天得跟在屁股后头收拾,结果累弯了自己的腰。结了婚以后,帅气的老公一夜之间变成了个婴儿,得照顾他的心情,得哄着他、依着他。也不知道他们的自尊心怎么就那么强,稍微说几句不爱听的话就开始闹情绪,再不然就发脾气。真叫人心累啊。可是周围的长辈还给我灌输这样的思想,说哪个男人不这样啊,别人家的老公也都一样,过日子就得顺着对方来。我才不愿意,为什么要和'儿子'结婚?为什么样样都要迎合对方?所以我打定主意不结婚。直到我遇见了那位。上次我说过吧?是我缠着那位结婚的。可就在那天晚上,我突然意识到,啊,原来我也嫁给了一个'儿子'。原来之前我都是在跟一个婴儿过日子。在那一刻我看清了一个事实,就是和那位一起生活真是让我太、太、太痛苦了。实在是太痛苦了,就像心脏被火烤一样痛苦。何况,我已经知道他是故意的了,我们俩还怎么一起过下去呢?所以第二天一早,我就和他提出了离婚。"

芝美的眼神已经比刚才平复了些,她看着旻俊说道:

"我做梦都没有想到,我在你面前那样骂他,自己还是像以前的那些长辈一样处理问题。对不起啊,旻俊,没有让你恐婚吧?"

旻俊摇了摇头。

"您不是一味地骂他，时不时还会替他解释几句，说他不是那么差劲的人。"

旻俊平静的回答让芝美的表情轻松了不少。

"以前那些长辈也是这样的，骂了一通之后总会在末尾加上一句，就算这样，也没人能比得上自己老公。"

两个人都无声地笑了。

"谢谢你能听我倾诉，每次都还不嫌我烦。"

"我会一直听您倾诉的，需要的时候随时联系。"

旻俊做了一个打电话的手势调节气氛，芝美跟着用右手比了一个"OK"。

快到家门口的时候，英珠看见公寓前面蜷坐着两个女人。从她们手中购物袋的形状就能知道，芝美手里拎的是下酒菜，静瑞手里提的是啤酒。三人一同进了屋，不约而同地开始忙碌起来，腾位置、放碟子、摆下酒菜，一切都进行得井井有条。忙完这些后，三人如同收到什么信号一般，立马以"大"字形躺了下来，轻轻地合上了眼睛。英珠感慨着："啊，真幸福啊。"其余两人随声附和着"确实""没错"。休息片刻后，三个人坐起身，有滋有味地吃起了面前的食物。

芝美舀了一勺柚子味布丁送入口中，看着静瑞说道：

"听说最近都看不见你人影啊，很忙吗？"

静瑞舀了一勺香草味布丁吃下去，说道：

"忙着面试呢。"

英珠撕开奶酪味布丁的包装纸,瞪圆了眼睛问道:

"面试?你要重新开始工作了吗?"

"当然要工作啊。"静瑞眨了眨眼睛,一副理所当然的表情,接着又换了戏剧性的语气说道,"钱!钱!钱是最大的问题!"说完,她就把头倚在了墙上。

"从来都是钱的问题啊。"芝美说道。

"已经休息够了吗?"

英珠看向静瑞,只见她倚靠在墙上吃着布丁,仿佛灵魂出窍了。听英珠这么一问,静瑞立马直起身子点了点头,眼神里恢复了往日的灵动。

"休息够了。这段时间我也掌握了控制内心的方法。现在发生什么事,我好像都可以不在意了,全当浮云。"

"噢,真不错,你继续说说。"

芝美挥舞着沾着布丁的勺子催促道。

"现在就算生气,也不会像之前那样难受了。生气的时候,织织东西或者做做冥想就行了。难受嘛,肯定还是会难受的,但我应该可以克服。以后在公司里干久了,肯定还会遇到不少坏心眼的人吧?我依然会是一个合同工,依然会遇到瞧不起我的人吧?但他们对我来说一点儿都不重要。Inner peace(内心的平静),我的平静由我来寻找。我会继续过我喜欢的业余生活,继续和姐姐们这样的好人相处，我要战胜这个糟糕的世界。"

两个姐姐拍着手为静瑞加油。三个人顺着静瑞的话茬儿，各自分享了缓解压力的方法：英珠通常会选择散步或者读书；芝美不是扯扯家常，就是睡一天觉；静瑞透露自己其实唱歌特别好听，经常会去练歌房唱歌。英珠说自己最后一次去练歌房应该是十几年前的事情了，听了这话，静瑞一脸的不可思议，忙缠着姐姐们这周末一起去练歌房。于是三人约定周末再聚，然后举起手中的罐装啤酒碰在了一起。

"话说回来，你和那位作家进展得怎么样了啊？"静瑞把啤酒放在地上问道。英珠眨了眨眼睛，像是不明白这话是什么意思，开始扯起了别的。不，应该说她在假装听不懂更为准确，她不知道静瑞是怎么知道这件事的，只道是自己听错了。但静瑞没理会，又问了一遍：

"那位作家不是喜欢姐姐吗？"

英珠一时语塞，芝美便抢过话头：

"谁？哪位作家？进出她书店的作家何止一两个啊？到底是哪个？他说喜欢英珠吗？"

"一看就喜欢啊，姐姐一脸憔悴回来的那天，那位作家的脸色比姐姐的还差呢。"

芝美观察了一下英珠的表情问道：

"就是和前夫的朋友见面那天吗？"

英珠盯着客厅的地面，没有接两人的话茬儿，手里一直摆弄着啤酒罐子。见英珠的脸色变得有些不太好，静瑞和芝美相互看了一眼，决定终止这个话题。

为了缓和一下气氛，静瑞讲起了上周面试时发生的事情。面试官问她这一年都做了些什么，她理直气壮地回答："织东西和冥想。"看见静瑞活灵活现地模仿着面试官们吃惊的表情，英珠和芝美都哈哈大笑起来。酒足饭饱过后，三人躺了下来，天南海北地聊着天。芝美伸直了胳膊，轻轻碰了碰英珠的手。

"今天谢谢你了，我知道你是为了让我开心才提出聚一聚的。你们俩难过的时候，我也会陪着你们的。"

英珠也轻轻牵了一下芝美的手，说：

"你们想每天来都行，今晚在这儿睡一觉再走也可以。"

"我也有很多时间呢。"

静瑞注视着天花板说道。

"嗯，还有啊，那位作家……"英珠欲言又止，看了一眼芝美后，继续说道，"真没想到我会说出这种话，但是，我希望他可以遇见比我更好的女人。所以，我们俩不可能了。"

"什么？"

芝美一下子坐了起来，又拽着英珠坐起来。

"我没想到会亲耳听到这种话，最近连电视剧里都不会出现这种台词了，太老套了吧。希望你能遇见比我更好的人？你怎么会有这种想法？那人不是了解你之后才喜欢你的吗？"

"我不是一个好的交往对象。"

英珠若无其事地说完，打算重新躺下，结果又被芝美拽了起来。

"怎么就不是好的交往对象了？你聪明、爱说爱笑、善解人意，而且什么都好像很懂的样子，这不比那些这也不懂、那也不懂的人有魅力多了吗?！"

英珠放下芝美的手，说：

"还有就是，我也不知道自己内心是怎么想的。"

英珠又想起几周前的一个星期六，讲座结束后，胜宇在离开前递给她一本书，是肯特·哈鲁夫的《晚风如诉》[1]。他还问："这种关系如何？"那天晚上，英珠犹豫着翻开了这本很薄但很精致的书，一口气读到了凌晨。这部小说描写了迟暮之年的孤单落寞以及这个阶段萌生出的男女之爱。一开始她还有些讶异，这本书描写的是晚年故事，为什么胜宇会给她看这个呢？但当她又读了一遍画线的句子后，她就明白胜宇想要表达什么了。

他是想告诉英珠，他很享受他们在一起的时光，他很喜欢和英珠聊天，让她不要太害怕爱情，如果感到孤单或是不想独处了，就来找他，他的大门将一直为她敞开。

胜宇想对英珠说的是，他会等她的。

---

1 《晚风如诉》：美国作家肯特·哈鲁夫的长篇小说，讲述了小镇上两个各自丧失人生伴侣的老年人的爱情故事。——编者注

芝美笃笃地敲着地面，低声说道：

"不知道内心怎么想……"

见芝美没想出什么来，静瑞接过了话茬儿：

"这种时候是不是应该测试一下啊？如果不知道自己内心怎么想，那就确认一下自己的心意啊。"

"怎么确认？你展开说说。"芝美说。

"姐，你试想一下，你是希望那位作家像那天一样为了你的事情面容憔悴，还是希望他像陌生人一样无动于衷？当你想哭的时候，是想让他和你一起伤心，还是不闻不问？当你有好事的时候，是想让他和你一起开心呢，还是希望他漠不关心？就像这样通过想象来测试一下，如果你不希望他对你不管不顾的话，就说明你对他也有意思。"

英珠咧开嘴笑了，仿佛觉得静瑞说的话很好玩儿。芝美却觉得现在不是说笑的时候，忙拍了拍英珠的胳膊。

"你是一个有想法的人，这一点我很欣慰。但想法这东西，偶尔也会对人有反噬作用。像你这样的人往往会重视自己的想法多过自己的内心，所以才总是说什么不知道自己的心意，但其实明明就清楚得很。"

听了芝美的话，英珠又淡淡笑了笑。我真的了解自己的心意吗？英珠想起了胜宇向她表白时的眼神，还有那句"希望我们能相互喜欢"。当她听到这句话的时候，她的心情是怎样的？开心？

抑或是不开心？激动？抑或是不激动？也许芝美说得对，她可能早就已经知道了自己的心意。但那重要吗？她的心意真的重要吗？她没法儿对胜宇的问题给出回应，也不知道该怎么办。要如何处理和胜宇之间的关系呢？

能让自己变好的空间

旻俊，你还记得第一次见面那天我说的话吗？我说书店可能会撑不过两年。第一天就说出这种话，是想让你提前为自己的未来做打算。不知不觉，我们已经一起共事两年了。

书店开张的第一年，我自己都不知道是怎么坚持过来的。没有你的休南洞书店，真是太不成样子了。不过好在就算我犯下各种各样的错误，也没有人发现。因为那时几乎没有客人。如果你好奇那个时期的休南洞书店是什么样子，可以去问问民澈妈妈。她对我们书店可以说是无所不知。

实际上在前几个月里，我也没把心思放在招揽客人上，我感觉自己就像一个客人，每天来到书店都不太自在。但是我严格遵守上下班时间，来到店里后就静静地坐着反复思考和读书，如此日复一日，那种心情就好像是在一点一点找回丢失的东西。刚开书店的那段日子，我感觉自己就像被掏空了一样，后来那种感觉逐渐消失了。然后在某一瞬间，我忽然发现自己已经变得非常健康。这时距离书店开张大概过了半年。

从那时起，我开始以一个生意人的视角去看待书店。这是梦一般的时间，梦一般的空间，所以我也要把它经营得像梦一样，这种想法依然根植在我心里，但我明白应该以一个不同的眼光来看待这里了。虽然我不知道书店可以坚持多久，或许两年，又或许三年，我不确定，但我再一次意识到，如果想让书店生存下去，就需要积极地"交换"。书店本来就是用钱和一切与书有关的东西进行交换的空间。"让这种交换活动活跃起来，是老板应该做的事情。"我像写日记一样每天在脑子里过一遍这个想法。然后我开始面向大众宣传书店。我一直努力不让休南洞书店失去它本身的特色，现在是这样，"以后"也是这样。

旻俊，从你开始在书店工作起，又一种"交换"在店里产生了。你的劳动和我的金钱产生了交换。我这么说是不是听起来特别没有人情味？有没有觉得我们的关系变得特别疏远？怎么可能呢！不正是得益于这种交换，我们才结下了缘分，才能共事，才会给彼此的生活带来影响吗？在书店这个空间里，两种交换并行着，我开始感到责任感比之前更强烈了。我要努力赚钱，还要努力给你发工资。在与你共事的这段时间里，我有了一个愿望，就是希望你的劳动价值能够得到认可。所以，为了赚更多的钱，为了给你开更高的工资，"以后"我也会一直努力的。你明白我为什么一直在说"以后的事"了吗？

对有人为我工作这件事，我始终心存感激，如果没有你的话，休南洞书店不会成为现在的样子，也不会有过来看书却被咖啡吸引的客人，更不会有越来越多只属于你的回头客。你的到来让书店发生了变化，这种变化并不仅仅体现在咖啡的味道上。我对你说过吗？你利索和负责的态度成了我的榜样。是真的。旁边有这样一个同事安静、认真地处理着自己的工作，光是看着这个样子，就让我产生了很大的动力。观察了几天你工作的状态，我就对你产生了十分的信任。你也知道吧？在这个险恶的世界里（！），除了对自己以外，还能对别人产生信任，是一件多么令人高兴和值得感恩的事情啊。

虽然我特别感谢你能为我工作，但我又经常希望你能觉得你是在为自己工作，因为只有这样才能在工作中寻找到意义。我的经验告诉我——"为别人工作的同时，也必须是在为自己工作。既然是为自己工作，就不能随便应付。可更重要的一点是，无论是工作的时候，还是不工作的时候，都不能丢失了自我。还有一点也不能忘记：如果这份工作既不能给你带来满足感，也不能带来幸福感，每天只会让你感到无意义和痛苦的话，就该换一份别的工作了。毕竟我们的人生只有一次。"你在休南洞书店过得怎么样？工作的时候有没有丢失自我？这是我比较担心的。

你猜到我为什么会有这种担心了吧？因为我自己以前就在工作中迷失了自我。我特别后悔过去没能以一个健康的面貌工作。之前我把工作当成了台阶，为了抵达顶端而必经的台阶。但其实工作就像米饭，我们每天都吃的米饭，它影响着我们的身体、内心、精神和灵魂。世界上有人狼吞虎咽地吃饭，有人细嚼慢咽地吃饭，而我现在就想成为一个用心对待粗茶淡饭的人——为了我自己。

自从来书店上班以后，我好像变成了一个更好的人。从书本上学到的东西并不只是在脑海中想想就算了，我会努力把它们应用到这个空间里。我有太多的不足，还很自私，但在这里工作以后，我开始更多地去分享和给予了。是的，我需要坚定自己的决心，才能做到分享和给予。要是天生就能拥有广阔的胸襟和仁厚的气度那该多好啊，可我不是这样。生活在这里，"以后"我会努力成为一个更好的人。我不想让书里那些好故事只停留在书里。我希望发生在自己身边的事情也能成为值得一提的好故事。所以，我有一件事想拜托你。

我想推翻第一天对你说过的话，我，想继续经营这家书店。就目前而言我还是有比较多的忧虑。我怕努力过了头，又会回到以前那样的生活，我怕这个空间只被当作"工作"的地方。还有，说实话，我现在还保留着刚开始营业六个月时的客人心态。这些想法和情感交织在一起，让我犹豫了很多次。我常常在琢磨要不要继续经营这个书店，但我现在不想再纠结了，我喜欢这个书店，我喜欢在这里遇见的人，我喜欢在这里待着。所以，我想继续把休南洞书店经营下去。

我打算继续把书店经营下去，同时平衡好各种想法和情感。这应该可以实现。这个资本主义市场中的书店，这个依然是我梦想的空间，我想把它一直一直做下去。关于书店、关于书的一切，我想一直探索下去。我希望在做这些事情的时候，你能和我并肩前行。怎么样，旻俊，要不要跟我一起继续工作？你想成为休南洞书店的正式员工吗？

我们柏林见

旻俊就像等待已久似的马上就接受了英珠的提议。两人面对面坐着,重新拟了份合同。英珠把抱在胸前的双臂放到桌面上,看着旻俊在合同上签字,说:

"这下可不能随便撂挑子了。"

旻俊签好字,把合同递给英珠。

"看来您不知道啊,最近很流行离职。"

两个人都看着对方笑了。

自从那次见了泰宇,英珠就开始迅速地为未来做起打算,她决定不再习惯性地去设想休南洞书店的失败结局,而是打算对它的未来负起责任。

这种念头一冒出来,英珠便火速制订出三个计划,一是把值得信任的人留在身边,二是旅行。她打算离开一个月,去国外考察独立书店,然后进行总结,重新规划休南洞书店的运营策略。她的计划主要是参观一些历史悠久的书店,她想知道是什么让它们生存了下来。

有时无论怎么努力也得不到理想的结果。就算去国外考察一年才回来，没准儿第二年还是会关门大吉，谁知道呢？但哪怕只经营一个月，英珠也会怀着希望尝试着走下去，而不是只想着失败的结果。如果以后的休南洞书店变得和现在不一样了，哪怕只是一丁点儿的改变，那也一定是因为经营者的心态发生了变化。所以，现在最应该改变的是英珠的心态。希望，要心怀希望。

在离开前的一个月，英珠把旅行计划告诉了旻俊和尚秀。大家一致决定尽可能简化书店六月份的安排——旻俊和尚秀每周专职工作五天，每天八个小时，取消一切演讲、活动和讲座。静瑞和宇桢也会抽空过来帮忙。静瑞主要负责线上业务，宇桢下班后会先来书店看看有什么能做的。

英珠在 Instagram 和博客上发布了旅行消息，上传了六月份的日程计划，又给几个人打电话问候了一下近况，然后为自己挑了几本书。如果可能的话，旅行期间她仍想继续写书评，选几本以旅游城市为背景的小说或随笔。能够亲自在书中的场景中读书，是一种最奢侈的读书方式了。走进美国的纽约、捷克的布拉格和德国的柏林，读着以这些城市为背景的书，消磨着几个小时的时光，对于读者而言，还有比这更浪漫的读书方式吗？

工作之余，英珠一有空就会幻想即将迎来的旅行。在陌生的城市里跟着谷歌地图踏上书店探寻之旅，寻找每一间书店特有的魅力，想象着如何将这种魅力赋予休南洞书店，去完一个书店再继续寻找下一个，累了就找个咖啡厅坐坐，休息片刻再接着逛，就这样度过一个月的时间。虽然这次旅行的主要目的是考察书店，但英珠心里还是为其他的事小小激动着——这是她第一次独自旅行，也是她第一次像模像样的旅行。

在通往机场的大巴上，首尔的夏夜景色在车窗外一掠而过。英珠的脑海中突然浮现出妈妈的脸，她立马闭上双眼把妈妈逐出了脑海。其实，她很清楚妈妈为什么对自己发那么大的火。因为她害怕失败、讨厌失败。对她而言，离婚就是一个女人最大的败笔，她害怕女儿失败，也讨厌女儿失败，所以才抛弃了女儿。妈妈在失败面前会变成一个懦弱的人。而她对女儿做的，只不过是一个懦弱之人的行为罢了。面对这样的妈妈，英珠并不想解释"是你的想法错了"，也不想解释这个世道已经变了，更加不想解释"你的女儿并没有失败"。就目前而言，英珠还不愿意主动和妈妈握手言和。

英珠把头靠在椅背上，欣赏着窗外的夜景，这时手机传来了振动，是民澈。他的声音听上去有些难为情，他说自己有些话一定要告诉她。英珠看着窗外，问他是什么话，他说自己决定不上大学了。英珠陷入了一阵短暂的沉默，回答道：

"好吧，你已经决定了啊，挺好的。"

英珠又说，以后你有大把时间了，什么都可以做。她觉得这话虽然老套，却是事实。民澈"嗯"了一声，接着说道：

"我也看了《麦田里的守望者》。"

英珠仿佛和民澈面对面交流一样,露出了欢快的表情。她询问书怎么样。在民澈答了一句"没意思"后,她小声笑了起来。

"什么嘛,你告诉我这个消息,就是为了说这本书没意思啊。"

"那倒不是。"电话那头的声音透出一丝紧张,"书是没什么意思。但不知道为什么,我觉得主人公和我很像。其实我们俩特别不一样,性格不一样,行为也不一样,但我还是觉得我和他很像。比如对世界提不起兴趣,觉得什么都很没劲。看到他我才知道,原来不止我一个人这样,这才稍微放心了。尤其是最后他说想成为孩子们的守望者那部分,您还记得吗?"

"嗯,记得。"

"我就是读到那部分的时候做了这个决定,觉得不上大学也可以。我不知道为什么,但事情就成这样了。虽然没什么逻辑……但他就好像在对我说你可以这么做。"

"嗯,能理解。"

这回英珠就像朝着民澈说话那样点了点头。

"真的吗?您真能理解吗?我都不理解我自己。"民澈惊讶地问道。

"真的啊,我能理解。我在看书的时候也会经常做出那样的决定,所以我很了解那种感觉,那种不符合逻辑的感觉。"

"啊……那我可以这么做吗?"

"什么?"

"做出不符合逻辑的……选择。"

"当然了,就算不符合逻辑,你的内心还是会支持你的选择。我是这么认为的。"

"内心?"

"对。"

"这是我内心做出的选择吗?是它选择了我的未来?"

"嗯。"

"啊,这是内心的选择啊……那我就放心些了。"

"对,别担心。"

英珠的耳边传来几声民澈的呼吸声,接着他欢快地说道:

"那就这样吧,姨母,祝您一路顺风。等您回来后,我们在书店见。"

"好,回来见。"

"好的,还有,谢谢您。"

"嗯?谢什么?"

"我在书店学到了很多东西,我喜欢在那里聊天。"

"啊,那太好了。"

挂断电话后,英珠正准备把手机放入包里,手机却再次振动起来。她以为还是民澈,一看屏幕却发现是胜宇打来的。她神情复杂地盯着胜宇的名字。把旅行计划告诉胜宇的那天,他什么都没有过问。反正他的讲座到五月份就结束了,英珠也无须再为他的安排费神了。那天之后,两个人大约有一个月的时间没有见过面。英珠只是会在专栏上看看胜宇的文字,胜宇应该也和她一样。

就在英珠想着这些的时候,电话挂断了。等胜宇再次打过来时,她立刻接起了电话,那头传来了久违的声音:

"英珠老板,我是玄胜宇。"

"啊,玄作家。"

"您是在去机场的路上吗?"

"对,我在路上。"

一阵短暂的沉默后,胜宇唤了声英珠:

"英珠老板——"

"嗯?"

"六月的最后一周,您计划去欧洲哪里啊?"

"六月的最后一周吗?"

"对。"

"……去德国。"

"德国哪里啊?"

"柏林。"

"您之前去过柏林吗?"

"没去过。"

"我在柏林待过两个月,出差。"

"啊……这样啊。"

"那周我可以去柏林吗?"

"嗯?"

这个问题顿时让英珠的大脑变得一片空白。

"那一周我请了假,寻思着是不是能成为英珠老板的旅友,不知道您觉得怎么样呢?"

"啊……玄作家。"

听出英珠语气中的犹豫后,胜宇淡淡地问了一句:

"我要是去找您,不太行是吗?"

"有些太突然了。"

英珠掩饰住内心的紧张说道。

"好吧……我也猜到了您应该会是这个反应,但还是想问一下。"看英珠没有回答,胜宇便打算结束对话,"那就祝您旅途愉快,我挂电话了。"

不知怎的,英珠觉得这也许会是她最后一次听到胜宇的声音,她把视线转向窗外,远处机场的灯光在隐隐约约闪烁着。

"英珠老板?"

"嗯。"

"看您一直没说话,没事吧?"

"嗯,没事。"

"好,那……我挂了。"

"那个，玄作家——"

英珠连忙唤了一声胜宇。

"嗯。"

一想到挂掉这通电话以后，可能再也见不到胜宇，英珠就不想挂电话了。但该说些什么呢？在不知道说些什么的时候，最佳选择就是坦诚相待，这是她一贯坚持的观点。

"我也不知道自己希不希望您来柏林。不久前，有人说过这样的话：如果不确定自己的心意，就做一次'心意测试'。但现在心意测试好像也行不通，我不知道这个时候应该怎么办。"

"那我来帮您。"

"怎么帮？"

"您试着想象一下，想象和我一起在柏林散步，和我一起逛书店、一起吃饭、一起喝啤酒的场景。稍等，您就试着想象三十秒钟吧，我给您三十秒的时间。"

英珠怀着迫切的心情，照着胜宇的指示，开始想象和他一起喝茶、吃饭、喝酒的样子；和他并肩在街上散步的样子；和他在陌生的书店里探讨书和书店的样子；一个人提问一个人回答的样子；读完同一本书后一起闲聊的样子；胜宇在写文章时，她在一旁捣乱的样子；在她读书时，胜宇在一旁开玩笑逗她的样子。想到这些……英珠并没有排斥的感觉，她不讨厌和胜宇待在一起。她想和他待在一起，想和他说话。

"怎么样？光是想象，也不愿意和我待在一起吗？"

"不是的。"英珠坦率地回答道。

"那……我，可以去吗？"胜宇犹豫了一下问道。

"嗯，玄作家，我们柏林见。"英珠轻松地说道。

"嗯，好的。"胜宇答道。

英珠乘坐的大巴驶入了机场。

是什么让书店得以生存？

一年后。

英珠喝着旻俊调的咖啡，目光一直追逐着书里的句子。旻俊说自己认识的作家只有杰罗姆·大卫·塞林格，选这本书来读纯粹是因为它够薄。这本书虽薄，但内容很有深度，这家伙真能看懂吗？英珠一边读着塞林格的《弗兰妮与祖伊》[1]，一边在心里冲旻俊号叫着"活该"。

虽然现在店里的员工只有英珠和旻俊，但十五分钟后尚秀会过来上班。从半年前开始，尚秀也成了休南洞书店的正式员工。当英珠问他要不要转正时，他首先问的竟然是头发长度的问题。他说如果要剪短发的话，就无法接受这个提议。于是英珠告诉他可以放心地转正。虽然当时尚秀表现得很木讷，但第一天上班时，他的脸上还是露出了一丝兴奋的神色。几天后，尚秀偷偷告诉英珠，这还是他第一次成为正式员工。

---

[1]《弗兰妮与祖伊》：美国作家J.D.塞林格的作品，由《弗兰妮》与《祖伊》两篇中短篇小说组成，进行了对信仰和精神危机的深刻探讨。——编者注

在尚秀成为正式员工的次月，休南洞书店新增了一个小书架。书架里摆放的都是尚秀读过的书，最上排的架子上写着"中长发书虫尚秀先生的书单"，旁边还附了一行字"欢迎大家加入读书队伍，和尚秀先生一起交流"。出于工作的原因，尚秀现在一天只能读一本书，但他依然恪守着"书虫"的本分，给客人推荐书时经常滔滔不绝，让他们应接不暇。一些常客现在都会自动越过英珠，直接来找尚秀给他们推荐书。他们当中有不少人都很好奇尚秀会看什么书，所以英珠才安排了这样一个尚秀的专属区域。

民澈开始在书店兼职，已经是三个月前的事了。决定不上大学后，民澈开启了为期三个月的欧洲游，今年春天才结束旅程回到家里。这趟欧洲游是喜周答应民澈不上大学的条件。她觉得与其赖在家里浪费时间，不如去看看外面的世界，这样对他也会有帮助。在民澈去旅行的那段时间，喜周告诉英珠，给儿子准备的大学学费现在派不上用场了，所以家里人可以轮流出去旅行了。说这话的时候，她的表情里带着几分兴奋和几分苦涩。民澈回来后，这个接力棒就交到了喜周两口子手上。民澈的爸爸为了这次旅行还特地休了假。现在喜周夫妇正在环游世界。

旅行回来还不到一周，民澈就来找英珠了。他的皮肤晒得恰到好处，表情也更似一个大人了。他请求英珠让自己在休南洞书店里兼职。英珠立马就答应了。于是，第二天民澈就上岗了，每周工作两天，每天三个小时。不过，让他在书店兼职是有条件的，那就是必须参加书店的指定活动，即所有店员每个月要共同阅读一本书。

但这个活动并不局限于他们四个人，所有人都可以参加。每个月一日，书店会在社交平台和博客上公布"本月员工品读图书"，然后在最后一周的周四和读者们一起举办读书会。起初除了员工以外，只有零星的三四个人参加，但现在队伍壮大了不少，上个月来了十五个人。这个月他们要讨论的书是塞林格的《弗兰妮与祖伊》。

在过去一年里，休南洞书店最大的变化是什么呢？英珠从旅行回来之后，还维持了一段时间以前的经营模式。大约过了两个月，她才开始把这段时间以来的构想变成现实。英珠决定从"深度"和"多元"中寻找休南洞书店独有的个性。哪怕客人会觉得有些晦涩，也要以有深度的图书为主，为了追求多元化，她还决定不再订购畅销书。

在经营书店的过程中，英珠一直在畅销书的问题上犯难。每当看见畅销书架上摆放的那些书，她总会感觉一阵憋得慌。那些书本身并没有问题，问题在于一旦登上畅销书架后，它们就会长期霸着那个位置。不知从何时起，她越来越觉得畅销书的存在反映了丧失多元化的出版文化。

每次逛到大型书店的畅销书区域，英珠都仿佛在看一幅出版市场扭曲不堪的自画像。这靠着几本畅销书苟延残喘的悲哀现状，究竟是谁的错呢？谁的错也不是。这只是不读书的社会风气折射出来的现象罢了。面对这种现实，书店的经营者哪怕力量微薄，也应该向读者们尽可能介绍更加多元化的书，告诉他们这个世界上并不只有那几本畅销书，也不只有那几位畅销书作家，还有很多很多其他优秀的作家和作品。

为此英珠能做的，就是不再往店里引进畅销书。比如那种昨天还不是畅销书，但因为几天前在电视节目上被某位名人提及过，今天就摇身变成了畅销的书，英珠不会再追加订购了。这么做并不是因为那本书不好，而是出于对多元化的考虑。不过，她会另外选购一些同一主题的图书。如果有客人来找那本畅销书的话，还能给他们推荐一下。

英珠的这种经营方式虽然不知道在客人眼里能有多新颖，但可以肯定的是，这对成哲来说有着巨大的魅力。他说："一本书能够成为畅销书，就因为它本身已经是一本畅销书了。"还说无论是电影行业还是出版行业，都有着同样令人头疼的问题，又说英珠就像是他的知音。他天天在嘴边念叨着，希望更多优秀的电影和书能被更多的人知道。其实，这就是英珠旅行前给休南洞书店制订的第三个计划——不再引进畅销书。

除了这些，在过去这一年里，休南洞书店还发生了其他或大或小的改变，但从另一个角度看，其实又没有太大的变化。无论是过去还是现在，休南洞书店都是同样在展现英珠的理想和想法。

在考察国外独立书店的时候,她领悟到一点:所有书店都有自己独特的个性。而这种个性就来源于经营这家书店的老板。勇气是打造个性时必不可少的要素;如果要让客人感受到老板的勇气,那么就少不了真心。所以,经营书店需要的就是:勇气加真心。

英珠心想,如果能够鼓起勇气把想法变成现实,并且做到不失真心的话,休南洞书店或许能像她考察的书店那样长久地发展下去。要是在此基础上继续加以反思和改变的话,休南洞书店或许能比预想的走得更远。而这一切的前提,是英珠对书籍那份坚定不移的热爱。如果她和店里的员工们都足够热爱书,那这份爱是不是也会感染到客人呢?如果他们四个人以书为媒介进行交流、开玩笑、增进友情、传递感情,那客人是不是会明白他们的心意呢?如果在休南洞书店里感受到读书之人特有的生活状态,如果从休南洞书店里流传出只属于读书之人的故事,那人们是不是偶尔也会想要打开书看一看呢?为了让人们在某个突然需要故事的时刻能够想起翻开书本,英珠希望一直把书读下去,并且把书介绍给大家。

英珠的今天也会和昨天一样,被图书包围着,谈论着有关书的话题,做着有关书的工作,写着有关书的文章。其间,她会抽空吃饭、思考、聊天,偶尔会感到低落,偶尔又会感到开心。到打烊的时候,她会想今天又是不错的一天,然后怀着愉悦的心情走出书店。步行回家的十分钟里,她会和胜宇通个电话,到家之后再聊一会儿，然后才去洗澡、休息。搬到楼上的芝美说不定会来串个门，兴许后头还跟着静瑞呢，于是三人久违地来杯啤酒。又或者是添了员工后英珠搬了家，一想到新家的景色不如原来好，心情可能会有些闷闷不乐。但不管何种情况，她都会在临睡前翻开前一晚没读完的书，通过阅读来平复自己的心绪。"只要过好每一天，就等于过好了一生"，英珠想着这句忘了从哪里看来的话，慢慢地进入了梦乡。

作家的话

2018年的春末夏初,我和往常一样坐在书桌前对着空白的画面。那时,我成为梦想已久的作家已有半年时间,可是我陷入了一种消沉状态,总觉得自己无法成为优秀的散文作家。即便如此,我还是觉得应该写点儿什么,于是我日复一日地坐在书桌前。

要不试试写小说?

我已经记不清具体是在几月几日的几点几分冒出了这个念头。但过了几天,我真的开始写起了小说。书店名要以"休"字开头,老板是英珠,咖啡师是旻俊。当时仅靠着这三个想法,我写下了第一句话。其余的都是边写边想,出现了某个新人物后,再临时决定他的名字和个性。如果不知道写什么了,就让原有的人物和新的人物对话。这样两个人物就会自己推动情节的发展,接下来的故事也会奇迹般地在脑海里展开。

写小说的过程无比愉悦。过去,我就像被人按在书桌前奋力苦战;而现在,每天早上我都会自动睁开双眼,迫不及待地想把昨天写到一半的对话继续下去。到了深夜,若不是因为眼睛干涩、腰板僵硬，还有自己定下的那条"每天不能超过一定工作量"的规矩，我都不舍得离开书桌。在这段时间里，比起我自己的生活，我把心思更多地放在了小说人物的经历上。我的生活在以笔下的故事为轴心旋转。

虽然我没有提前设定具体的故事情节，但是提前对小说的氛围进行了构想。我希望营造那种类似电影《海鸥食堂》[1]《小森林》[2]的氛围。我希望在我笔下的这个空间里，人们可以摆脱那些没日没夜拼命奋斗的日常，远离那些总是让我们变得更强、更快的世俗声音。在这个空间里，一天的生活是平静而柔和的。这样的日子不仅不会消耗我们的精力，还会给我们补充元气。每一天都在期待中开启，在满足中结束。我们会经历成长，从成长中看到希望，并且和善良的人进行有意义的交流。最重要的是，我们的肉体和心灵都愿意接纳这样的日子。我想描写这样的日子和过着这样日子的人们。

换言之，我想写的是我想读的故事。关于寻找自己适合的速度和方向的人们的故事；关于在烦恼、彷徨和挫折中依然选择相信和等待自己的故事；关于在这个心态稍一松懈就容易全盘否定

---

[1] 《海鸥食堂》：一部日剧，讲述了在芬兰首都赫尔辛基开日式食堂的老板和食客的温暖故事。——编者注

[2] 《小森林》：日本系列电影，分为《夏秋篇》和《冬春篇》，讲述了一个无法融入大城市的女孩，选择回到家乡小森村，过着自己劳作和收获的传统的生活。——编者注

自我的世界里，仍然能拥护自己小小的努力、劳动和坚持的故事；关于在逼迫自己变好而丧失乐趣时，还能温暖地拥抱自己的故事。

我不确定这本小说是否呈现出了我最初希望的样子，不过有不少读者告诉我，这是一本温暖的治愈小说。读者们宽容的评论给予了我温暖的鼓励，感觉就像如同孤岛一般的我们相遇了。

如果不留意的话，可能难以发现《欢迎光临休南洞书店》中的人物一直在埋头尝试。他们通过改变很小的细节，在不断地学习和研究。用世俗的标准看，这些可能并不会为他们带来巨大的成功，但是在不懈的坚持中，他们都在改变和成长。这也让他们最终站在了距离起点几步以外的地方。他们所处的位置，在别人眼里是高是低、是好是坏，根本无足轻重。只要他们在改变，只要他们喜欢现有的位置就够了，只要审视自己人生的标准在他们自己心中就够了。

人们会在某个瞬间突然意识到，目前的生活已经让自己感到很满足了——即便这种瞬间不会每天出现，也不会经常发生。在焦虑和急躁通通消失的那一刻，你感到心满意足，因为这一路走来，你已经尽到了最大的努力。如果休南洞书店里充满了这样珍贵的瞬间，我希望有更多人也可以勾绘出只属于他们自己的休南洞书店。

我想为在那里体会人生的你加油。

2022 年 1 月

黄宝凛

图书在版编目（CIP）数据

欢迎光临休南洞书店 /（韩）黄宝凛著；朱萱译. —
北京：国文出版社，2025. — ISBN 978-7-5125-1951-0

Ⅰ．I312.645

中国国家版本馆CIP数据核字第202578E42L号

北京市版权局著作权合同登记　图字：01-2025-2573号

어서 오세요, 휴남동 서점입니다
WELCOME TO THE HYUNAM-DONG BOOKSHOP
by Hwang Bo Reum

Copyright © Hwang Bo Reum, 2022
All Rights Reserved.

Korean edition was originally published in Korea by Clayhouse Inc.
This simplified Chinese language edition is published by arrangement with Clayhouse Inc. through KL Management, Seoul Korea

欢迎光临休南洞书店

作　　者	[韩] 黄宝凛
译　　者	朱　萱
责任编辑	张　茜
责任校对	崔　敏
出版发行	国文出版社
经　　销	国文润华文化传媒（北京）有限责任公司
印　　刷	三河市嘉科万达彩色印刷有限公司
开　　本	880毫米×1230毫米　　32开
	10.75印张　　　　　　211千字
版　　次	2025年7月第1版
	2025年7月第1次印刷
书　　号	ISBN 978-7-5125-1951-0
定　　价	52.00元

国文出版社
北京市朝阳区东土城路乙9号　　邮编：100013
总编室：(010) 64270995　　传真：(010) 64270995
销售热线：(010) 64271187
传真：(010) 64271187-800
E-mail：icpc@95777.sina.net